KB114722

어둠의 상자

류진 新무협 판타지 소설

FANTASTIC ORIENTAL HEROES

어둠의 성자 4 (완결)

류진 新무협 판타지 소설

초판 1쇄 찍은 날 § 2015년 5월 26일
초판 1쇄 펴낸 날 § 2015년 6월 2일

지은이 § 류진
펴낸이 § 서경석

편집책임 § 이창진

펴낸곳 § 도서출판 청어람
등록번호 § 제387-1999-000006호
등록일자 § 1999. 5. 31
어람번호 § 제2-2592호

주소 § 경기도 부천시 원미구 부일로 483번길 40 서경B/D 3F (우) 420-822
전화 § 032-656-4452 팩스 § 032-656-4453
http://www.chungeoram.com
E-mail § chungeorambook@daum.net

ⓒ 류진, 2015

ISBN 979-11-04-90253-6 04810
ISBN 979-11-04-90166-9 (세트)

어둠의 심장

류진 新무협 판타지 소설

FANTASTIC ORIENTAL HEROES

4

[완결]

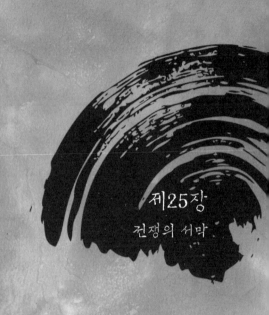

제25장
전쟁의 서막

　도무진을 향해 다가오는 의선의 눈동자가 붉게 변했다. 의선은 붉은 눈동자를 또르륵 굴려 도무진을 위아래로 살폈다.

　"역시 좋은 몸이야. 내 수많은 인간과 스물이나 되는 흡혈귀를 봤지만 너처럼 완벽한 신체는 처음이다. 헐헐헐!"

　의선은 단지 보는 것만으로 상대의 몸 상태를 파악할 수 있었다. 서로 손을 뻗으면 닿을 수 있을 정도로 가까이 온 의선이 속삭이듯 말했다.

　"나와 영원히 함께할 수 있다는 걸 영광으로 생각해라."

　"나와 너무 가깝다고 생각하지 않나?"

"그게 무슨……?"

도무진은 의선 쪽으로 힘을 썼다. 꼬챙이의 두꺼운 부분으로 빠져나가야 하기 때문에 고통은 극심했지만 그 정도 인내는 지니고 있었다.

완전히 빠져나가지 못했으나 발을 뻗으면 그가 떨어뜨린 검까지 닿을 수 있었다. 도무진은 오른발로 검 손잡이를 걸어 찼다. 도무진의 발에 맞은 검은 의선의 복부를 향해 날아갔다.

속도는 섬전 같았고 거리는 숨결이 닿을 정도로 가까웠다. 의선이 칠 인의 성자 중 한 명이었지만 술법이나 무공이 그들처럼 뛰어난 것은 아니었다.

그래서 의선은 도무진이 찬 검을 피하지 못했다.

검이 살을 파고드는 소리와 함께 의선의 비명이 울렸다. 검이 워낙 빠르고 강했기에 의선은 검과 함께 뒤로 날아가 꼬치처럼 나무에 꽂혔다. 도무진이 당했던 모양과 비슷했다.

꼬챙이에서 몸을 뺀 도무진은 의선을 향해 땅을 박찼다. 뒤늦게 나무들이 공격을 해왔지만 그의 어깨와 옆구리에 한 뼘 정도의 상처만 만들었을 뿐이다.

얼굴을 잔뜩 일그러뜨린 의선은 도무진을 향해 팔을 뻗었다. 그의 손을 떠난 세 치 길이의 침은 금세 두 자 남짓으로 길어져서 도무진의 얼굴을 노렸다.

몰랐을 때야 당했지만 이미 알고 있는 상태에서 얼굴을 향한 공격을 피하지 못할 도무진이 아니었다. 의선이 실전 경험이 풍부했다면 피하기 쉬운 얼굴이 아니라 배나 다리를 노렸을 것이다.

허리를 숙이는 것으로 간단하게 침을 머리 위로 흘린 도무진은 검 손잡이를 잡고 옆으로 힘을 썼다. 쩍 갈라진 의선의 옆구리에서 피에 섞인 내장이 주르륵 흘러내렸다.

"으아악!"

도무진은 그 자리에서 빙글 돌아 비명을 지르는 의선을 목을 향해 검을 휘둘렀다. 살과 뼈를 베는 익숙한 감촉이 손에 느껴졌다.

까드득!

먼저 몸을 뉘인 것은 의선이 등지고 있던 나무였다. 아름드리나무가 먼저 땅에 쓰러지고 그 흔들림에 의선의 머리가 몸통에서 분리되었다.

도무진은 발끝에 걸려 구르는 걸 멈춘 의선의 머리를 내려다보았다. 아무리 칠 인의 성자라 할지라도 목이 떨어진 이상 살아남지는 못할 것이다.

—끼이아악! 네놈이 감히!

허공에서 성녀의 음성이 울렸다. 그리고 공격이 시작되었다.

꽈드득! 꽈드득!

나무뿌리가 지면 위로 튀어 오르고 길고 두꺼운 나뭇가지는 그물처럼 촘촘하게 엮여 도무진을 공격했다. 손을 뻗으면 닿을 것처럼 가까웠던 흑림 밖의 빛도 나무들에 가려 보이지 않았다.

도무진은 정신없이 검을 휘둘렀다. 대부분의 나뭇가지는 잘려 나갔지만 일부는 나무막대로 돌덩이를 때린 것 같은 충격과 함께 검을 튕겨냈다.

쩍!

허벅지보다 굵은 나무뿌리가 도무진의 등을 때렸다. 앞으로 날아가는 그를 묶기 위해 넝쿨들이 달려들었다. 도무진은 몸을 횡으로 회전시키며 넝쿨들을 베었다.

땅에 떨어져 한 바퀴를 구른 도무진은 그대로 내달렸다. 지금은 보이지 않지만 그가 가는 방향에서 빛이 보였었다. 일단 흑림만 빠져나가면 성녀도 더 이상 도무진을 막을 수 없었다.

도무진은 목이나 가슴을 노리는 공격이 아니면 무시했다. 앞을 가로막는 것들을 베어내고 다리와 옆구리, 어깨 같은 곳을 향한 공격은 그냥 몸으로 받았다.

까앙!

가시덤불처럼 가로막힌 곳을 검으로 쳐 내는데 검이 튕겨 나왔다. 도무진은 검을 나뭇가지 사이로 쑤셔 넣고 몸을 회전시켰다. 돌과 철이 마찰하는 것 같은 소리가 울리며 머리가 빠져나갈 틈이 생겼다.

그 사이를 통과하는데 양쪽 어깨에 극심한 통증이 느껴졌다. 짧은 신음과 함께 틈을 빠져나온 도무진은 옆구리를 때리는 나뭇가지를 향해 검을 휘두르려 했다. 하지만 응당 나뭇가지를 잘라야 할 검은 보이지 않았다.

세차게 허리를 얻어맞은 후에야 양쪽 어깨에서 쏟아지는 자신의 피를 볼 수 있었다. 그의 팔은 어깨에서부터 뭉텅 잘려 나가 버렸다.

방어를 할 수단이 사라져 버린 것이 불행이라면 불과 십 장 앞에 놓인 빛은 유일한 희망이었다. 팔은 사라졌지만 그에게는 아직 달릴 수 있는 다리가 있었다.

도무진은 빛을 향해 몸을 날렸다. 뒤늦게 찾아온 고통들이 다리까지 저릿저릿하게 만들었다. 더욱 사납게 달려드는 나뭇가지와 뿌리들은 도무진의 살을 잘라내고 내장을 도려냈다.

그가 아무리 흡혈귀라고 하지만 양팔이 떨어지고 내장의 반이 사라져 버린 상태에서 평소와 같은 움직임을 보일 수는 없었다.

빛은 저만큼 있는데 나뭇가지와 뿌리, 넝쿨을 뚫고 나아가야 하는 길은 너무 험난했다. 거의 본능적으로 달리는 도무진은 무릎에 극심한 통증이 느껴졌다. 이미 만신창이가 된 몸에 새로운 고통이 느껴질 수 있다는 게 신기했다.

도무진은 앞으로 거꾸러져 바닥을 뒹굴었다. 다시 일어서려 했지만 다리가 말을 듣지 않았다. 양쪽 무릎을 덮고 있던 살과 근육은 모두 사라지고 피를 머금은 뼈만이 앙상하게 드러나 있었다.

─널 진즉 죽였어야 했는데 의선의 욕심이 스스로 화를 자초했구나.

성녀의 목소리가 들리며 팔뚝 굵기의 나뭇가지 두 개가 허공에 자리했다. 일 장 높이로 곧추선 두 개의 나뭇가지 중 하나의 끝은 뾰족했고 다른 하나는 서서히 형태를 변환시키더니 한쪽 면이 칼날처럼 날카로워졌다.

─네 심장을 갈기갈기 찢고 네 목을 잘라서 흑림의 거름으로 쓰겠다.

성녀의 말은 판관의 사형선고 같았다. 도무진의 뼈가 아무리 단단해도 절대 부러지지 않는 물질은 아니었다. 그보다 저 뾰족한 나뭇가지가 심장을 파괴하면 아마 죽을 것이다.

죽음을 피하려는 도무진의 본능이 발동해서 빛을 향해 움직이려 했지만 양팔은 없고 다리는 제 기능을 잃어서 그저 꿈틀거리는 것이 전부였다.

─보잘것없는 흡혈귀!

두 개의 나뭇가지가 약간 위로 치솟더니 빠르게 떨어졌다. 빛이 가득한 세상이 고작 이 장도 남지 않았는데 그는 끝내 삶의 문턱을 넘지 못하고 이 검은 세상에서 생을 마감해야 한다. 흡혈귀가 죽기에 더없이 어울리는 장소란 생각은 그저 자기 조롱에 불과했다.

'결국 내 죄를 씻어내지 못하고 죽는구나.'

가장 큰 안타까움이 죽기 직전의 생각이었다.

그런데 갑자기 몸이 위쪽으로 움직였다. 나뭇가지며 잎사귀가 온통 검은색으로 뭉뚱그려져 보일 정도로 빠른 속도였다.

쾅!

발밑에 떨어진 두 개의 나뭇가지가 요란한 소리를 내며 흙을 파헤쳤다. 뭔가가 도무진을 잡아 죽음에서 건져 올렸다.

얼굴에 느껴지는 힘찬 콧김과 윤기 나는 검은색 털을 눈앞에 두고 비로소 수혼이라는 사실을 알았다. 그를 입에 문 수혼은 큰 도약 한 번으로 흑림을 빠져나왔다.

하얀빛이 온몸으로 쏟아졌다.

─네 이놈!

성녀의 외침과 함께 넝쿨이 수혼을 잡기 위해 쭉 뻗어졌다. 무서운 속도로 쏘아져 온 넝쿨은 그러나 수혼의 뒷다리를 스친 후 바닥으로 힘없이 떨어졌다.

수혼은 입에 문 도무진을 던져 등에 태웠다. 수혼의 목덜미에서 피가 보였다. 뭉텅 잘려 나간 갈기에서도 귀 뒤에서도 어깨 위에도 수혼은 쩍 벌어진 상처와 적지 않은 피를 흘리는 중이었다.

도무진처럼 수혼 또한 흑림을 빠져나오느라 사투를 벌인 모양이다. 팔이 있었다면 그런 수혼의 목을 쓰다듬어 주었을 것이다.

구사일생으로 도무진은 흑림을 빠져나왔다.

'두 사람은 어떻게 되었을까?'

*　　　*　　　*

황선백의 안색은 파리했고 팔다리는 가늘어 중병을 앓는 환자처럼 보였지만 목승탁과 선우연을 보는 눈빛은 날카롭기 그지없었다. 그럼에도 선우연은 인상을 찡그리고 말했다.

"평생 피죽도 못 먹은 사람처럼 힘없어 보이는군."

"흥! 그러는 자네는 화류병(花柳病) 걸린 바람둥이 모습 그대로군."

"이곳에서 회생의 법을 시행한 건 놀랍기는 한데… 괜찮은 건가?"

목승탁의 걱정스러운 말에 황선백은 퉁명스럽게 대꾸했다.

"겉모습이 이렇다고 속까지 무르지는 않네. 그리고 얼마 지나지 않아 외모도 번듯하게 변할 것이네."

"그렇게 작은 눈에 코는 좁고 입술은 가는 그 얼굴로 반듯한 외모는 기대하지 않는 게 좋을 거야."

"이백 년 전이나 지금이나 외모를 제일로 여기는 그 못된 버릇은 여전하군. 그러니 몽둥이에 맞은 개처럼 도선에게 당해서 쫓겨 왔지."

선우연이 발끈해서 소리쳤다.

"판단에 착오가 있었을 뿐이야!"

"정신에 착오가 있는 거지!"

이백 년의 세월을 두고 만났는데도 두 사람은 그때처럼 아웅다웅하는 건 변하지 않았다.

"다투는 건 그만두고 앞으로의 일을 생각해야 하지 않겠나?"

목승탁의 말에 황선백은 기생오라비라는 말을 뱉었고 선우연도 꼬장꼬장한 영감탱이라고 쏘아준 후에야 말다툼은 멈췄다.

"최대한 빨리 여길 떠야지."

황선백의 말에 목승탁이 깜짝 놀라 물었다.

"귀인문의 본거지인 선인도를 버린단 말인가?"

"자네들이 귀인문으로 온다는 말을 성자들이 들은 이상 그들은 어떻게든 이곳을 찾아내고 말 것이네. 그러니 공격을 받기 전에 옮겨야지."

"어디로?"

"옮길 곳은 있으니 걱정 말게."

"토끼처럼 여기저기 굴은 많이 파놓은 모양이군."

"준비성이 철저한 거지!"

선우연과 황선백의 다툼이 다시 시작되려고 하자 목승탁이 황급히 가로막았다.

"옮길 때 옮기더라도 당장은 안 되네. 무인검 대협이 이곳으로 올 테니 말이야."

목승탁을 보던 두 사람은 동시에 긴 한숨을 내쉬었다.

"정말 무인검을 기다릴 셈인가?"

선우연의 물음에 목승탁은 어리둥절한 표정을 지었다.

"그게 무슨 말인가? 당연히 기다려야지."

"십중팔구 흑림에서 빠져나오지 못했을 것이라는 걸 자네도 알지 않은가?"

십중팔구라고 했지만 도무진이 도망쳤을 가능성은 거의 없었다. 물론 목승탁도 가능성이 희박하다는 건 알고 있었다. 하지만 그 희박한 가능성을 반드시 잡아야 하는 게 지금 그들의 처지였다.

"우리가 빠져나왔으니 무인검도 성공했을 것이야."

예상보다는 바람에 가까웠다. 그래서 선우연이 사실에 입각한 반론을 제기했다.

"만약 자네나 내가 흑림을 빠져나오지 못했다면 무인검이 탈출했을 수도 있다는 희망이 커지겠지. 하지만 우린 흑림을 나왔네. 그건 곧 성녀가 우리 둘보다는 무인검에게 신경을 썼다는 의미일세. 비록 그가 최초의 흡혈귀에 무공을 익혀 강해졌다고 하지만 흑림에서 성녀를 떨쳐 내는 건 불가능하네."

"하지만 그는 마계혈을 막을 수 있는 유일한 희망이네."

대꾸를 하는 목승탁의 음성에는 힘이 없었다. 선우연이 그런 목승탁의 어깨를 다독였다.

"마지막 희망은 자네지. 일단 이곳을 떠나 다른 방법을 찾아보세."

"하지만 만에 하나 무인검이 탈출해서 여길 왔는데 우리가 없으면……."

무력한 목승탁의 음성은 선우연에 의해 막혔다.

"희박한 가능성을 붙잡기 위해 목숨을 걸겠다는 건가? 내가 이곳을 찾아냈던 것처럼 만민수호문 또한 언제든 찾을 수 있네. 만약 여기서 만민수호문에게 포위를 당하면 어떻게 될 것 같나? 만민수호문의 문도는 물론 나머지 성자들도 모두 출동할 텐데, 그렇게 되면 흑림보다 더 빠져나가기 힘든 지옥도가 될 것이네."

선우연의 말은 구구절절 옳았기에 목승탁은 반박을 할 수 없었다. '그런데 자넨 이곳을 어떻게 알았나?' 라는 황선백의 물음에 선우연이 '내가 원래 능력이 좋잖아' 라는 대답을 해서 둘은 또 한참 동안 옥신각신했다.

그사이 목승탁은 마음을 정했다. 도무진이 간절하기는 했지만 감정으로만 움직일 수는 없었다. 목승탁이 황선백에게 말했다.

"기왕(氣王). 자네만 괜찮다면 당장 이곳을 정리하기로 하지."

고개를 끄덕인 황선백은 공을 불러서 철수를 명령했다.

"방향을 어디로 잡을까요?"

공의 물음에 황선백은 열린 창문을 보며 말했다.

"북쪽으로 가는 게 좋겠지."

"알겠습니다. 당장 산동성(山東省)으로 떠날 준비를 하겠습니다."

선인도의 분주함은 얼마 가지 않았다. 이런 날을 대비한 듯 세해귀들은 각자 하나의 짐 보따리만 짊어지고 있었다.

황선백이 공에게 말했다.

"우리 셋이 먼저 출발할 테니 넌 나머지를 이끌고 뒤따라오너라."

"알겠습니다. 부디 몸조심하십시오, 사부님."

간단하게 인사를 끝낸 황선백이 먼저 나루터로 나갔다. 바위에 고정되어 십 장 길이로 만들어진 열 개의 나루터에는 이십여 척의 배가 묶여 있었다.

황선백이 그중 하나의 배에 먼저 올라탔다. 목승탁이 배에 부적을 붙이자 자그마한 배는 시위를 떠난 화살처럼 빠르게 물 위를 미끄러졌다.

뭍까지 가는 동안 그들은 한 마디도 하지 않았다. 이제부터 그들은 천하의 지배자 만민수호문을 피해 다녀야 하는 도망자 신세였다.

귀인문 때와는 전혀 다른 상황이었다. 적인 것은 똑같지만 만민수호문이 귀인문을 평가하는 것 자체가 달라졌다. 이젠 성자들까지 모두 나서서 귀인문을 쫓을 테니 만민수호문이 총력을 기울일 것이 분명하다. 즉 그들은 천하를 상대로 싸움을 벌이면서 마계혈까지 막아야 하는 처지에 놓여 버렸다.

불가능해 보이는 임무와 암담한 현실은 한 마디의 농담조차 허락하지 않는 무거움으로 그들의 어깨를 내리눌렀다.

"어? 저… 저 사람은……!"

멀리 시선을 주고 있던 황선백이 까마득히 자리한 뭍을 가리키며 말을 더듬었다. 나머지 둘의 시선이 황선백의 손가락을 따라갔다.

"무인검 대협!"

먼지처럼 작았지만 그들의 눈은 수혼의 등에 탄 도무진을 똑똑히 볼 수 있었다. 목승탁은 발바닥에 부적을 붙이고 순식간에 뭍을 향해 날아갔다. 술법으로 배를 움직이는 사람이 떠나자 배는 물에 둥둥 떠서 움직이지 않았다.

"거, 사람 성질 급하기는."

황선백은 핀잔을 줬지만 기분 나쁜 얼굴은 아니었다. 황선백이 다시 배를 움직이는 사이 목승탁은 이미 뭍에 다다라 도무진의 앞에 내려섰다.

"무인검 대협! 무사하셨구려!"

위아래로 깨끗한 흑의를 입은 도무진의 얼굴에도 목승탁과 같은 웃음이 번졌다.

"화신께서도 무사하셔서 다행입니다."

목승탁은 울컥 나오려는 울음을 겨우 삼켰다. 도무진과 관계된 일이면 눈물 많은 열여섯 새색시라도 된 것 같았다.

도무진은 다가오는 배를 보며 말했다.

"보아하니 철제께서도 탈출에 성공하셨군요."

"저와 철제야 운이 좋았지만 솔직히 우리는 무인검을 거의 포기했었습니다."

배가 이십 장쯤 가까워지자 선우연이 펄쩍 뛰어서 건너왔다.

"흑림을 빠져나오다니. 생각보다 능력이 있으시구려. 어쨌든 시간에 맞춰 와서 다행이오. 우리 모두 막 떠나려던 참인데."

목승탁이 도무진에게 사과를 했다.

"죄송합니다. 무인검께서 잡혔다고 생각하고 우리만 이렇게……."

한숨 때문에 제대로 말을 끝맺지 못했다. 도무진이 웃음을 머금고 말했다.

"화신께서는 미안해하실 필요가 없습니다. 수혼이 아니었으면 지금쯤 흑림 안에서 썩어가고 있을 것입니다. 그리고 지금 같은 위기의 시대에는 서로의 걱정을 조금 덜 해야 하지 않겠습니까? 그보다는 반드시 이뤄야 할 사명을 위해 우리의 목숨을 걸어야 할 때라고 생각합니다."

뒤늦게 도착한 황선백이 배에서 내리며 말했다.

"같은 얼굴을 하고 있으면서 이리 다른 기운을 풍기니 거참 어색하군."

도무진은 배에서 내리는 황선백을 보다가 아! 하는 탄성을 뱉었다.

"기왕이시군요! 성녀만이 회생의 법을 시행할 수 있다고 하더니… 역시 그게 아니었군요."

목승탁이 물었다.

"역시라고 하신 건 예상하고 계셨단 말입니까?"

"지하실에 있던 기왕의 모습과 우리가 갇혔던 관의 모습이 흡사했었지요. 그래서 기왕이 회생의 법을 행하고 있었던 게 아닐까 하는 생각을 했습니다. 제가 귀인문으로 모이자고 한 것도 그 때문이고요."

"흠! 어쨌든 내 목에 검을 들이댔던 일은 잊지 않겠소."

도무진이 정중하게 고개를 숙였다.

"그때 일은 진심으로 사과를 드리겠습니다."

그러자 선우연이 손을 휘휘 저었다.

"저 삐쩍 마른 늙은이 말은 신경 쓸 것 없소. 그보다 어서 귀인문의 다른 본거지가 있는 산동성으로 출발합시다. 해야 할 일이 산더미니 말이오."

도무진이 말했다.

"세 분께서는 먼저 그곳으로 가 계시지요. 전 다른 곳에 볼 일이 있습니다."

"볼일이라니요?"

"해결해야 할 오래전의 인연이 있습니다."

*   *   *

남궁벽은 설핏 잠에서 깨어났다. 특별한 꿈을 꾼 것도 아닌데 깊은 잠을 깨울 정도의 기분 나쁜 기운이 전해졌다. 그가 슬그머니 몸을 일으키는데 옆에서 자고 있던 오희련이 물었다.

"너도 느꼈어?"

눈에 보이는 건 없지만 둘이 함께 느꼈다면 뭔가가 있는 게 분명하다. 남궁벽은 재빨리 움직여 검을 잡았고 오희련도 부적 주머니가 엮인 허리띠를 맸다.

며칠 전 새로운 지부장도 오고 지부원도 보충이 되어 편하게 보내나 했더니, 안락함은 오래가지 못했다.

"귀인문의 습격일까?"

어머니에게 흡혈귀의 능력을 물려받은 후 남궁벽의 감각은 극에 달해 있었다. 그래서 깊은 잠의 와중에도 미약한 살기를 느낀 것이다.

창문을 가린 천을 들추며 묻는 남궁벽의 물음에 오희련은 고개를 저었다.

"세해귀가 아니야."

"사람이라고? 하지만 귀인문이 아니고서야 누가 감히 만민수호문의 지부를 공격할 수 있겠냐?"

잠시 눈을 감고 있던 오희련의 목소리가 더욱 낮아졌다.

"외부의 적이 아닌데."

"뭐야? 그럼 지부 내에 우릴 죽이려는 자가 있단 말이야? 지금 느껴지는 살기만 해도 족히 열은 되는데……."

"그래. 신야현 지부 자체가 우리의 적이 되는 거지."

"하지만 왜?"

오희련은 천장을 보며 말했다.

"곧 알게 되겠지."

그녀의 말이 끝나자마자 요란한 소리와 함께 침대 바로 위 천장이 뚫리며 뭔가가 떨어졌다. 하얗게 반짝이는 그것은 세해귀를 잡을 때나 쓰는 그물이었다.

하지만 이미 두 사람은 침대를 떠나 있었기 때문에 그물은 뭉쳐 있는 이불만 가뒀을 뿐이다.

쾅!

창문이 부서지면서 두 명이 뛰어들었다. 왜 같은 문도가 공격을 하는지 알 수 없지만 앉아서 당할 수는 없었다. 남궁벽은 침입자 둘이 방바닥에 발을 대기도 전에 검으로 목과 옆구리를 쳤다.

검집을 씌운 상태의 공격이었기 때문에 두 사람은 쓰러졌을 뿐 죽지는 않았다. 천장의 뚫린 구멍에서 세 사람이 뛰어내렸다.

"일단 밖으로 나가자!"

남궁벽과 오희련은 나란히 부서진 창문을 통해 뜰로 나갔다. 그들이 뜰의 중앙쯤에 자리하자 사람들이 하나둘 모습을 드러내 그들을 포위했다.

새로 파견된 지부원 열두 명이었다. 활이나 검, 부적을 든 그들은 남궁벽과 오희련을 포위만 했을 뿐 섣부른 공격은 하지 않았다. 첫 공격이 그물인 것을 보면 바로 죽일 계획은 아닌 모양이다.

"아닌 밤중에 홍두께도 유분수지 이게 무슨 짓이야!"

남궁벽의 호통에 대꾸를 한 사람은 가장 늦게 모습을 드러낸 새 지부장 곽술태(郭術太)였다.

"그냥 좀 얘기를 하고 싶었을 뿐이다."

실처럼 가는 눈에 낮은 코, 여인처럼 붉은 입술을 가진 중년의 곽술태는 목젖까지 기른 짧은 수염을 손등으로 쓰다듬으며 그렇게 말했다.

"무슨 얘기인지 모르지만 방법이 과격하네요."

오희련의 말에 곽술태는 입가에 습관처럼 매달고 있던 웃음을 지웠다.

"너희가 반역자일 수도 있으니까."

"반역자라니요?"

곽술태는 품에서 종이 한 장을 꺼내 날렸다. 남궁벽이 비수처럼 날아오는 종이를 낚아챘다.

"오늘 만민수호문의 성지(聖地)에서 모든 본부와 지부에 지급으로 날아온 것이다. 특별히 이곳 신야현 지부에는 또 하나의 명령이 떨어졌지."

남궁벽은 두 겹으로 접힌 종이를 폈다.

—지금 이 시간부로 만민수호문은 귀인문을 멸하기 위해 모든 힘을 총동원한다. 그리고 칠 인의 성자 중 화신과 철제는 귀인문과 결탁한 반역자로서 모든 지위와 권한을 박탈함은 물론 즉시 주살해야 할 적으로 간주한다. 만민의 평화와 안녕을 위해 귀인문을 무너뜨리고 화신과 철제를 잡는 그날까지 만민수호문은 잠들지 못할 것이다.

서신 말미에는 다섯 성자의 인장(印章)이 또렷하게 찍혀 있었다. 귀인문은 그렇다 치더라도 목승탁과 선우연의 반역이라니! 아니, 백번 양보해서 선우연은 어찌어찌 그럴 수도 있지만 목승탁은 만민수호문을 등질 위인이 아니었다.

"이건 뭔가 오해가 있는 것이 분명하오."

"역시 이곳의 전 지부장이 화신이었다는 걸 너희들은 알고 있었군."

"물론 알고 있었을뿐더러 그분이 반역 같은 걸 하실 분이 아니라는 것도 확실히 알고 있소."

"그럼 안에 들어가서 그 얘기를 심도 있게 나눠볼까?"

그 말은 곧 순순히 포승줄을 받으라는 뜻이었다. 물론 남궁벽이나 오희련 둘 다 그럴 생각은 없었다. 저들의 분위기로 보아 두 사람이 목승탁과 한 편이라고 단정하고 있는 게 분명하다.

오희련이 앞으로 나서며 말했다.

"보아하니 우리가 결백을 주장해도 받아들여질 것 같지는 않군요."

"죄 없는 자는 무서워할 것도 없지."

"조무래기 몇이 분수 모르고 설치는데 무서워할 리가 있나요?"

곽술태의 가는 눈썹이 위로 솟구쳤다.

"지금 우릴 보고 조무래기라고 한 것이냐?"

"저렇게 사람 볼 줄 모르는 자가 어찌 지부장이 되었는지. 쯧쯧쯧⋯⋯."

남궁벽은 혀를 차며 검을 뺐다. 말로 풀 수 있는 상황이 아닐뿐더러 순순히 잡힐 수도 없으니 선택할 수 있는 길은 싸움뿐이다.

"저 연놈을 잡아서 내 앞에 무릎을 꿇려라!"

곽술태의 명령에 전사들이 움직였다. 술법사들은 주문과 함께 부적을 날렸고 검을 든 네 명은 땅을 박찼다. 궁사들은 언제든 화살을 날릴 수 있도록 시위를 팽팽하게 당기고 있었다.

"여오결도인(輿吾結塗姻)!"

오희련의 부적이 손을 떠났다. 그녀가 던진 부적은 단 한

장이었지만 허공에서 여섯 장으로 나뉘더니 그들을 향해 쏟아지던 여섯 장의 부적과 부딪쳤다.

펑! 하는 소리와 함께 부딪친 부적들에서 검은 연기가 솟고 부적을 날린 여섯 명의 지부원은 비명과 함께 나뒹굴었다.

검을 든 네 명은 남궁벽의 몫이었다. 지면을 미끄러지듯 앞으로 나아간 남궁벽은 양쪽 어깨를 공격하는 두 명의 검을 향해 마주 검을 휘둘렀다.

날카로운 소리와 함께 두 지부원의 검은 산산조각으로 부서졌다. 그 파편이 땅에 떨어지기도 전에 두 명의 정강이에 남궁벽의 검이 부딪쳤다.

비명은 처절했지만 죽음과는 거리가 먼 부상이었다. 일이 어찌 흘러가는지 알 수 없으나 지금은 만민수호문의 문도를 죽일 때가 아니었다.

나머지 두 명의 정강이까지 부러뜨린 남궁벽은 궁사의 화살을 쳐 낸 후 그들까지 간단하게 제압했다. 그사이 오희련은 곽술태의 부적을 먼지로 만들고 그를 처마에 거꾸로 매달아 버렸다.

한낱 지부의 인원으로 상대하기에 그들은 너무 강해져 있었다. 풀어주라고 고래고래 고함을 지르는 곽술태의 입까지 막아버린 오희련이 말했다.

"아무래도 피곤한 길을 떠나야 할 것 같은데?"

　　　　*　　　　*　　　　*

　물기 가득한 눈으로 도무진을 보던 황동필은 결국 도무진의 어깨를 붙잡고 엉엉 울음을 터뜨렸다.

　"이렇게 살아서 만날 줄 알았습니다! 형님이 그처럼 쉽게 돌아가실 분이 아니지요! 엉엉!"

　황동필을 위시해서 조설화와 여소영, 손수민까지 한바탕 울음을 터뜨린 후에야 격앙된 감정이 진정되었다.

　"아무튼 신기하네. 둘은 보이지 않는 끈으로 연결되어 서로 어디 있는지 정확히 알 수 있으니 말이야."

　조설화의 말에 황동필이 도무진의 어깨에 팔을 두르며 말했다.

　"최초의 흡혈귀와 두 번째 흡혈귀의 능력이지. 하지만 그게 아니라도 형님과 난 영혼의 끈으로 연결되어 있지. 안 그렇소, 형님?"

　도무진이 황동필의 팔을 슬그머니 풀었다.

　"좀 징그럽다는 생각은 안 드느냐?"

　"헤헤! 그렇긴 하네요."

　손수민이 물었다.

　"어떻게 된 거죠? 화신님과 회생의 법을 시행하기 위해 떠나신 분이 왜 호북성에 와 계시는 거예요?"

도무진은 저간의 사정을 그들에게 설명했다. 칠 인의 성자가 세해귀로부터 세상을 지키는 사람들이라 굳게 믿고 있었던 그들의 놀라움은 컸다.

"정말인가요? 정말 칠 인의 성자님들이 자신들의 힘을 위해 세상에 재앙을 불러오려고 한단 말이에요?"

묻는 손수민은 금방이라도 울음을 터뜨릴 것 같았다.

"이제 육 인의 성자지. 의선은 내 손에 죽었으니까. 어쨌든 그런고로 만민수호문은 총력을 기울여서 우릴 잡아 죽이려고 들 것이다. 그러니 지금부터 각별히 조심해야 한다."

"위선자들이 세해귀보다 백배는 더 세상에 해를 끼치는 존재들이지."

차갑게 말한 조설화가 물었다.

"그런데 왜 산동성으로 가지 않고 이쪽으로 온 거야?"

"암중삼현자의 도움을 받을 일이 있어서."

"그들의 도움이라면 사우영에 관한 것이겠네?"

"만민수호문과 적이 된 이상 사우영의 힘이 없으면 승산도 없으니까."

"하지만 사우영은 당신의 몸 안으로 들어간 후 자취도 없이 사라져 버렸잖아? 암중삼현자도 그 이유를 모르는데 그들을 찾아가 봐야 소용이 있겠어?"

도무진은 미소를 머금었다.

"내 몸에 들어온 것은 정확히 말하면 사우영이 아니야."

"뭐? 사우영이 아니면 뭔데?"

"사우영을 찾을 수 있는 지도 같은 거지. 네 개의 기운이 날 사우영이 있는 곳까지 안내해 줄 거야."

"그 모든 걸 어떻게 아는데?"

"오백 년 전 사우영이 최초로 들어왔던 사람이 바로 나니까."

"뭐야? 그럼 오백 년 전 이미 한번 받아들였었단 말이야?"

"그래서 천혈동에서 사우영을 찾을 수 있는 기운을 받아들일 때 아무 변화도 없었던 것이지. 이미 사우영을 받아들였었으니까."

손수민이 물었다.

"그런데 어쩌다 사우영이 오라버니를 떠난 거죠?"

"사우영이 떠난 게 아니라 내가 보낸 것이다."

"왜요? 제가 듣기로 사우영을 완전히 얻으면 엄청난 힘을 가질 수 있다던데요."

"그렇기 때문이다. 처음 흡혈귀가 된 후에도 나는 한동안은 제정신을 가지고 있었다. 하지만 곧 피를 탐하는 본능에 함몰되리라는 걸 알고 있었지. 그때 사우영이 내게 들어왔다. 고통 속에서도 사우영에 깃든 힘이 느껴졌고 그 힘을 고스란히 얻는다면 세상에서 가장 강한 존재가 되리라는 것도 알 수 있었다. 만약 이성을 잃은 흡혈귀가 사우영의 힘까지 얻는다면 어떻게 되겠느냐? 그래서 버린 것이다. 너무 강해질까 두려워서."

모두들 숙연해진 것은 힘을 탐하는 무림인의 본능까지 누를 수 있는 도무진의 협기에 감탄한 때문이었다.

황동필이 물었다.

"그럼 지금 사우영은 어디에 있습니까?"

"내가 호북성에 온 이유가 사우영 중 하나인 뇌비영(雷臂靈)이 있기 때문이다."

"정확한 위치는요?"

"이곳에서 동쪽으로 가야 하는데 지명은 모르겠구나. 그저 본능이 이끄는 대로 갈 뿐이니까. 서두르면 오늘 밤 안으로 도착할 수 있을 것이다."

성질 급한 황동필이 나섰다.

"그럼 빨리 출발하도록 하죠. 해가 뜨면 난 관속으로 들어가야 하니 말이오."

"내가 여기서 너희를 기다린 것은 내가 무사하다는 걸 알리려고 한 것뿐이다."

"형님, 그게 무슨 말이오? 설마 또 혼자 가려는 것이오?"

도무진이 고개를 끄덕이자 황동필이 버럭 소리를 질렀다.

"이번에는 또 무엇 때문이오!"

대답은 조설화에게서 나왔다.

"자신이 위험하기 때문이지요."

"위험이라니?"

"만민수호문의 적은 곧 온 세상의 적. 처처에 위험이 깔린 것은 당연한 것 아니겠어요?"

황동필이 사나운 눈으로 도무진을 봤다.

"우리는 형님이 보살펴야 하는 아이나 부담스러워해야 할 짐이 아니오. 계속 혼자 가겠다고 고집을 한다면 더 이상 형님과 말도 섞지 않을 것이니 그리 아시오."

휙 돌아선 황동필은 달빛조차 비치지 않는 나무의 그늘로 숨어버렸다.

"아무리 약한 이의 손이라도 단지 잡는 것만으로 힘이 될 때도 있잖아. 그리고 우린 당신 생각만큼 약하지 않아."

조설화의 말에 도무진은 가는 한숨을 쉬었다.

"당신들 중 누군가가 다치는 걸 원치 않아. 하지만 아무래도 내가 틀린 것 같군."

황동필이 어둠 속에서 뛰쳐나왔다.

"그럼 함께 가겠다는 것이오?"

"그래. 각오는 되어 있겠지?"

＊　　　＊　　　＊

크엉!

툭 튀어나온 입은 한껏 벌어졌고 뾰족한 누런 이빨에서는 침과 피가 섞여서 흘러나왔다.

"회형(回形)!"

곽민상은 늑대로 변한 인랑의 이마에 부적을 붙여 다시 사람으로 돌려놓았다. 의자에 묶여 몸부림치던 인랑은 피투성이 인간의 모습으로 돌아왔다.

"난 몰라! 정말 아무것도 모른단 말이다!"

양쪽 눈은 퉁퉁 부었고 코뼈는 부러져 옆으로 주저앉았다. 앞 이빨도 고작 두 개밖에 남지 않아 발음도 부정확했다. 곽민상은 굵은 소금을 한 주먹 쥐어서 인랑의 가슴 상처에 문질렀다.

인랑이 심장을 토해낼 것 같은 비명을 질렀지만 그 모습을 보는 곽민상의 표정에는 변함이 없었다.

"귀인문의 본거지는 어디냐?"

"정말… 모릅니다…… 우린 한곳에 모여 있다가… 명령이 내려오면… 출동해서 싸우는… 졸개일 뿐입니다."

반 시진째 같은 물음과 같은 대답만 오고 갔다. 그럼에도 붉게 달아오른 인두로 인랑의 가슴을 지지는 곽민상의 손길에는 망설임이 없었다.

이 정도의 고문에 입을 열지 않는 것을 보면 인랑은 진실을 얘기하고 있을 것이다. 그렇더라도 상관없었다. 사천성 본부 장에서 수하들을 모두 잃고 좁은 현의 지부장으로 강등된 그는 세해귀를 괴롭힐 수 있다는 것만으로도 만족할 수 있었다.

물론 그 와중에 잡아온 세해귀에게서 중요한 정보를 얻을 수 있다면 금상첨화다.

지금 이 시간에도 중원 곳곳에서 이 지하실에서와 같은 광경이 벌어지고 있었다. 만민수호문은 귀인문과 두 명의 성자, 그리고 도무진을 잡는 데 총력을 기울이고 있었다.

닥치는 대로 세해귀를 잡아들였고 조금만 의심스러워도 고문실로 끌고 갔다.

중원은 그렇게 피 냄새로 가득 덮여가고 있었다.

*   *   *

마지막으로 머리 위에서 시끄럽게 울어대던 귀기탐응이 조설화가 던진 단검에 맞아 떨어졌다. 그들 주위로는 스무 구 남짓한 시체가 널려 있었다.

만민수호문의 호북성 어느 지부 소속이었을 그들은 귀기 탐응의 신호만 쫓아오다가 불귀의 객이 되고 말았다.

"이 야밤에 이런 숲 속으로 세해귀 사냥을 오는 게 얼마나 위험한지 그들이 가장 잘 알 텐데."

도무진의 중얼거림을 조설화가 받았다.

"만민수호문이 귀인문과 당신을 잡기 위해 혈안이 되어 있다는 거지."

"형님, 빨리 움직입시다. 저들이 여기서 당한 것을 알면 만민수호문에서 더 많은 인원을 보낼 테니 말이오."

"서두르자."

그들은 홍무산(紅無山) 꼭대기를 향해 잰걸음을 옮겼다. 우거졌던 숲은 꼭대기로 올라갈수록 나무가 띄엄띄엄해지더니 꼭대기 즈음에 이르자 온통 화강암의 바위로 덮여 있었다.

군데군데 크고 작은 석탑이 세워진 것으로 보아 많은 사람이 이곳까지 올라와 소원을 비는 모양이다.

바위투성이의 거친 길을 넘어 정상에 다다랐을 때는 반쪽의 달이 하늘 중앙에 떠 있을 시각이었다.

도무진은 산의 중턱을 오를 때부터 가슴의 두근거림을 느꼈다. 그리고 정상으로 다가갈수록 심장은 거칠게 뛰어서 금방이라도 가슴을 뚫고 나올 것 같았다.

꼭대기에 올라선 도무진은 고개를 떨어뜨렸다. 발아래 깊숙한 곳 어딘가에 뇌비영이 있다는 걸 알 수 있었다.

"뇌비영은 어디 있는 거예요?"

손수민의 물음에 도무진은 땅을 가리켰다.

"저 아래."

"땅을 파야 하나요?"

감각을 곤두세운 도무진은 고개를 저었다.

"아니. 뇌비영이 스스로 내게 와야 한다."

"그렇군요."

모두 수긍을 하는 표정을 지었다. 그렇게 도무진의 말대로 뇌비영이 튀어나와 도무진과 어떤 반응을 일으키길 기다렸다. 하지만 머리 위에 뜬 달이 한 뼘쯤 이동할 동안 아무 일도 일어나지 않았다.

차가운 밤바람만 그들을 거칠게 할퀴고 재채기를 두 번 한 손수민이 열 번쯤 사과를 했을 뿐이다. 기다리다 지친 조설화가 물었다.

"혹시 뭔가 다른 방법이 있는 거 아니야?"

"글쎄."

"글쎄… 라니?"

"난 본능이 이끄는 대로 왔을 뿐이니까."

"그럼 뇌비영이 어떻게 당신의 힘이 되는지 모른단 말이야?"

"그렇지."

도무진의 담담한 대답에 모두 맥이 풀려서 어깨를 늘어뜨렸고 황동필은 자리에 주저앉았다.

"이렇게 마냥 기다릴 수만은 없잖아?"

도무진은 오랫동안 시선을 두고 있던 땅을 피해 하늘을 올려다봤다. 별이 손에 잡힐 듯 가까이 있었고 달은 눈이 부시도록 노란빛을 뿌렸다.

생각해 보면 참 미련했다. 모든 것을 그저 본능으로 느꼈는데 마치 모든 것을 다 알고 있는 것처럼 거침없이 이곳까지 와서 이처럼 우두커니 서 있기나 하다니.

지금도 가슴의 두근거림은 여전하지만 그것뿐이다.

"언제까지 이대로 있을 수는 없잖아?"

조설화의 말에 손수민이 물었다.

"그럼 어떡해요?"

"도움을 받아야지."

"그럴 분이 있나요?"

조설화의 시선이 도무진에게로 향했다.

"암중삼현자가 사우영을 찾을 지도를 넣어줬으니 그들을 찾아 물어보는 게 어때?"

"아무래도 지금으로써는 유일한 방법 같군. 그들이 아직 천혈동에 있을까?"

"그곳으로 가보는 수밖에 없지. 가는 길에 구룡산에 있는 응인귀도 만나보고."

"송창두는 왜?"

"앞으로 벌어질 만민수호문과의 싸움을 생각해야지. 귀인
문과 두 명의 성자, 그리고 우리들로 만민수호문의 상대가 될
것 같아?"

조설화가 나열한 세력과 존재는 강력하다. 하지만 천하 그
자체인 만민수호문에 비하면 부족해도 한참 부족한 세력이었
다.

"우리에게는 세해귀의 힘이 필요해. 만민수호문이 세해귀
사냥에 열을 올리고 있으니 어둠의 성자인 당신이 나서기만
하면 하나의 세력으로 규합하는 건 어렵지 않을 거야."

"그들에게 희생을 강요하는 건……."

"당신 욕심이라고 생각하는 거야? 아니면 미안함?"

잠시 생각하던 도무진이 대답했다.

"둘 다일 수도."

조설화는 답답하다는 듯 한숨을 쉬었다.

"당신이 오백 년 전에 대단한 협객이었다는 건 알아. 그때
는 누구의 도움도 없이 홀로 일을 척척 해결했었겠지. 하지만
지금 당신은 단지 흡혈귀일 뿐이야. 물론 대단한 흡혈귀이기
는 하지만 만민수호문에 비하면 그야말로 조족지혈이지. 세
해귀의 도움 없이 만민수호문과 싸워서 이길 수 있을 것 같
아? 그래서 마계혈을 막을 수 있어?"

조설화는 정곡을 찌르는 질문으로 도무진의 말문을 막아 버렸다.

"이 세상은 당신 혼자 짊어져야 할 짐이 아니야. 온갖 만물들에게 다 자신만의 역할이 있듯 이 시대를 사는 세해귀들 또한 자신들이 꼭 해야 할 일이 있는 거지. 당신은 그런 세해귀 중 하나일 뿐이고."

도무진을 너무 몰아붙였다고 생각했는지 조설화는 '가장 중요한 세해귀이기는 하지'라는 말을 살며시 덧붙였다. 어쨌든 구구절절 옳은 조설화의 말에 반박할 여지는 없었다.

"그럼 갈 곳은 정해진 것 같군."

황동필이 씩씩하게 말하며 일어섰다. 발길을 돌리는 도무진의 표정은 무거웠다. 그가 원하던 원하지 않던 결국 세상은 피의 전장을 향해 한 걸음씩 나아가고 있었다.

죄 없는 무수한 목숨이 사라질 전쟁을 막을 길이 없었다.

'아! 인간의 욕심이란⋯⋯'

제26장

혈풍천하

꺄아악!

또 어떤 응인귀가 긴 비명과 함께 목숨을 잃었다. 이젠 딱히 슬프지도 않았다. 응인귀뿐 아니라 섬연귀와 수많은 세해귀가 만민수호문의 문도들에 의해 살육을 당하고 있었다.

송창두는 인호의 목을 자르고 돌아서는 자의 가슴을 발톱으로 헤집어놓았다. 이제 갓 어린 티를 벗은 인호의 눈은 억울한 듯 감기지도 않았다.

우거진 숲 여기저기서 주문 외우는 소리가 울리고 요란한 비명이 터져 나왔다. 그 대부분이 세해귀의 것이라는 게 송창두의 가슴을 아프게 했다.

오랜 세월 산속에서 평화롭게 살던 무리들이다. 인간과 단절되어 살아왔으니 딱히 인간에게 해를 입힌 것도 없었다. 그럼에도 만민수호문은 단지 세해귀라는 이유 하나만으로 그들을 무참히 도륙하고 있었다.

"천왕님!"

주변에서 가장 높은 떡갈나무에 앉아 다음 공격할 대상을 찾는 송창두를 나부성이 불렀다. 윤기 나던 나부성의 검은 날개는 여기저기 찢겨 피를 흘리고 있었다.

"어서 피하셔야 합니다!"

"당치 않은 소리!"

"이곳을 공격한 만민수호문의 문도가 어림잡아 천 명이 넘습니다! 승산 없는 싸움을 계속하는 것보다 후일을 도모해야지요!"

"천왕산을 떠난 내게 후일이 어디 있단 말이냐?"

"어둠의 성자님이 계시지 않습니까? 만민수호문에서 세상에 모습을 드러내지 않는 우리를 공격하는 것도 다 어둠의 성자님 때문이 아니겠습니까? 그분에게 도움을 주기 위해서라도 최대한 많은 세해귀가 살아남아야 합니다! 그러니 지금이라도 철수 명령을 내려주십시오!"

이성은 나부성의 말이 맞다고 수긍을 하지만 피를 흘리며

스러지는 세해귀들이 이곳을 떠나지 못하게 만들었다.

"천왕님……."

송창두는 손을 들어 자신을 부르는 나부성의 말을 막았다. 그의 뛰어난 시력은 우거진 숲 사이로 언뜻언뜻 보이는 누군가의 모습을 놓치지 않았다.

"저기!"

송창두는 날개 끝에 달린 손가락을 펴서 가리켰지만 형형색색으로 물들어가는 나무들이 시야를 가리고 있었다.

"뭐가… 있습니까?"

송창두는 밟고 있던 나뭇가지를 박찼다. 깜짝 놀란 나부성이 그를 따라 하강하며 소리쳤다.

"늦기 전에 후퇴해야 한다니까요!"

시위를 떠난 화살보다 빠르게 하강하는 송창두의 눈앞으로 뭔가가 날아왔다. 황급히 몸을 트는데 날개 아래쪽에 화끈한 고통이 느껴졌다. 나무에 가려 보이지 않는 곳에서 술법사가 날린 부적이었다.

자신이 발견한 것이 맞는지 확인하는 게 중요하지만 상처를 낸 자를 가만둘 수는 없었다. 하지만 그 술법사는 송창두의 몫이 아니었다.

"으아악!"

술법사가 있는 곳에서 비명이 들리더니 짧은 수염을 기른 서른 후반의 사내가 공중으로 떠오르더니 거칠게 땅으로 떨어졌다. 황색 도포를 입은 그의 몸에는 거미줄처럼 가느다란 줄이 친친 감겨 있었다.

그 줄의 주인이 누군지 눈으로 확인하지 않아도 알 수 있었고 곧 그의 모습이 시야에 들어왔다.

"칠미호님!"

인호 조설화는 하늘에서 떨어지는 송창두를 보고 싱긋 웃음을 보였다.

"곤욕을 치르고 계시는군요."

인호의 모습으로 변한 조설화는 말을 하면서도 줄을 날려 두 명의 전사를 더 저승으로 보냈다.

"제 능력이 부족하여… 그런데 어둠의 성자님은?"

"우리는 우리 싸움에만 집중하기로 하죠. 그는 어디선가 자신이 해야 할 일을 하고 있을 테니."

조설화가 말을 하는 사이에도 비명은 끊임없이 들렸다. 분명 인간의 것이었는데, 천왕산의 세해귀가 이처럼 많은 만민수호문 문도의 비명을 단숨에 만들어낼 리는 없었다.

뒤늦게 땅에 내려선 나부성이 조설화를 알아보고 인사를 했다. 그 또한 가장 먼저 어둠의 성자에 대해 물었고 조설화는 '인간의 비명 소리가 들리잖아요'라는 말로 나부성에게 어둠의 성자의 출현을 알렸다.

그럼에도 나부성의 얼굴에는 걱정이 지워지지 않았다.

"어둠의 성자님이 대단한 것은 알지만 공격을 들어온 만민수호문의 문도가 워낙 많아서……."

"당신은 아직 어둠의 성자에 대해 모르는군요. 그가 이미 칠 인의 성자 중 한 명인 의선까지 죽였는데 말이에요."

"네? 어둠의 성자께서 칠 인의 성자를 죽였다고요? 그게 정말입니까?"

"그의 능력을 의심하지 마세요. 그가 있음으로 우리는 만민수호문을 무너뜨리고 이 세상을 구할 테니까요."

어둠의 성자가, 인간을 넘어 신이라고 생각한 칠 인의 성자 중 한 명을 죽였다면 그는 단순히 한 명의 세해귀가 아니었다. 이곳을 공격한 만민수호문 문도의 수는 이제 의미가 없어졌다.

어둠의 성자 단 한 명만으로 싸움의 향방을 바꿀 수 있었다.

"모든 세해귀에게 어둠의 성자께서 오셨다는 걸 알리겠습니다!"

나부성은 하늘 높이 날아올랐다. 나부성을 향해 두 대의 화살이 쏘아졌지만 활기를 찾은 나부성은 간단하게 피해 버렸다.

조설화가 동쪽을 가리키며 말했다.

"저쪽으로 가면 어둠의 성자를 만날 수 있을 거예요."

그녀는 말을 해준 후 숲 속으로 사라졌다. 곧 그 방향에서 두 개의 비명이 들렸다. 송창두는 조설화가 알려준 방향으로 날아갔다.

쿵! 쿵!

지축이 울리는 소리가 들리더니 아름드리나무가 쓰러졌다. 잎이 가득 달린 나무를 피해 왼쪽으로 움직이자 양손에 인간의 머리를 쥔 거대한 녀석이 나타났다.

불이 붙은 것처럼 붉은색 털에 덮인 그는 곰 인간 홍웅인(紅熊人)이었다. 일 장이 넘는 키에 그야말로 곰 같은 덩치를 가진 홍웅인은 양손에 잡힌 두 인간의 머리를 으깬 후 네발로 섰다.

날개를 펄럭여 쓰러진 나무 위에 내려앉자 홍웅인이 물었다.

"어둠의 성자가 왔다는 게 사실이냐?"

홍웅인은 천왕산에서 송창두가 천왕이라는 걸 인정하지 않는 유일한 세해귀였다. 워낙 독불장군 같은 녀석이었고 그만큼 강하기도 해서 서로 기분만 상하게 하지 않으면 다투지 않기로 암묵적인 합의를 한 상태였다.

"지금 그를 만나러 가는 길이다."

홍웅인이 두 발로 서며 말했다.

"그럼 나도 간다. 그가 소문처럼 대단한지 내 눈으로 확인해야겠다."

"그걸 확인해서 뭐하려고?"

홍웅인은 주변을 둘러봤다. 울창한 숲에 가려져 있는데도 그들의 시야에 보이는 세해귀의 시체는 여덟 구나 되었다. 홍웅인의 입가가 뒤틀렸다.

"의미 있는 싸움을 하고 싶으니까."

아무리 뜨거운 물도 불을 끄는 법이다. 독불장군처럼 행동하는 홍웅인이지만 그 또한 죄 없이 죽어간 세해귀에 마음이 아픈 것이다.

"따라와라."

송창두는 나무 사이를 날아갔다. 사납게 날아오는 화살을 피하고 부적의 그물을 가까스로 벗어나는 곡예비행이었다. 반면 홍웅인은 앞을 가로막는 인간들을 거침없이 쓰러뜨렸다.

온몸에 난 수십 개의 상처도 홍웅인의 투지를 누그러뜨릴 수는 없었다.

"이봐! 일일이 상대하지 말고 어둠의⋯⋯!"

인간의 머리를 밟는 홍웅인에게 소리치던 송창두의 말이 막혔다. 홍웅인에게 날아가는 두 장의 부적 때문이었다.

붉은 글씨를 품은 부적에서 풍겨지는 기운은 지금까지 받왔던 공격에 비할 바가 아니었다. 본능적인 위험을 느낀 송창두가 소리쳤다.

"피해!"

하지만 홍웅인은 피하는 대신 부적을 향해 앞발을 휘둘렀다.

쾅!

폭발음과 함께 홍웅인이 뒤로 날아갔다. 나무를 다섯 그루나 박살 낸 뒤 땅에 떨어진 홍웅인의 몸에서는 연기가 피어오르고 있었다. 불에 타는 것처럼 붉던 털은 검게 그을렸고 부적을 막은 발의 발톱은 모두 부러져 나갔다.

"끄으윽!"

신음과 함께 일어서던 홍웅인은 한 사발이나 되는 피를 토해냈다. 부적을 날린 사람이 나무 사이에서 나타났다. 하얀 수염을 가슴까지 기른 환갑 즈음 되어 보이는 술법사는 홍웅인을 향해 다가갔다. 그의 손에는 또 다른 부적 두 장이 들려 있었다.

"염왕래세(炎王來世) 천주래아(天主來我)……."

송창두는 주문을 외우는 노인을 향해 날아갔다. 뒤에서 접근했는데도 노인은 금방 송창두의 공격을 알아챘다. 몸을 돌린 노인이 손을 떨치자 두 장의 부적이 송창두를 향해 날아왔다.

송창두는 몸을 회전시켜 부적을 발 아래로 흘려보냈다. 그런데 피했다고 믿은 부적이 허공을 선회하더니 송창두의 뒤를 바짝 따라붙었다.

송창두는 최대한 빠른 속도로 허공을 선회했지만 부적은 점점 가까워졌다. 부적이 일 장 가까이 다가오자 뜨거움이 느껴졌다.

지지직!

꼬리의 깃털이 열기에 그을리며 하얀 연기를 피어올렸다.

"젠장!"

송창두는 노인을 향해 전속력으로 떨어졌다. 부적을 따돌리느니 노인을 죽이는 쪽이 빠를 것 같았다. 하지만 노인은 이미 세 장의 부적을 들고 주문을 외우는 중이었다.

"급급여율령!"

송창두가 덮치기도 전에 노인의 부적이 먼저 허공을 갈랐다. 꼬리처럼 따라오는 두 장의 부적도 무서운데 거기에 세 장의 부적까지 더해졌다.

거기에 새로 쏘아진 세 장의 부적은 그물처럼 송창두를 에워쌌다. 서로 상당한 거리가 떨어져 있음에도 그 사이에 격자로 연결된 보이지 않는 열기가 느껴졌다.

이대로 노인을 향해 가다가는 불의 그물에 걸려 한 줌 재로 변해 버릴 것이다. 송창두는 하는 수 없이 오른쪽으로 방향을 꺾었다. 쫓아오는 부적에서 뻗어 나온 열기는 이제 깃털뿐 아니라 살까지 태우고 있었다.

그가 이제 곧 불태워질 운명이라면 홍웅인은 이미 죽은 목숨이나 마찬가지였다. 노인이 짧은 주문과 함께 부적을 던진 것이다. 만신창이가 된 홍웅인이 피할 수 있는 공격이 아니었다.

그런데 홍웅인의 가슴을 맞춘 부적은 그저 힘없이 떨어졌다. 송창두를 쫓아오던 부적 또한 어느 순간 보통의 종이처럼 하늘하늘 추락해 버렸다.

"이게 무슨……?"

의문의 답은 곧 눈으로 확인할 수 있었다. 노인의 목에서 붉은 줄이 생기더니 이내 핏줄기가 솟구쳤다. 몸통에서 떨어진 머리가 바닥을 뒹굴 때 검을 든 어둠의 성자가 나타났다.

예전에 지녔던 커다란 검은 아니었지만 노인의 목을 베기에는 충분할 정도로 날카로운 검이었다.

어둠의 성자는 땅에 내려서는 송창두를 향해 웃음을 보였다.

"오랜만이오."

말투도 그렇고 풍기는 기운도 예전과는 많이 달랐다. 전에는 잘 선 칼날 같은 느낌을 받았는데 지금의 느낌은 타버린 송창두의 깃털처럼 부드럽게 다가왔다.

"저 때문에 이런 고초를 겪게 되어서 죄송합니다."

정중한 말에 송창두는 양 날개를 휘휘 저었다.

"아닙니다. 모두 만민수호문의 사악함 때문이지 어찌 어둠의 성자님 탓이겠습니까?"

"긴 얘기는 싸움을 마무리한 다음에 하기로 하지요."

어둠의 성자는 만민수호문을 물리치는 데 아무 어려움이 없다는 듯 얘기했다. 물론 송창두는 그 말을 믿었지만 끙끙대며 일어선 홍웅인은 의심스러운 모양이다.

"그럴 능력은 있고?"

송창두가 황급히 나섰다.

"네 목숨을 구해주셨는데 그런 소리를 하느냐?"

"술법사 한 명 죽인 것뿐이지. 이곳 구룡산에는 그런 술법사가 백 명은 더 있을 걸?"

어둠의 성자가 말했다.

"방금 두 분을 공격한 술법사 정도면 만민수호문 내에서도 꽤 직급이 있는 자였을 겁니다. 그러니 그리 많은 숫자는 아니겠지요. 어쨌든 전 싸움을 끝낼 테니 괜찮으시다면 두 분께서 부상당한 세해귀들을 보살펴 주셨으면 합니다."

어둠의 성자는 '반 시진 후쯤 뵙겠습니다' 라는 말을 남기고 숲 속으로 사라졌다. 어둠의 성자가 사라진 숲을 응시하던 홍웅인이 말했다.

"듣던 것과 다른데?"

"보던 것과도 다르다."

"정말 어둠의 성자가 이곳에서 만민수호문을 몰아낼 수 있다고 믿느냐?"

"내 말보다는 네 눈으로 확인하는 게 확실하겠지. 만약 어둠의 성자가 네가 기대한 만큼의 능력이 있다면 어떻게 할 테냐?"

"남의 밑에서 명령받는 건 싫지만 그보다 더 싫은 건 만민수호문 놈들이니……."

팔의 상처를 혀로 핥은 홍웅인이 말을 이었다.

"어둠의 성자 밑에서 죽을 각오를 해야지."

"세상을 뒤엎을 전쟁이 되겠군."

＊　　　＊　　　＊

손수민은 구룡산의 초입에 있었다. 전장으로 뛰어들기에는 그녀가 너무 무력했기 때문이다. 황동필이 들어가 있는 관에 앉아 그저 숲밖에 보이지 않는 구룡산을 물끄러미 응시하고 있는데 황동필의 목소리가 들렸다.

"아직 소식이 없는가?"

그들이 도착한 시각은 유시(酉時:오후 다섯 시부터 일곱 시)

초였다. 아직 해가 남아 있었기 때문에 황동필도 손수민과 함께 이곳에서 기다릴 수밖에 없었다. 그들만 놔둘 수 없어서 수혼 또한 함께 발이 묶였다.

불만을 터뜨리던 수혼은 시간이 지나자 저쪽에서 여소영과 함께 장난을 치거나 한가롭게 풀을 뜯고 있는 중이었다.

"수혼이 가만있는 걸 보니 아직 싸움이 안 끝난 모양이에요."

"휴우! 하필 낮에 싸움이 벌어져서……."

어지간히 답답한 모양. 황동필의 잦은 한숨에 땅이 꺼질 지경이었다.

크르릉―

여소영의 볼을 핥아 간지럼을 태우던 수혼이 갑자기 한곳을 보며 낮은 으르렁거림을 토해냈다. 무슨 기척을 느낀 것일 테고, 곧 황동필도 손수민에게 경고를 했다.

"누군가 오고 있네."

손수민은 수혼의 안장주머니 안에서 쌍섬살을 꺼냈다. 여행을 하면서 틈틈이 만든 것으로 처음 것보다 훨씬 빠르고 파괴력도 강했다.

하지만 장소가 장소인 만큼 쌍섬살이 믿음직하지는 못했다. 손수민은 완만하게 굽은 길을 뚫어지게 보고 있었다. 길 양쪽은 나무가 무성하게 자라서 모퉁이를 돌지 않은 이상 나타난 자가 누구인지 알 수 없었다.

어느새 다가온 수혼이 손수민 곁에 섰고 여소영은 관 뒤로 숨었다.

따각! 따각!

지팡이로 땅을 두드리는 소리가 들려왔다. 손수민은 손에 흥건한 땀을 닦고 쌍섬살을 얼굴 앞에 놓았다. 여차하면 발사할 만반의 준비가 되었다.

땅을 두드리던 지팡이가 가장 먼저 눈에 들어왔고 다음은 가죽으로 만든 발목까지 오는 검은 신발이 보였다. 같은 색깔의 장포 자락은 잠깐 나타났다가 사라졌다.

잠시 후 나타난 자의 모습이 모두 드러났다. 정확히는 '자들'이었다. 그들은 두 명의 노인으로 한 명은 겨우 사 척이 넘을까 말까 한 키를 가졌고 다른 한 명은 비쩍 마른 주름투성이의 노인이었다.

저들의 정체를 알 수 없기 때문에 노인이라고 방심하는 건 금물이다. 더구나 손수민이 쌍섬살을 겨누고 있는 걸 보고도 놀라지 않는 걸 보면 평범한 노인들은 아니었다.

길모퉁이를 돌아 멈춘 두 노인은 그들 일행을 쭉 훑어보더니 물었다.

"어둠의 성자는 어디 있나?"

"당신들은 누군데 오라버니를 찾는 거죠?"

서로 상대방의 얼굴을 본 노인 둘의 모습이 변하기 시작했다. 둘 모두 털이 수북하게 올라오더니 주둥이가 삐죽 튀어나왔다. 작은 노인에게는 풍성한 털이 달린 꼬리와 검은 줄무늬가 생겼고, 비쩍 마른 노인의 노란 털이 자랐으며 꼬리는 점점 늘어나 여덟 개까지 생겼다.

　"어? 암중삼현자 중 노리와 현연호다!"

　관 뒤에 숨어 있던 여소영이 그렇게 소리쳤고 적이 아니라고 판단한 수혼은 시큰둥한 콧김을 뿜더니 맛 좋은 풀을 찾아 느릿느릿 움직였다.

　"다행이네요! 안 그래도 세 분을 찾아가던 중이었는데!"

　현연호가 말했다.

　"쿵! 저 꼬마와 싸가지 없는 말은 알겠는데 쿵! 넌 누구냐?"

　"에… 제가 누구냐 하면… 에… 이름은 손수민이고 나이는 열여덟 살이고… 특기는……."

　노리가 손수민의 말을 끊었다.

　"어둠의 성자는 어디 있나?"

　손수민은 구룡산을 가리켰다.

　"지금 저곳에서 만민수호문과 싸우고 계세요. 만민수호문이 구룡산의 세해귀를 토벌하기 위해 문도를 보냈거든요."

　"쿵! 역시 요사스런 기운이 가득하다 했더니 만민수호문 녀석들이었군. 쿵! 그런데 저기 관 안에서 흡혈귀의 냄새가 풍기는데. 쿵!"

"오라버니의 의형제분이세요."

손수민은 간략하게 도무진의 과거에 대해 설명을 해줬다. 말주변이 그리 좋지 않은 손수민이었지만 다행히 노리와 현연호의 이해력은 남달라서 빨리 알아들을 수 있었다.

"어둠의 성자가 원래 사우영의 주인이었다고?"

"쿵! 그래서 아무 반응이 없었군. 쿵! 그런데 우리가 준 것이 사우영이 아니라 단지 지도였을 뿐이라니. 쿵! 그건 좀 실망스럽고 어둠의 성자가 최초의 흡혈귀라는 건 놀랍군. 쿵 쿵!"

"어서 올라가 봐야겠군. 우리도 최초의 흡혈귀에게 긴한 볼일이 있으니."

"저기… 저희도 함께 가면 안 될까요?"

"쿵! 싸움이 한창인 곳에? 우린 너희들을 보호해 줄 여유가 없다."

그때 관 속에 있던 황동필이 말했다.

"싸움이 일어나는 곳까지 가는 동안 해가 질 테니 너희가 우릴 보호해 줄 필요는 없다."

황동필 말대로 해는 서산에 반쯤 걸려 있었다. 산의 해는 빨리 사라지니 앞으로 이 각 정도면 황동필이 활동할 수 있는 어둠이 찾아올 것이다.

결국 관은 현연호가 메기로 하고 그들은 함께 구룡산을 올라갔다. 중간에 사람의 출입을 막기 위해 지키고 있던 만민수호문의 문도가 있었지만 그들을 막기에는 너무 약했다.

구룡산의 중턱쯤 다다랐을 때 비로소 해가 완전히 서산을 넘어갔다. 그러자 관 뚜껑을 박차고 황동필이 튀어나왔다.

"형님! 제가 왔습니다!"

황동필은 산 위로 뛰어올라갔다.

"쿵! 어이! 이봐! 흡혈귀! 쿵쿵쿵!"

현연호가 불렀지만 황동필은 이미 어둠을 품은 숲 속으로 자취를 감춰 버렸다. 노리와 현연호는 손수민과 여소영을 보더니 가는 한숨을 내쉬었다. 결국 그녀들을 보호하는 건 두 세해귀의 몫이 되어버렸다.

"죄송합니다."

"괜찮네. 보아하니 싸움도 거의 마무리된 것 같으니."

"그걸 아실 수 있어요?"

"쿵! 우릴 감싸고 있는 대기는 많은 것을 알려주지. 우둔한 자들이 알아듣지 못하는 것뿐. 쿵!"

"그럼 어느 쪽이 이겼는지도 아실 수 있나요?"

손수민의 물음에 대한 답이 나오기도 전에 하늘에서 뭔가 떨어졌다. 인호의 모습을 한 조설화였다. 그녀의 온몸에는 피가 가득했는데 대부분은 인간의 것이었고 팔과 다리에 크지 않은 상처 세 개만 보였다.

노리와 현연호에게 인사를 한 조설화가 물었다.

"왜 두 분뿐이에요? 목인귀님은요?"

"쿵! 그 나무귀신 때문에 어둠의 성자를 쿵! 급히 만나야 한다. 쿵! 그런데 싸움은 어떻게 되었느냐? 쿵!"

"어둠의 성자가 왔는데 질 리가 없잖아요. 세해귀들이 잔 당들을 청소하고 있어요."

넓은 벌판도 아니고 이런 산중에서의 싸움에서 극강의 고 수 한 명은 능히 싸움의 판도를 좌지우지할 수 있었다. 더구 나 어둠의 성자라는 이름은 세해귀들에게 이길 수 있다는 가 능성을 열어주었고, 반대로 만민수호문에게는 패배의 그림자 를 드리웠다.

싸움에서 사기는 언제나 실력만큼이나 중요한 요소를 차 지한다. 그러니 승패의 추가 세해귀 쪽으로 급격히 기울 수밖 에 없었다.

히히히힝!

수혼이 기분 좋은 소리를 지르더니 바위와 쓰러진 나무들 을 훌쩍 뛰어넘어 어디론가 달려갔다. 그리고 곧 숲 속에서 수혼의 등에 탄 도무진이 나타났다.

치열한 싸움을 증명하듯 도무진은 피투성이였지만 자신의 것은 아니었다. 만민수호문의 전사와 술법사가 상처를 입히

기에는 도무진이 너무 강했다.

수혼에게서 내린 도무진은 노리와 현연호를 향해 가볍게 목례를 했다.

"오랜만에 뵙는군요."

노리는 도무진보다 깊숙하게 허리를 숙였고 현연호도 어정쩡하게 인사를 했다.

"그 옛날 대협객이셨고 최초의 흡혈귀인 줄도 모르고 일전에는 실례가 많았습니다."

노리의 말에 도무진이 양손을 휘휘 저었다.

"그저 허명일 뿐이었고 최초의 흡혈귀라는 게 대접을 받을 만한 신분은 아니지요."

"쿵! 처음 만났을 때보다 겸손해 보여서 좋긴 하구려. 쿵!"

"그런데 목인귀께서 안 보이는군요."

"실은 목인귀가 만민수호문에게 잡혀갔소."

"네? 어쩌다가 그런 변을 당하셨습니까?"

"쿵! 몸이 둔한 탓이지. 쿵! 그것 때문에 어둠의 성자께 도움을 청하려고 했는데 쿵! 마침 이곳에서 만나서 다행이오. 쿵!"

"응당 제가 도와야지요. 지금 잡혀 있는 곳이 어딥니까?"

"만민수호문의 사천성 본부인데 우리가 구하려고 갔지만 고약한 진이 쳐진 데다 경비가 너무 삼엄해서 시도조차 하지 못하고 발길을 돌렸소이다."

"잡혀 있는 곳을 알고 있으니 곧 구하게 될 것입니다."

그때 송창두가 도무진 곁에 내려섰다. 날개를 몸통에 단정하게 붙인 송창두는 도무진을 향해 허리를 숙인 후 말했다.

"구룡산을 습격한 만민수호문의 문도 팔 할은 죽임을 당했고 나머지는 수하들이 쫓고 있으니 머지않아 섬멸될 것입니다. 그리고 귀기탐응도 모두 죽였으니 만민수호문이 이곳의 소식을 들으려면 시간이 좀 걸릴 것입니다."

"포로는?"

"네? 당연히 없지요."

인간들끼리의 전쟁이었다면 이처럼 많은 숫자의 전투에서 포로가 없다는 건 말이 되지 않는다. 하지만 인간과 세해귀의 싸움은 극명하게 생과 사로 갈린다.

특히 세해귀에게는 그래서 만민수호문이야 심문을 위해 사로잡을 수도 있지만, 세해귀에게 그들을 습격한 인간은 반드시 죽여야 할 적일 뿐이다.

"그보다 오늘 저희 목숨을 구해주신 어둠의 성자께서 세해귀들에게 한 말씀 해주시지요. 다들 모여서 기다리고 있습니다."

송창두의 말에 도무진은 손사래를 쳤다.

"당치 않습니다. 어찌 그런……."

조설화가 그런 도무진의 옆구리를 쿡 찔렀다.

"세해귀들에게 꼭 해야 할 말이 있잖아… 요."

곤란한 표정으로 머리를 긁적이던 도무진은 결심을 한 듯 송창두에게 말했다.

"이왕 이렇게 되었으니 이 기회에 세해귀들에게 부탁드릴 게 있소이다."

"부탁이라니요. 그저 명령만 내리십시오."

"전 그저……."

또 머뭇거리는 도무진의 등을 조설화가 떠밀었다.

"어서 가… 요!"

천하제일협객 철우명의 성정을 찾은 도무진은 우유부단한 인물이 되어버린 것 같았다.

"쯧쯧쯧… 모든 짐은 혼자 지려는 형님의 저 성격은 몇백 년이 지나도 변하지 않는다니까."

어느새 나타난 황동필이 혀를 차며 그렇게 말했다. '형님이 뭐라고 하는지 볼까?'라면서 황동필이 앞장섰고 손수민이 뒤를 따랐다.

산을 조금 올라가자 키 작은 잡초가 깔린 제법 너른 공터가 나왔다. 그곳에는 이미 수백 명의 세해귀가 모여 있었다. 웅인귀에서부터 섬연귀, 인호와 인랑, 형태변환자, 목인귀 등등 그 종류도 열 가지가 넘었다.

공터가 부족해 나무 위까지 점령한 세해귀들의 시선은 공터 북쪽의 회색 바위에 선 도무진에게 모아져 있었다. 도무진 뒤로는 송창두와 홍웅인, 나부성이 나란히 자리했다.

"오백사십 년 전, 번천의 날이 오기 전 제가 인간이었을 때 제 사부님께서 제게 했던 질문이 생각납니다."

바로 곁에 있는 사람에게 말하는 것 같았지만 도무진의 목소리는 멀리 있는 세해귀에게까지 선명하게 들렸다.

"'네게 가장 소중한 것이 무엇이냐?' 전 협과 의라고 대답했습니다. 사부님께서는 고개를 가로저으시면서 제 대답이 틀렸다고 하셨습니다. 그리고 제 어깨에 손을 얹으시면서 이렇게 말씀하셨지요. '세상에서 가장 중요한 것은 바로 네 목숨이다' 라고요. 그리고 정확히 십 년 뒤 사부님께서는 같은 질문을 제게 하셨습니다. 제 대답은 십 년 전과 같았습니다. 사부님께서는 또 제 어깨에 손을 얹으셨습니다. 하지만 그때는 그저 웃기만 하셨지요. 하얀 수염 사이로 보이셨던 그 웃음을 아직도 기억합니다. 오백 년이 훨씬 지난 지금 제가 여러분에게 묻겠습니다. 세상에서 가장 중요한 것은 무엇입니까?"

"목숨입니다!"

"남자라면 자존심이지요!"

"가족이 가장 중요합니다!"

"명예!"

여기저기서 갖가지 생각이 터져 나왔다. 그 말을 모두 들은 도무진이 입을 열었다.

"목숨, 자존심, 명예, 가족. 그 모든 것이 소중하지요. 같은 질문을 십 년 뒤에 다시 한다면 여러분은 같은 대답을 할까요?"

도무진은 고개를 저었다.

"불행하게 질문할 저도, 대답을 해야 할 여러분도 십 년 뒤에는 존재하지 않을 것입니다. 만민수호문이 세상의 모든 인간과 세해귀의 앞날을 파괴할 것이기 때문입니다. 그래서 전 오늘, 십 년 후가 아닌 바로 오늘 여러분에게 물을 수밖에 없습니다. 세상에서 가장 중요한 것을 지키기 위해, 그것이 설사 목숨이라도 전부를 걸고 만민수호문과 싸울 수 있습니까?"

나무 위에 앉아 있던 섬연귀가 소리쳤다.

"싸움은 이미 시작되었고 우린 이미 목숨을 걸었습니다!"

나무 사이에서 또 누군가의 외침이 터졌다.

"놈들에게 핍박받는 것도 이젠 지쳤습니다!"

"만민수호문이 사라지든 우리가 죽든 결정을 내야 할 때입니다!"

나무 위로 뛰어오른 조설화가 소리쳤다.

"어둠의 성자와 함께하는데 뭐가 두렵겠습니까! 어둠의 성자와 함께 만민수호문을 박살 냅시다!"

상투적인 구호였지만 세해귀들은 구룡산이 무너질 듯한 함성으로 조설화의 말에 열광했다. 의연한 태도로 그런 세해귀들을 보는 도무진은, 그러나 웃지 않았다.

손수민은 도무진의 얼굴에 옅게 드러난 괴로움을 읽을 수 있었다. 모든 세해귀가 그에게 열광하고 어둠의 성자 만세를 외치는데 정작 환호를 받는 당사자는 즐거워하지 못했다.

마지막으로 조설화가 큰 소리로 외쳤다.

"세상 모든 세해귀들에게 어둠의 성자와 함께 만민수호문과의 전쟁이 개시되었다는 소식을 알립시다! 훗날 이 순간이 만민수호문의 멸망이 시작된 때로 기록될 것입니다!"

피에 젖은 구룡산은 순식간에 축제의 장처럼 변했다. 섬연귀는 날아오르고 인랑은 늑대의 울음을 토했으며 목인귀는 무성한 나무를 흔들어대며 춤을 췄다.

"벌써 싸움에서 이긴 것 같지 않아?"

조설화가 바위에서 내려오는 도무진에게 말했다. 바위 위에 있을 때보다 도무진의 얼굴은 더 어두웠다.

"저들 중 전쟁 뒤에 살아남을 수 있는 세해귀는 몇이나 될까?"

"많지 않겠지요."

대답을 한 송창두가 말을 이었다.

"하지만 고작 여기저기 도망치다가 사냥을 당해 초라하게 죽을 저들에게 주군께서 명예롭게 죽을 기회를 주신 겁니다."

"주군이라는 호칭은 당치도 않군요."

"그 호칭을 거부하시는 건 이 전쟁을 회피하시겠다는 것과 다름없습니다. 누군가는 앞장서서 이 전쟁을 이끌어야 하는데, 현재 주군 외에 그럴 인물이 있습니까?"

세해귀들은 어둠의 성자라는 이름 아래 모여들었다. 그러니 전쟁의 가장 앞에 서야 하는 이도 결국 도무진일 수밖에 없었다.

조설화가 말했다.

"주군께서는 먼저 해결해야 할 일이 있잖아요. 세해귀를 규합하고 재편하는 일은 저와 천왕이 할 테니 주군께서는 자신이 해야 할 일을 하세요."

그녀까지 도무진을 주군으로 부르니 결국 그 호칭은 공식적인 것이 되어버렸다.

"알겠소. 난 급히 구해야 할 분이 있어서 떠나야 하오. 연락이 필요할지 모르니 내 아우를 남겨두고 가겠소."

황동필이 펄쩍 뛰었다.

"그게 무슨 말씀입니까? 형님이 가시는데 저도 함께 가야지요!"

"난 계속 움직여야 한다. 내가 어디 있는지 본능적으로 알수 있는 자는 너 하나이니 네가 여기 남아서 내 위치를 알려 줘야지. 그리고 나보다는 네가 더 여기에 필요할 것이다. 세해귀의 세를 규합하면서 흡혈귀도 적잖이 만날 테니 그들을 네가 해결해야 하지 않겠느냐?"

최초의 흡혈귀만큼은 아니어도 두 번째 흡혈귀인 황동필은 세상의 모든 흡혈귀에게 영향을 미칠 수 있었다.

"그럼 그리하겠습니다."

"뒷일을 부탁하겠소."

도무진은 송창두에게 말하고 몸을 돌렸다. 그런 도무진을 손수민이 황급히 따라붙었다.

"저도 함께 가요."

"위험한 길이다."

"하지만 목인귀를 구출하는 데 제 힘이 필요할지도 몰라요. 술법에 대해서는 잘 모르지만 진식과 기관은 제 전문이잖아요."

"쿵! 도움을 받을 사람이 있으면 좋지. 쿵!"

현연호의 말에 손수민의 동행이 결정되었다. 도무진과 손수민, 노리, 현연호는 세해귀들의 열렬한 환호 속에서 목인귀를 구하기 위한 길을 떠났다.

천장과 벽에 가득한 거미줄과 오랜 세월 쌓인 먼지를 모두 걷어내자 지하실도 제법 쾌적하게 변했다. 쉰 평의 지하실 한쪽 벽에는 만들어놓고 쓰지 않은 관 두 개가 놓여 있었다.

"왜 이곳을 버린 것인가?"

목승탁의 물음에 황선백은 손으로 이끼를 걷어낸 벽을 짚으며 말했다.

"회생의 법을 시행하기에는 이곳의 음기가 충분하지 못했기 때문이지."

"이 정도 음기가 충분하지 못하다고? 중원에서 이처럼 음기가 강한 곳도 찾기 힘들 것 같은데."

목승탁은 지하실에 내려오는 순간 그 강한 음기에 소름이 돋을 지경이었다.

"물론 그렇기는 하지만 흑림에 비하면 십분의 일도 되지 않을 걸세."

"선인도도 이곳의 음기와 크게 다르지 않았던 것 같은데."

"대신 선인도는 물의 힘을 빌려서 부족한 음기를 채울 수 있었지."

"회생의 법을 좀 다른 식으로 시행한다면 어떤가?"

"다른 식이라니?"

"내가 무인검의 의식을 완전히 빼앗지 않는다면 회생의 법이 조금 약해도 가능하지 않을까?"

"무슨 뜻인지 모르겠군."

"난 무인검의 의식을 없애고 싶지 않네."

황선백이 인상을 와락 찡그렸다.

"지금 그 말이 뜻하는 바를 알고나 하는 소린가?"

"알고 있네."

목승탁은 알고 있다고 했지만 황선백은 재차 확인을 시켜줬다.

"자네가 죽어!"

"글쎄. 내 육체는 죽겠지만 정신만은 무인검과 공유하겠지."

"그게 영원히 갈 것 같나? 아니, 한 몸에 두 개의 정신을 갖는 이상한 짓을 하려고 하는 이유를 모르겠군! 만약 이곳에서 회생의 법을 완벽하게 시행하기 어렵기 때문이라면 다른 방법을 강구해도 돼! 우리가 방법을 찾으려고 하면 못 찾을 리가 없잖나!"

벽에 등을 기댄 채 침묵으로 두 사람의 얘기를 듣고 있던 선우연이 입을 열었다.

"그냥 그 친구 원하는 대로 해주게."

"왜? 왜 그래야 하는데?"

"우린 너무 오래 살았잖아."

"오래 살아서 죽어야 한다고? 그 최초의 흡혈귀도 우리만큼 오래 살았어!"

선우연이 입가에 웃음을 머금었다. 눈가에 주름까지 만든 진짜 웃음이었다.

"그렇게 오래 산 흡혈귀 주제에 인간보다 더 인간적이다니. 놀랍지 않은가? 난 오래전에 인간적이라는 말의 뜻조차 희미해져 버렸는데 말이야."

사나운 눈으로 선우연을 보던 황선백이 목승탁에게 물었다.

"정말 너무 오래 살아서 사는 게 지겨워진 건가?"

"인간의 희로애락이 아닌 사명으로 산 건 맞지. 하지만 지겨워졌느냐고 하면 그건 아니네. 지겨울 정도로 한가하지는 않은 삶이었으니까. 하지만 철제의 말처럼 우린 인간과는 너무 멀어져 버렸어. 신이라고 불리면서 신이 뭔지도 모르고 배회하는 이상한 존재일 뿐이지."

"흥! 호강에 겨운 소릴 하고 있군. 이백 년 동안이나 처절한 고통 속에서 살아온 나를 두고 말이야."

선우연이 말했다.

"그것이 어쩌면 자네에게 행운이었을지도. 성자들 중에서 가장 인간적인 사람은 바로 자네일 테니까."

"내가 겪었던 고통을 직접 체험한 후에 행운 운운하라고."

그렇게 쏘아붙였지만 황선백도 기분 나쁜 표정은 아니었다.

"가능하겠나?"

목승탁의 물음에 황선백은 한참 동안 목승탁을 응시했다.

"정말 그러고 싶은가?"

"너무 깊게 생각할 것 없네. 사실 내 육체가 조금 더 빨리 죽음을 맞을 뿐 결국 무인검 또한 마계혈에 의해 소멸될 테니까. 난 다만 무인검과 조금이라도 많은 시간을 보내고 싶을 뿐이네."

"그가 그렇게 좋나?"

"그와 함께 있으면 번천의 날이 있기 전, 내가 온전히 인간이었을 때 같은 기분을 느끼게 해주지. 그건 마치……."

표현을 못하고 입술만 달싹거리는 목승탁 대신 선우연이 말했다.

"고향에 온 것 같겠지."

목승탁이 엷은 웃음과 함께 고개를 끄덕였다. 황선백은 고개를 절레절레 저었다.

"너무 오래 살아서 노망이 들은 게야. 노망 든 늙은이를 어떻게 말려. 내 자네가 원하는 대로 해주지."

*　　　　*　　　　*

만민수호문의 사천성 본부는 열두 개의 건물로 되어 있었다. 정문을 보고 세 개의 건물이 세 줄로 서 있고 좌측에는 가장 큰 건물이 길게 자리했다. 우측의 조그만 건물은 허름한 것으로 보아 창고나 허드렛일을 하는 자들의 숙소 같았다.

일 장 높이의 담을 따라 심어진 나무들이 밤바람에 살랑살랑 흔들릴 뿐 그 외의 움직임은 보이지 않았다. 하지만 산 중턱에서 훤히 내려다보는 지금의 모습이 다가 아니라는 걸 그들은 잘 알고 있었다.

술법과 진으로 가려져 있을 뿐 어쩌면 수십 명의 경비가 잔디가 덮인 뜰과 밤처럼 검은 기와가 얹어진 지붕 위에서 침입자를 경계하고 있을지도 모른다.

사천성 본부를 내려다보는 도무진의 미간에는 짙은 주름이 져 있었다. 구룡산을 떠나 이곳까지 오는 내내 기분이 좋지 않다는 걸 알 수 있었다.

"기분이 안 좋아 보여요."

"그렇게 티가 나나?"

"마음에 걸리는 거라도 있으세요?"

"이 싸움, 이 전쟁, 죽어가야 할 사람들과 세해귀. 모두 마음에 걸리지."

"오라버니는 생각이 너무 많아진 것 같아요."

"나도 단순했으면 좋겠군."

"만민수호문은 반드시 무너뜨려야 할 적이라고 단순히 생각하면 되잖아요."

"만약 네가 여기 나와 함께 있지 않고 여전히 만민수호문 소속으로 있으면 어떻게 될까?"

그럼 도무진과 적이 되는데 그건 상상할 수 없는 일이었다. 하지만 도무진이 손수민 한 사람을 지칭해서 하는 말은 아닐 것이다.

도무진은 어둠 속에 웅크리고 있는 사천성 본부를 보며 말했다.

"저 건물 안에는 또 다른 손수민이 가득할 것이고 만민수호문의 문도 대부분이 너처럼 세상 사람들의 안위를 지키려고 하는 의인이겠지. 난 그런 의인을 죽이기 위한 전쟁을 하려는 것이고."

"오라버니 잘못이 아니잖아요."

"안다. 욕심에 눈이 먼 몇몇 때문에 일어나는 전쟁이지. 하지만 난 한 번도 이런 싸움을 해본 적이 없다. 내가 살던 무림은 항상은 아니었지만 대부분은 명쾌했다. 지금은……."

"선한 자와 선한 자가 서로에게 검을 겨눠야 하는, 그런 게 전쟁이잖아요."

본질을 짚은 손수민의 말에 도무진은 쓴웃음만 지었다. 그때 어둠을 뚫고 노리와 현연호가 왔다. 목인귀를 구한 후 탈출할 때 추격을 뿌리칠 장치를 설치하고 온 것이다.

"쿵! 모두 준비됐소. 쿵!"

도무진은 사천성 본부를 보며 중얼거렸다.

"그럼 시작해 볼까."

목인귀의 머리 위로 기름이 뿌려졌다.

"그만둬라! 이게 무슨 짓이냐!"

목인귀는 발버둥을 쳤지만 그의 몸은 의자에 단단히 묶여 있었다. 부적을 붙인 쇠사슬로 친친 매여 있는 탓에 그의 몸부림은 의자를 들썩이게 하는 정도밖에 되지 못했다.

텅!

기름통을 바닥에 팽개친 오춘방(吳春方)이 웃음을 흘리며 말했다.

"흐흐흐… 칼로 베고 거꾸로 매달고 물고문을 해도 입을 열지 않으니 이젠 이 방법밖에 없지. 목인귀를 확실히 죽일 수 있는 방법이기도 하고."

"난 모른다고 하지 않았느냐!"

소리를 지르는 목인귀의 잎사귀가 우수수 떨어졌다. 고문을 받느라 대부분 떨어지고 이제 몇 개 남지 않은 푸른 잎사귀였다.

"어둠의 성자가 어디 있는지 모르면 노리와 현연호의 행방이라도 대야지! 그것만이 네가 살 길이다!"

"이미 말했잖느냐! 그들과는 이미 헤어져서 행방을 모른다고!"

"너희 셋이 암중삼현자라는 우스운 이름으로 죽이 잘 맞는다는 것도 알고 함께 어둠의 성자를 만났다는 사실도 밝혀졌는데 계속 발뺌만 하겠단 말이지?"

오춘방은 벽에 걸린 횃불을 손에 들며 말을 이었다.

"그리 뜨거운 맛을 원한다면 원하는 걸 들어줘야지. 너를 잡았는데 노리와 현연호를 잡는 것도 시간문제일 뿐이다."

횃불을 든 오춘방이 서서히 가까워졌다. 지하실 벽에 걸린 고문 기구들이 횃불의 흔들림에 맞춰 살아 있는 것처럼 춤을 췄다.

툭!

횃불에서 불똥이 튀었다. 노란 불똥은 바닥에 흥건하게 고인 기름과 한 치의 사이를 두고 떨어졌다.

"에구! 조심해야지. 이러다 나까지 불타 버리는 수가 있으니까. 호호호……."

누런 이를 드러내고 웃는 오춘방은 엉덩이를 뒤로 쭉 뺀 자세로 팔을 뻗었다. 노랗게 이글거리는 횃불이 목인귀를 향해 점점 다가왔다. 목인귀는 몸을 뒤로 젖혔지만 횃불과 멀어지기에는 턱없이 부족한 거리였다.

횃불은 너무 가까이 다가와 불이 직접 닿지 않아도 그 열기만으로 불이 붙을 것 같았다.

"오 단주님!"

이십 대 중반의 젊은이가 지하실 문을 거칠게 열면서 오춘방을 불렀다. 급히 계단을 내려오는 젊은이를 향해 오춘방이 신경질적으로 물었다.

"무슨 일이냐?"

"어… 어둠의 성자가 쳐들어왔습니다!"

횃불이 크게 흔들려서 하마터면 목인귀의 삐죽 솟은 가지에 닿을 뻔했다.

"뭐야? 어둠의 성자가 제 발로 여길 왔다고? 이 목인귀를 구하기 위해서?"

"그건 아닌 것 같습니다. 단신으로 쳐들어와서 한다는 말이 만민수호문과 세해귀의 전쟁을 선포하는 것이었습니다."

"그건 또 무슨 개 풀 뜯어먹는 소리냐?"

"자세한 건 잘 모르겠고 어둠의 성자는 만민수호문의 본부와 지부를 습격해 쳐부수려는 의도 같습니다."

"혼자서?"

"네."

"미친놈이군."

"그 미친놈이 문도들을 도륙하고 있습니다. 단주님께 보고 하기 위해 이곳으로 오느라 오래 보지는 못했지만 검이 한 번씩 휘둘러질 때마다 두세 명의 목이 날아갔습니다. 술법사들의 술법도 무용지물이었고요."

잠시 망설이던 오춘방은 횃불을 원래 있던 곳에 걸었다.

"네 공포의 시간이 좀 더 길어지겠구나."

목인귀에게 말을 남긴 오춘방은 계단을 밟아 지하실에서 사라졌다. 긴 안도의 숨을 내쉰 목인귀는 초조하게 지하실에 누군가 나타나기를 기다렸다.

도무진이 갑자기 나타나서 난장판을 만드는 그 한 가지로 사건이 진행될 리 없었다. 아니나 다를까 오춘방이 나가고 일각 정도 지난 후에 지하실 문이 열리고 노리가 들어왔다.

"지키던 놈은 아까 나갔는데 왜 이렇게 늦은 거야?"

뭐라고 대꾸를 하려던 노리는 코를 킁킁거리더니 고개를 끄덕였다.

"네가 똥줄이 탈 만하구나."

계단을 내려와 쇠사슬을 풀려던 노리는 가시에라도 찔린 것처럼 황급히 손을 거뒀다.

"젠장! 이게 무슨 부적이야?"

뒤이어 내려온 현연호가 부적을 보더니 말했다.

"쿵! 세해귀는 손 댈 수 없는 쇠사슬이로군. 쿵!"

지하실 계단이 시작되는 어두운 부분에서 여인의 목소리

가 들렸다.

"뭐해요? 아직 멀었어요?"

"킁! 애야, 네가 와서 이것 좀 풀어야겠다. 킁!"

"누굴 데려온 건가?"

"보기와는 다르게 꽤 유능한 여자사람이야. 저 여인이 아니었으면 진법이 펼쳐진 이곳에 들어오지도 못했을 것이네."

이제 갓 여자라고 불릴 정도로 앳돼 보이는 여인이 횃불 아래 모습을 드러냈다. 부적 때문에 쇠사슬을 풀 수 없다는 말에 여인은 서둘러 움직였다.

의자에서 벗어난 목인귀는 고맙다는 말도 할 사이 없이 계단을 밟아 지하실을 빠져나갔다. 한시라도 빨리 이 끔찍한 곳을 벗어나고 싶었다.

지하실 문을 나서자 좁은 공간이 나오고 위로 올라가는 사다리가 보였다. 사다리 위쪽은 붉은 벽돌로 만든 창고로 허름한 두 개의 건물 중 하나였다.

창고 구석에는 그들이 침입하며 쓰러뜨린 네 명의 경비가 차곡차곡 포개져 있었다.

겨우 한숨을 돌린 목인귀가 말했다.

"어둠의 성자가 날 구하러 오다니. 의외로군."

"자네가 진짜 놀라야 할 일은 그게 아니니 놀라는 건 아껴 두게."

"이곳을 탈출할 수만 있다면 놀라서 심장이 떨어져도 상관없네."

"쿵! 떨어질 심장이 없으니 그런 소릴 하지. 쿵! 어서 서둘러. 어둠의 성자가 오래 싸우고 싶어 하지 않을 테니까. 쿵!"

노리가 조심스럽게 창고 문을 열고 밖을 살폈다. 도무진이 싸우는 소리와 고함 소리, 침입자를 알리는 종소리가 쉼 없이 울렸지만 다행히 창고 주변에는 아무도 없었다.

창고와 담의 거리는 고작 삼 장 남짓이었기 때문에 금세 당도했다.

"이곳은 진법이 펼쳐져 있어서 함부로 넘으려 했다가는 큰일 날 거야."

목인귀의 말에 노리가 담 한 곳을 가리켰다. 그곳에는 공(空)이라는 글자가 음각된 손바닥만 한 나무패가 붙어 있었다.

"저 아가씨가 이미 조치를 취해놨네. 이런 도움이 없었다면 우리가 어찌 이곳까지 들어올 수 있었겠나? 걱정 말고 어서 넘게. 저 나무패 양쪽으로 다섯 자 이상 벗어나면 안 되네."

목인귀는 발을 힘껏 굴려 담을 넘었다. 여인을 안은 현연호가 그다음이었고 노리가 마지막으로 따라왔다. 얕은 풀이 깔린 구릉을 넘어 숲 속으로 들어간 후에야 비로소 목인귀는 한숨을 돌릴 수 있었다.

머리에 기름이 끼얹어질 때만해도 죽었다 싶었는데 이렇게 살아 있다는 게 꿈만 같았다.

"조금만 더 가자고."

목인귀는 노리가 안내하는 숲 속의 작은 길을 따라가며 그들이 왜 이곳으로 왔는지 알 수 있었다.

"여러 가지 열심히 준비했군."

오솔길 양쪽에는 혹시 모를 추격자를 대비해 여러 가지 부적과 장치가 준비되어 있었다. 멋모르고 쫓아오다가는 짙은 안개 속에서 탈진할 때까지 헤매거나 한 달 동안 잠에서 깨어나지 못하는 변을 당할 것이다.

숲 속을 일각 정도 전진한 노리는 비로소 걸음을 멈추고 커다란 떡갈나무 앞에 섰다.

"이제 어둠의 성자에게 철수하라고 해야겠군."

떡갈나무로 올라간 노리는 세로로 길쭉한 옹이에 입을 댔다.

제27장
뇌비영

텅!

어둠의 성자의 검에 부딪친 부적은 아무 힘도 쓰지 못하고 저 멀리 날아가 버렸다. 다른 사람도 아니고 사천성 본부장 고담석(高澹析)이 날린 부적이다.

고담석은 전 본부장이었던 곽민상의 후임으로 오기는 했지만 곽민상과 비교할 수 없는 인물이었다. 만민수호문의 본문에서 집술당(集術堂)을 맡고 있던 당주로 술법이라면 칠 인의 성자를 제외하면 만민수호문 내에서도 열 손가락 안에 드는 술법사였다.

"소문이 자자하더니 허명은 아니었구나."

환갑을 바라보는 나이의 고담석이었지만 청년 못잖은 우렁찬 목소리를 가지고 있었다.

검을 내려뜨린 어둠의 성자는 주변을 둘러보았다. 그가 죽이거나 부상을 입힌 서른 명 정도가 바닥에 널브러져 있었고, 그보다 열 배는 많은 수가 어둠의 성자를 포위한 형국이었다.

"저 녀석 얼굴이 왜 저리 담담하죠?"

오춘방에게 소식을 전하러 왔던 왕삼(王三)이 낮게 속삭였다.

"너라면 바지에 오줌을 싸겠지만 저자는 어둠의 성자다. 그만큼 자신이 있는 거겠지."

말은 그렇게 했지만 무려 삼백 명이나 되는 전사에게 포위를 당한 상태다. 더구나 본부장을 따라 사천성 본부에 파견을 나온 오십 명의 전사는 여느 지부의 지부장 이상의 실력자들이었다.

그들은 아직 나서지 않았고 어둠의 성자가 죽인 자들은 본부의 평범한 문도들뿐이다. 어둠의 성자가 강하다는 건 인정하지만 이곳에 쳐들어온 것은 명백한 실수였다.

고담석이 팔을 들자 비로소 쉰 명의 고수가 움직였다. 다섯 명의 궁수에 스무 명의 술법사, 스물다섯 명의 검사로 이뤄진 그들은 빠르게 어둠의 성자를 포위했다.

그 모습을 보던 어둠의 성자가 독백처럼 중얼거렸다.

"시작된 싸움, 망설이는 것도 우습겠지."

어둠의 성자가 움직였다.

"공격하라!"

고담석의 외침이 터졌다. 그런데 그 외침이 채 끝나기도 전에 먼저 비명이 터졌다. 어둠의 성자 정면에 있던 술법사의 입에서 나온 소리였다.

술법사이지만 검사만큼이나 눈이 좋다고 자부하는 오춘방조차 어둠의 성자가 이 장의 거리를 움직여 술법사의 목을 베는 장면을 보지 못했다. 마치 술법사의 목이 저절로 떨어져 피를 뿜어내는 것 같았다.

첫 죽음이 끝나고 이어지는 죽음까지는 눈 깜빡할 시간도 지나지 않았다. 바로 곁에 있던 검사의 가슴이 갈라지고 그 옆에 있던 궁사는 자신의 활과 함께 허리가 잘렸다.

세 명을 죽인 어둠의 성자의 검에서 뒤늦게 검강이 뻗어 나왔다. 두 자나 되는 흑색 검강은 또 단숨에 세 명의 목을 날려버렸다.

그렇게 여섯 명이 죽어나간 후에야 어둠의 성자를 향한 공격이 시작되었다. 수십 장의 부적이 날아가고 화살이 쏘아졌으며 검사들은 몸을 날렸다.

하지만 부적이고 화살이고 검사들이 당도한 곳에 어둠의 성자는 없었다. 오춘방은 어떤 존재가 저처럼 빠르게 움직일 수 있다는 걸 그날 처음 알았다.

잔상이 길게 늘어질 정도로 빨리 이동해서 검을 휘두르고 어쩔 때는 환상처럼 사라졌다가 십 장 저쪽에서 나타나기도 했다.

오춘방은 문도들을 도륙하는 어둠의 성자를 보며 유언비어라고 믿었던 그 말이 어쩌면 사실일지도 모른다는 생각을 했다.

─어둠의 성자가 칠 인의 성자 중 한 명인 의선을 죽였다.

칠 인의 성자가 실제로 어느 정도의 능력을 가지고 있는지 모른다. 그들은 이미 신이었고 인간이 신의 능력을 가늠하는 건 장님이 코끼리 다리를 만지는 것과 다름없었다.

그런데 눈앞에 있는 어둠의 성자는 신의 능력이 어떤 것인지 극명하게 보여주고 있었다.

동료를 죽이고 있는데도 오춘방은 분노보다 경외가 먼저 느껴졌다. 그가 보고 있는 것은 싸움이 아니라 신의 재림 같았다.

어둠의 성자가 그를 포위한 쉰 명을 죽이는 데는 일각이면 족했다. 얼굴 가득 튄 피가 어둠의 성자의 턱을 타고 뚝뚝 떨어졌다. 그는 혀를 내밀어 입술 가를 흐르는 피를 핥았다. 그리고 인상을 찡그리더니 침을 퉤! 뱉었다. 침 속에 섞인 피가 유난히 붉게 보였다.

아직 많은 문도가 도무진을 둘러싸고 있었지만 싸움은 이미 끝난 것 같았다. 저런 무위를 가진 존재를 향해 부적을 날리거나 검을 들고 달려들려는 인간은 그저 바보다.

고담석이 공격을 명령한다고 해도 오춘방은 싸움에 끼지 않을 것이다. 용기가 부족해서도, 죽어간 동료들에 대한 애정이 없어서도 아니다. 그는 감히 어둠의 성자에게 술법을 펼칠 의지를 드러낼 수가 없는 것이다.

"이 싸움은 시작일 뿐이다."

어둠의 성자는 밤의 그림자처럼 낮은 음성을 뱉었다.

"만민수호문은 곧 나에 의해 무너질 것이다."

그렇게 말을 한 어둠의 성자는 몸을 날려 어둠 속으로 사라졌다. 고담석은 그런 어둠의 성자를 잡으라는 명령도 내리지 못했고, 거기 있는 누구도 동료의 죽음에 대한 복수의 의지를 드러내지 않았다.

너무 거대한 힘 앞에 그들은 인간의 나약함을 절감하고 있을 뿐이었다.

*　　　*　　　*

노루의 몸에서 생명이 빠져나가는 게 느껴졌다. 잘게 일어나는 경련마저 사라지고 한 방울의 피까지 도무진에게 넘긴 노루는 죽은 지 세 달이 넘은 것 같은 모습으로 변했다.

노루의 목에서 입을 뗀 도무진은 긴 한숨으로 입안에 느껴지는 피 맛을 뱉어냈다. 기분 나쁜 냄새다. 짐승의 피는 언제나 더욱 인간의 피를 갈구하게 만들었다.

아까 잠깐 맛본, 그것이 비록 몇 방울의 피라도 인간의 그것은 흡혈귀로서 도무진의 본능을 화들짝 일깨웠다. 침과 함께 인간의 피를 뱉어내는 건 도무진에게조차 힘겨운 일이었다.

도무진이 흡혈을 끝내고 돌아오자 기다리던 자들은 아무 말도 하지 않았다. 모두 도무진이 흡혈귀의 본능을 억누르느라 얼마나 힘들어하는지 잘 알고 있었다.

도무진은 애써 밝은 음성으로 말했다.

"모든 준비가 끝났으니 출발합시다."

암중삼현자는 자신들이 도무진을 도울 수 있다는 장담은 하지 못했다. 사우영을 찾을 수 있는 지도를 사우영이라고 믿고 있었던 그들로서는 '있는 힘껏 돕겠소이다'라는 말밖에 할 수 없었다.

도무진으로서는 암중삼현자가 도움이 되기만을 바랄 뿐이었다.

도무진 곁에 붙어서 말없이 걷던 노리가 물었다.

"아까 사천성 본부에서 왜 만민수호문을 도발하는 무모한 말씀을 하셨소? 자신에게 그들의 이목을 집중시키는 괜한 짓을 말이오."

"만민수호문이 내게 집중할수록 나머지 세해귀들이 안전하게 움직일 수 있기 때문이오."

"쿵! 그 때문에 우리가 더 위험해지지 않았소. 쿵!"

"만민수호문이 이처럼 빨리 움직이는 우리를 찾기는 힘들 테니 너무 걱정하지 마시오."

"쿵! 세상에 이처럼 긍정적인 흡혈귀는 처음이군. 쿵!"

수혼의 등에 탄 손수민이 노리에게 물었다.

"그런데 정말 사우영이 오라버니를 지금보다 더 강하게 만들어줄 수 있나요?"

"그게 아니라면 우리가 고생하며 천하를 돌아다닐 필요가 없지."

"하지만 오라버니가 지금보다 더 강해지는 게 가능한가요? 의선을 죽일 정도로 강한데요."

도무진이 웃음을 머금었다.

"그건 운이 좋았을 뿐이다. 의선이 방심하지 않았다면 어림없었지."

"어쨌거나 사실이잖아요. 칠 인의 성자들도 자신들이 더 강해질 수 없다는 걸 알고 마계혈을 열려고 하는 거 아니에요? 그들에 버금가게 강한 오라버니가 사우영을 얻는다고 얼마나 더 강해지겠어요?"

"그거야 알 수 없지. 우린 법기와 천기가 가리키는 대로 따라갈 뿐이니까."

노리의 말 뒤로 도무진의 목소리가 이어졌다.

"아주 조금이라도 상관없다. 만민수호문이 지키는 흑림을 뚫고 마계혈만 막을 수 있을 정도의 강함만 얻을 수 있다면 그것으로 충분하다."

손수민이 소망처럼 중얼거렸다.

"그리고 살아 나올 수 있는……."

*　　　*　　　*

"사천성 본부 소식은 들으셨습니까?"

빙천의 물음에 성녀는 차 한 모금을 마신 후 말했다.

"도무진이 요란하게 휩쓸고 지나갔다고 하더군요."

"만민수호문을 무너뜨리겠다는 선전포고도 했답니다. 대체 그놈들이 무슨 생각을 하고 있는지 모르겠습니다. 자네 생각은 어떤가?"

빙천은 잠자코 있는 도선에게 물었다. 그는 워낙 과묵해서 질문을 던지지 않으면 한 마디도 하지 않을 것 같았다.

"무슨 짓을 하든 상관없겠지."

"그게 무슨 말인가?"

"성녀님도 그렇게 생각하시지요?"

성녀를 향한 도선의 물음은 뜬금없었다. 그런데도 성녀는 가볍게 고개를 끄덕였다.

"어차피 그들이 원하는 건 하나일 테니까요."

빙천은 뒤늦게 두 사람의 얘기가 마계혈에 대한 것임을 눈치챘다.

"물론 그들이 언젠가는 마계혈을 막기 위해 이곳 흑림으로 오겠지요. 하지만 우리가 손을 놓고 있다면 애써 세워놓은 만민수호문이 쑥대밭이 될 수도 있소이다."

"물론 손을 놓고 있지는 않을 거예요. 저들이 흑림으로 오기 전에 해결할 수 있으면 좋죠. 하지만 그렇게 되지 못한다고 해도 상관없다는 거예요. 두 번째 번천의 날이 오면 만민수호문이 의미 없어질지도 모르잖아요?"

느긋한 두 사람과는 달리 빙천의 걱정은 가시지 않았다.

"화신과 철제에 도무진까지 있소이다. 이곳 흑림에서 성녀님이 신의 능력을 발휘할 수 있다는 것은 알지만 방심은 언제나 화를 부르게 마련이지요."

—누구도 방심하고 있지 않네.

마치 그들을 감싸고 있는 공간 전체가 말하는 것처럼 들렸다. 빙천은 물론이고 도선의 미간도 옅게 찌푸려졌다.

"환영(幻影)께서 오랜만에 오셨군요. 이십 년 만인가요?"

칠 인의 성자 중 마지막 한 명인 환영은 누구에게나 이질적인 존재였다. 그의 진면목을 아는 사람은 오직 성녀 한 명뿐이었고, 그녀 또한 백 년 전 회생의 법을 실행할 때 이후 환영의 모습을 보지 못했다.

환영은 공간을 부유하는 먼지처럼 나타났다 햇살을 받은 이슬처럼 사라지고는 했다.

─얼추 그 정도 되었지요. 빙천 자네는 그동안 많이 바뀌었군.

"오자마자 대화에 끼어든 것을 보면 그동안 일어난 일에 대해 잘 알고 있는 모양이군. 무슨 대비책이라도 있는가?"

─곁가지를 떼어내면 해야 할 일은 선명하게 보이지. 궁극적으로 우린 마계혈을 열면 되는 것 아닌가?

"그건 이미 말이 나왔잖은가? 그보다 모습을 좀 보일 수 없나? 허공에 대고 얘기를 하려니 바보가 된 것 같군."

─미안하네. 오랫동안 사람들에게 모습을 보이지 않아 나타나려니 쑥스럽군. 내 부끄러움을 이해해 주게나.

"하고 싶은 말이나 마저 해보게."

─나보다는 성녀께서 하시는 게 좋겠지. 어쨌든 성녀님의 능력으로 해결하실 테니까.

"절 그리 높게 평가해 주시니 고맙군요. 환영님 말씀대로 우리의 궁극적인 목표는 마계혈을 여는 거예요. 도무진을 비롯해서 화신이나 철제, 귀인문이 밖에서 아무리 방해해도 결국 모든 일은 이곳 흑림에서 일어나게 되어 있죠. 그래서 전 마계혈을 빨리 열려고 하는 거예요. 화신의 예상보다 훨씬 빨리 말이죠."

"방법이 있습니까?"

"마계혈이 열리는 걸 억제하고 있는 건 비단 시간만이 아니라는 건 아실 테죠?"

"천주를 지키는 선무달이 큰 역할을 하고 있죠. 혹시 선무달을 없애는 걸 말씀하시는 겁니까?"

빙천은 질문을 던진 후 바로 자신이 답을 말했다.

"그게 불가능하다는 건 여기 있는 우리 모두가 알고 있는 사실이오. 이번 천주지기는 화신이 심어놓은 자. 오직 화신만이 선무달을 그곳에서 축출할 수 있소이다."

성녀가 예의 그 아름다운 웃음을 보였다.

"마치 제 자랑 같아 쑥스럽지만 흑림 안에서 제가 하지 못할 일은 없습니다."

"선무달을 없앨 수 있단 말입니까?"

"머잖아 그렇게 될 거예요. 선무달이 사라지면 마계혈을 통해 나오는 마기는 더욱 강해질 테고, 그 마기를 먹이 삼는 흑림의 세해귀들도 덩달아 강해지겠지요. 설사 예상보다 빨리 도무진 일당이 온다고 해도 흑림의 세해귀들이 훌륭한 경비 역할을 해줄 것입니다."

―이렇게 재미있는 구경거리가 있는데 내가 안 올 수가 없지. 하하하……!

*　　　*　　　*

벼락 맞은 박달나무의 뿌리는 목인귀가 힘을 주자 쉽게 바위를 뚫고 들어갔다. 다음으로 동쪽 방향에는 노리가 가지고 온 황색 구렁이의 껍질이 놓였다. 서쪽에 자리를 잡은 것은 현연호가 준비한 원숭이의 해골이었다.

암중삼현자가 알려준 대로 도무진은 남쪽에 무릎을 꿇고 산 정상에 양손을 짚었다. 그러자 노리와 현연호가 손을 도무진의 머리에 얹고 나머지 손은 목인귀와 맞잡았다.

"쿵! 꽤나 고통스러울 것이오. 쿵!"

"알고 있소. 이미 경험했으니까."

고통보다는 뇌비영을 품을 수 있을지에 대한 걱정이 가장 컸다. 암중삼현자는 이곳에 도착해서 가부좌를 튼 자세로 한참 동안 주문을 외우더니 필요한 것들을 준비해서 돌아왔다.

사우영과 사우영을 찾을 수 있는 지도도 구분하지 못했던 그들인데, 암중삼현자는 뇌비영을 도무진의 몸에 넣을 수 있다고 장담을 했다.

눈을 감은 암중삼현자의 입에서 주문이 흘러나왔다.

"양명지정(陽明之精) 신위장인(神威藏人) 수섭음매(收攝陰魅) 둔은인형(遁隱人形) 영부일도(靈符一道) 사택무적(舍宅無迹)……."

긴 주문이 이어지는 어느 순간부터 도무진의 손이 바위 안으로 점점 들어갔다. 도무진이 깜짝 놀라 손을 빼려 했지만 아무리 용을 써도 바위에 점점 파묻히는 손을 빼낼 수가 없었다.

손목이 잠기고 팔꿈치까지 파고들어 앞으로 숙여진 몸은 얼굴까지 땅속으로 들어가게 만들었다. 그 와중에도 암중삼현자의 주문은 계속 이어졌다.

"구궁보우(九宮保佑) 이신사지(爾身使之) 종오상조(從吾上朝) 여도합진(與道合眞)……."

온통 암흑뿐이었다. 그 와중에도 어깨까지 땅속으로 파묻히는 걸 똑똑히 느낄 수 있었다. 이대로 멈춰 버린다면 그는 이 자세로 영원히 있어야 할 것 같았다.

도무진은 빠져나가려고 애써 노력하지 않았다. 사우영 중 뇌비영을 얻기 위한 과정일 테니 편하게 마음먹기로 했다. 하지만 사우영이 몸에 들어왔을 때 느꼈던 고통을 생생히 기억하기에 고통에 대한 본능적인 두려움은 있었다.

계속 들려오는 주문, 짙은 암흑, 미동도 할 수 없이 경직되어 버린 육체. 그 상태가 한참 동안 계속되었다.

'정말 이대로 파묻혀 버리는 게 아닐까?'라는 생각이 들때 저 멀리서 뭔가가 반짝였다. 늦가을 두 마리의 개똥벌레가 내뿜는 것 같은 희미한 불빛이 점점 다가왔다.

불빛은 순간적으로 사라지기는 했지만 곧 다시 나타나 도무진과의 거리를 좁혔다.

두근! 두근!

불빛이 다가올수록 가슴이 심하게 뛰었다.

그리고 비로소 확인한 그것은 두 개의 눈이었다. 눈이라면 응당 얼굴이 있어야 하는데 괴이하게 그 눈은 두 개의 손바닥에 붙어 도무진을 응시하고 있었다.

쫙 펼친 두 개의 손바닥은 도무진의 얼굴 한 치 앞에서 멈췄다. 여인의 그것처럼 긴 속눈썹을 가졌고 하얀 눈 위에 먹물을 한 방울 떨어뜨린 것처럼 흑백이 뚜렷했다.

손바닥에 붙은 그 눈은 한참 동안 도무진을 바라보았다. 얼마나 시간이 흘렀을까? 두 개의 눈 사이가 점점 벌어졌다. 눈을 달고 있는 팔이 양쪽으로 움직인 것이다.

두 개의 팔은 쭉 뻗은 도무진의 팔과 점점 가까워졌다. 그리고 닿았다. 도무진은 그 차가움에 소스라치게 놀랐다. 얼음이 백 배 정도 차가워질 수 있다면 아마 이 느낌일 것이다.

눈이 달린 두 개의 팔이 도무진의 팔 속으로 서서히 파고들었다. 그 모습은 괴이했고 고통은 상상을 초월했다. 세상에서 가장 차가운 얼음으로 만든 칼이 피부를 찢고 근육을 도려내며 뼈를 으깨는 것 같았다.

입을 쩍 벌렸지만 비명은 나오지 않았다. 철저하게 어두운 공간은 도무진의 목소리조차 삼켜 버렸다.

까드득! 까드득!

눈 달린 팔이 도무진의 팔뼈를 씹어 먹는 고통이 전해졌다. 도무진으로서는 그저 참는 것밖에 다른 방법이 없었다. 끝날 것 같지 않은 고통은 어느 순간 거짓말처럼 사라졌다. 그리고 눈앞이 환해졌다.

실제로 환한 것은 아니었다. 워낙 칠흑 같은 어둠에 덮여 있다 보니 희미한 달빛조차 눈부심으로 다가온 것이다.

도무진은 자신이 두 손을 땅에 댄 채 엎드린, 처음 그 자세로 있다는 걸 깨달았다. 분명 땅속으로 파묻혔었는데 땅이 파인 흔적은 찾아볼 수 없었다.

"쿵! 이상한데. 쿵!"

"그러게. 왜 아무 변화가 없지?"

"다시 한 번 해볼까?"

"주문이 잘못된 거 아니에요?"

히히힝!

암중삼현자와 손수민, 심지어 수혼조차 한마디씩 뱉어냈다. 그들에게는 도무진이 엎드린 자세 그대로 있었던 것으로 보인 모양이다.

"됐습니다."

"쿵! 포기하겠다고요? 쿵!"

도무진은 양손의 주먹을 쥐었다 폈다 하며 말했다.

"뇌비영은 제게 왔습니다."

"그게 정말이오?"

도무진은 확실히 느낄 수 있었다. 대단한 힘 같은 게 전해지지는 않았다. 팔의 움직임이 어색하고 관절에 녹이 슨 것처럼 뻑뻑한 것뿐.

본래의 팔을 떼어내고 새 팔을 단 것 같았다.

"다음은 귀주성(貴州省)으로 가야 합니다."

목인귀가 물었다.

"그곳에는 무엇이 있습니까?"

"도풍각(導風脚)입니다."

"사우영 중 다리 부분이군요."

손수민이 노리에게 물었다.

"도풍각도 뇌비영처럼 땅에 묻혀 있나요?"

"그곳 근처에 가기 전까지는 우리도 모른다네."

"이번처럼 별 어려움이 없었으면 좋겠네요."

'다른 이들은 내가 겪은 고통을 모르지.'

도무진은 남모르게 한숨을 쉬었다.

*   *   *

남궁벽은 검에 묻은 피를 털어냈다. 잡초를 덮은 나뭇잎 위로 피의 선이 선명하게 그려졌다.

오늘 다섯 명을 벤 것으로 지금까지 만민수호문의 문도 열세 명을 죽였다. 먼저 공격을 했기에 어쩔 수 없었다고는 하지만 스멀스멀 밀려오기 시작하는 산의 어둠만큼 기분은 좋지 않았다.

그런데 오희련은 다른 모양이다. 남궁벽이 다섯 명의 검사를 상대하는 동안 네 명의 술법사와 싸우고 있었다.

오희련도 남궁벽만큼 쉽게 술법사들을 해치울 수 있었다. 하지만 그녀는 마치 술법사들과의 싸움을 즐기는 것 같았다.

이런저런 부적을 날려 자신의 술법을 시험해 보던 오희련이 남궁벽을 향해 씨익 웃었다.

"재미있는 거 보여줄까?"

그녀의 삼 장 앞에 나란히 선 네 명의 술법사는 이미 낭패한 모습이었다. 옷은 여기저기 찢어지고 개중에는 바지가 아예 사라져 간신히 속옷만 부지한 청년도 있었다.

"악독한 년! 더 이상 모욕하지 말고 죽여라!"

콧수염이 한쪽만 타버려 우스꽝스러운 모양이 되어버린 중년인이 소리쳤다.

"그래? 그럼 원하는 대로 해주지."

가슴 앞에서 깍지를 낀 오희련은 검지와 엄지만 세웠다. 주문을 외우는 듯 입술이 달싹였지만 소리가 되어 나오지는 않았다.

가만히 서서 당하고만 있을 수 없다는 듯 네 명의 술법사도 일제히 주문을 외웠다. 그들이 막 부적을 날리려고 할 때 오희련의 입에서 짧은 외침이 터졌다.

"합(合)!"

오희련을 향해 부적을 날리려던 네 사람이 갑자기 서로를 향해 돌아서더니 자기편을 향해 부적을 던졌다. 네 장의 부적은 정확히 서로에게 적중해서 네 개의 비명을 만들어냈다.

그들은 가슴이 뚫리거나 하얀 서리를 뒤집어쓴 채 동사를 하고, 불이 붙어 허우적거리는 자와 머리가 잘려 나무토막처럼 쓰러지는 자가 되었다.

"어떻게… 된 거야?"

네 명의 술법사는 오희련의 '합'이라는 단 한 마디에 서로를 공격하는 괴사를 벌였다.

"아여의타심동법을 깨닫기 시작했구나."

갑자기 들려온 목소리에 오희련과 남궁벽은 고개를 돌렸다. 선우연이 이리저리 허리가 휜 세 그루의 소나무 사이에서 모습을 드러냈다.

"성취 속도가 빠르기는 하지만 만족할 만한 속도는 아니다."

오희련이 물었다.

"우릴 어떻게 찾았죠?"

"만민수호문과의 싸움에서 도무진만큼이나 중요한 널 찾을 방법도 강구해 놓지 않았다면 내 직무유기지."

"만민수호문과의 싸움이라고요? 철제인 당신이 왜 만민수호문과 싸운단 말이에요? 그럼 우릴 쫓던 자들의 말이 모두 사실이란 말인가요?"

"그건 그들이 알고 있는 사실이고 지금부터 내가 너희들에게 말하는 것은 진실이다. 그런데……."

선우연은 주변의 시체를 둘러보며 인상을 찡그렸다.

"담소를 하기에 좋은 장소는 아니군. 술이라도 한잔하면서 얘기하도록 하자."

그들은 산에서 가장 가까운 마을로 내려갔다. 서른 가구 정도가 모여 사는 작은 마을이었고 술집도 허름했다. 백 년은 된 것 같은 문은 위쪽 경첩이 반쯤 떨어져 삐걱거렸고 탁자에는 기름때가 한 뼘은 쌓여 있었다.

그래도 직접 담근 술이라며 내놓은 죽엽청 맛은 괜찮았다.

"이제 일이 어떻게 돌아가는 것인지 얘기해 주시죠."

한 잔의 술을 단숨에 마신 남궁벽이 채근했다. 선우연의 시선이 어둑해지는 창밖으로 돌아갔다.

"어디서부터 얘기를 해야 할까? 가장 궁금한 것이 무엇이냐?"

"만민수호문이 갑자기 적이 된 이유가 무엇입니까?"

"세상을 지켜야 할 그들이 세상을 혼돈에 빠뜨리려고 하기 때문이지."

남궁벽의 얘기는 그 말로 시작됐다. 원래 열두 명이었던 성자들이 어떻게 일곱 명으로 줄었는지, 배후에서 가장 큰 힘을 행사하는 성녀가 누구인지, 두 번째 번천의 날을 오게 할 마계혈에 관한 것까지.

모든 얘기가 다 놀라웠지만 얘기 사이에 슬쩍 비친 도무진의 정체는 너무도 의외였다.

"오라버니가 최초의 흡혈귀라고요?"

"자기 자신에게 복수하기 위해 이십 년 동안이나 찾아다녔다니 우습지 않느냐?"

세상에서 가장 슬픈 희극 같았다.

그 후로도 한동안 선우연의 얘기는 이어졌고 두 사람은 잠자코 듣기만 했다. 왜 자신들이 만민수호문에 쫓기게 되었는지 비로소 이해할 수 있었다.

긴 얘기를 끝낸 선우연이 두 사람에게 물었다.

"이제 너희가 편을 정할 때다."

오희련이 피식 웃었다.

"저희에게 선택의 여지가 있나요?"

"만민수호문에 가서 사실대로 얘기하는 방법도 있지."

"그리고 다시 맞은 번천의 날에 내게 행운의 빛이 떨어지기를 기다리라고요?"

"천만 분의 일 정도 되는 확률이니 기대해 볼 만하지 않나?"

"그보다 궁금한 게 있어요."

"아여의타심동법 말이냐?"

"왜 그걸 내게 익히게 한 거죠?"

"네가 세상에서 가장 강한 사람을 물리쳐야 하기 때문이다."

"세상에서 가장 강한 사람이라니……."

묻던 오희련은 깜짝 놀란 표정을 지었다.

"설마 성녀를 말하는 거예요?"

"흑림에서 그녀는 신이다. 흑림을 빽빽하게 덮고 있는 나무와 그곳에 살고 있는 수많은 세해귀를 뚫고 그녀에게 가까이 가는 건 불가능하지."

"그래서 제가 아여의타심동법으로 성녀를 조종해야 한단 말인가요?"

선우연이 피식 웃었다.

"네가 아무리 몽마의 자식으로 흑술법에 뛰어난 재능을 가졌다고 해도 성녀를 조종하는 건 불가능하다."

"글쎄요."

오희련은 양손을 모으고 엄지와 검지를 세웠다. 들리지 않는 주문을 외운 후 '합!'이라는 소리가 튀어나왔다. 그리고 곧바로 그 소리는 비명으로 바뀌었다.

머리를 감싸 쥐고 엎드리는 그녀의 어깨를 남궁벽이 감싸 안았다.

"왜 그래? 괜찮아?"

"머리가… 머리가……."

겨우 뱉는 말에서 꺽꺽거리는 소리가 섞여 나왔다.

탁!

선우연이 탁자를 가볍게 쳤다. 그러자 오희련을 괴롭히던 두통이 단숨에 가셨다.

"상대를 봐가면서 아여의타심동법을 펼쳐라. 네 능력을 한참이나 벗어난 상대에게 쓰다가는 뇌가 얼음처럼 녹아버릴 테니."

"쳇! 진작 말해줬어야죠."

남궁벽이 걱정스러운 음성으로 말했다.

"희련이가 성녀와 싸우는 건 불가능할 것 같군요. 마계혈이 열리기까지는 앞으로 몇 달의 시간밖에 없는데 그 안에 희련이가 성녀와 싸울 수 있을 정도로 강해지는 건 불가능합니다."

"술법을 무공처럼 보면 안 된다. 무공은 대부분의 경우 시간과 비례하지만 술법은 십 년을 훌쩍 건너뛸 수도 있으니까."

오희련이 물었다.

"제가 정말 성녀와 싸울 정도로 강해질 수 있단 말인가요?"

"물론 가능하지."

대답을 한 선우연이 술잔을 기울였다.

"술맛 좋다!"

*   *   *

"끄윽!"

잠을 자던 손수민은 갑작스러운 고통에 화들짝 깨며 비명을 터뜨렸다. 누군가 목을 조르는 것 같았고 가까스로 눈을 뜨자 자신의 생각이 틀리지 않았다는 걸 알았다.

급한 길이었기에 항상 지붕이 있는 객잔에서 묵을 수는 없었다. 거의 반쯤은 노숙을 했고 그날도 하늘을 지붕 삼아 푹신한 풀을 이부자리 삼아 잠을 청하고 있었다.

도무진과 암중삼현자가 있어서 산중의 밤이 위험하다는 생각은 갖지 않았다. 그런데 갑자기 누군가 자고 있는 그녀의 목을 조르는 일이 발생한 것이다.

손수민은 팔을 허우적거리며 도움을 청하기 위해 비명을 지르려 했다. 하지만 단단한 손은 그녀의 입에서 꺽꺽거리는 낮은 소리 이외의 것은 허락하지 않았다.

눈물이 시야를 가려서 그녀의 목을 조르는 자는 흐릿한 그림자로밖에 보이지 않았다. 그림자의 배경으로 놓인 검은 하늘에서 파랗게 반짝이는 별만이 선명했다.

시야는 자꾸 흐려지고 의식도 몽롱해지는데 갑자기 숨이 확 들어왔다.

"콜록! 콜록!"

몸을 뒤집으며 거친 기침을 토해내는 그녀의 등을 누군가 쓰다듬었다.

"급하게 숨 쉬지 말고 천천히 짧게 숨을 들이쉬게."

노리의 부드러운 목소리였다. 손수민은 노리가 시키는 대로 짧은 숨을 쉬며 자신을 공격한 자를 찾았다.

현연호와 목인귀가 그녀를 가로막고 있었고 그자가 둘 사이의 좁은 틈으로 보였다. 무릎을 꿇은 채 자신의 손을 내려다보고 있는 그자는 도무진이었다.

제28장
도풍각

"오… 오라버니!"

망연자실한 표정의 도무진은 손수민을 향해 고개를 숙였다.

"미안하다."

"왜죠? 왜 절 죽이려고 한 거예요?"

도무진은 관절이 하얗게 되도록 주먹을 움켜쥐었다.

"내 의지가 아니었다. 내가 잠든 사이에 일어난 일이다. 하지만 왠지 기억은 나는군. 잔인하도록 뛰어난 현실감이지. 도통 놓치는 법이 없으니까."

목인귀가 물었다.

"대체 어떻게 된 것이오?"

"뇌비영입니다. 내가 가장 열망하는 걸 알고 이 녀석이 스스로 움직인 것이지요."

"오라버니가 제 죽음을 그토록 열망했단 말인가요?"

도무진은 쓴웃음을 지으며 고개를 저었다.

"그럴 리가. 인간의 피를 탐하는 흡혈귀의 본성을 말하는 것이다. 내 의지가 약할 때 본성을 충실히 이행하는 팔이라니……."

도무진은 자신의 손을 내려다봤다. '차라리 잘라 버릴까?'라는 중얼거림은 정말 그럴 수도 있다는 진심을 품고 있었다.

"절대 안 돼요!"

손수민이 외쳤고 노리가 도무진을 달랬다.

"어둠의 성자 잘못이 아니오. 물론 뇌비영의 잘못도 아니고. 그건 일종의 불협화음일 뿐이오. 모든 말이 처음부터 주인의 말을 잘 듣는 게 아닌 것과 마찬가지요."

"그래요. 수혼도 처음에는 오라버니를 물었잖아요."

"하지만 이런 일이 다시 생기지 않는다는 보장이 없잖습니까?"

"쿵! 의외의 일이 터지기는 했지만 알았으니 고칠 수는 있지요. 쿵! 야생마를 길들이는 것과 비슷하오. 쿵!"

목인귀가 말했다.

"뇌비영이 어둠의 성자를 자신의 주인이라고 확실히 느끼게 해야 하오. 내 생각에는 연공이 좋을 것 같은데."

노리가 맞장구를 쳤다.

"그렇지. 뇌비영과의 이질감을 없애면 결국 뇌비영도 스스로가 아닌 어둠의 성자의 일부가 될 것이오."

도무진은 암중삼현자의 충고대로 시간 날 때마다 연공에 몰두했다. 처음 얻었을 때는 이질감과 뻑뻑함을 느꼈는데 연공을 하면서 원래 자신의 팔과는 확연히 다르다는 걸 깨달았다.

혈도의 위치나 근육의 강함, 뼈의 강도조차 차이가 났다. 팔에 있던 다른 혈도는 모두 사라지고 딱 하나 팔꿈치 아래 있는 곡지혈만이 존재했다. 근육의 탄력이나 질기기는 이전의 것과 비교할 수가 없었다. 쇠줄로 만들었다 할지라도 뇌비영의 근육보다 질기지는 못할 것이다.

뼈는 도무진을 가장 당황시킨 부분이었다. 흡혈귀의 뼈, 특히 최초의 흡혈귀인 도무진의 뼈는 세상에서 가장 단단한 물질 중 하나다. 그런데 뇌비영을 얻은 후 팔의 뼈는 더 단단해졌다. 어쩌면 그 두께의 금강석만큼 단단할지도 모른다. 세상에 뇌비영의 뼈를 부러뜨릴 수 있는 건 아마 없을 것이다.

문제는 역시 뇌비영이 도무진과 충분히 동화되지 못한다는 점이었다. 뇌비영이 뇌가 있어 혼자 생각하는 것은 아니다. 하지만 도무진이 느끼는 본능은 모두 감지해서 그걸 스스로 해결하려고 했다.

본능적인 방어나 공격을 할 때는 대단히 유용하다. 하지만 도무진의 의식이 없을 때 뇌비영은 몸의 욕구를 스스로 해결하려 했다. 그 결과가 손수민이었고 다시는 그런 일이 일어나게 해서는 안 된다.

도무진은 운기행공을 하며 뇌비영과 자신의 몸을 하나로 만들기 위해 노력했다. 그것은 살과 살로 붙고 근육과 근육으로 이어진 자들의 대화 같았다. 언어도 없고 손짓이나 발짓도 존재하지 않는다. 오로지 자신이 가진 감각으로 서로에게 끊임없이 신호를 보내는 것이다.

그러는 사이 뇌비영은 차츰 도무진의 몸을 받아들였다. 운기행공을 하고 검법을 시전하면 그것을 확실히 느낄 수 있었다. 뇌비영은 이해력이 빠른 야생마였고 도무진은 그 야생마를 마음껏 뛰게 할 수 있는 좋은 주인이었다.

뇌비영을 받아들이느라 원래 여정보다는 늦었지만 그들은 결국 두 번째 사우영이 있는 곳에 도착할 수 있었다.

귀주성 아우현(兒遇縣) 여황산(如凰山)에는 빙천(氷泉)이라는 특이한 연못이 있다. 바위라도 녹일 것 같은 폭염 속에서도 빙천의 물만은 얼음보다 차가운 한기를 내뿜었다.

그래서 혹서기가 되면 더위를 피하기 위해 빙천 주변은 항상 사람들로 북적였다. 하지만 아무리 더운 날이라도 빙천에 몸을 담그는 사람은 없었다.

빙천에 들어갔다가 순식간에 동사해 버린 사람이 열 명을 넘기면서 얻은 귀중한 교훈이었다.

도무진 일행이 빙천에 도착한 때는 늦가을이었기 때문에 빙천을 찾는 사람은 없었다. 심지어 동물들조차 한기를 피해 멀리 이사를 갔다.

"호오! 정말 춥군요."

손을 호호 부는 손수민의 입에서 하얀 김이 새 나왔다. 빙천은 폭이 십오 장 정도 되는, 산속에 있는 것치고는 꽤나 큰 연못이었다.

빙천 주변의 바위에 올라선 도무진이 말했다.

"이 속이군요."

"쿵! 거길 들어가야 한다고? 쿵!"

현연호는 몸을 부르르 떨었다.

"필요한 것이 무엇인지 알아보세."

암중삼현자는 현천 주위에 널린 바위 중에서 가장 크고 편편한 것을 찾아 그 위에 가부좌를 틀고 앉았다. 특별한 주문 같은 건 없었다. 그저 일각 남짓 눈을 감고 미동도 하지 않았다.

거의 동시에 눈을 뜬 암중삼현자는 서로에게 무엇이 필요한지 물었다. 그리고 서로 고개를 젓는 것만 확인했을 뿐이다.

"이번에는 우리가 준비할 것이 없소."

노리의 말에 도무진이 물었다.

"무슨 뜻입니까?"

"당신 혼자의 힘으로 얻어야 한다는 뜻입니다."

노리는 빙천을 보며 한껏 낮아진 음성으로 말했다.

"저 아래에는 무언가 있습니다. 그것을 극복해야 비로소 도풍각을 얻을 수 있을 것이오."

"그 '무언가' 가 뭔데요?"

입 앞에 손을 가져다 대고 있어서 손수민의 발음은 불분명하게 들렸다.

"세해귀는 아니고… 신수 같네."

"신수라면 수혼이나 귀기탐웅 같은 동물을 말하는 건가요?"

"그렇지. 하지만 말이나 새는 아닐 것이야. 그보다는 훨씬 흉포하겠지. 도풍각을 지키고 있거나 어쩌면 품고 있을지도 모르니까."

"들어가 보면 알겠지."

중얼거린 도무진은 망설이지 않고 빙천으로 뛰어들었다.

"쿵! 성질 한번 급하군. 쿵! 젠장, 물은 싫은데. 쿵!"

현연호는 투덜거리면서도 도무진의 뒤를 따라 물속으로 들어갔다. 예상대로 물은 피까지 얼려 버릴 것처럼 차가웠다. 목인귀는 물에 뜨는 몸을 가지고 있어서 노리가 가지를 잡고 잠수를 하는 중이었다.

빙천은 십 장 아래까지 보일 정도로 물이 맑았지만 그들은 더 깊은 곳으로 잠수를 해야 했다. 근 이십 장을 들어왔으나 가장 앞에 가는 도무진은 계속해서 아래쪽으로 헤엄을 쳤다.

도풍각이 있는 곳을 정확히 아는 자는 도무진뿐이니 그를 쫓는 수밖에 없었다. 빙천은 믿을 수 없을 정도로 깊었다. 암중삼현자 모두 숨을 안 쉬고 반 시진은 버틸 수 있었지만 이미 오십 장을 내려온 지금, 슬슬 걱정이 되기 시작했다.

거기에 빙천으로 뛰어들 때까지만 해도 차가운 물쯤은 걱정하지 않았다. 하지만 아래로 내려갈수록 물의 온도는 더욱 내려갔다. 이렇게 차가운데 얼음이 얼지 않는 게 신기했다.

가장 깊은 새벽보다 더 어두운 공간은 아무리 밤눈이 좋은 암중삼현자라 할지라도 도무진을 쫓기 힘들게 만들었다.

도무진도 그걸 아는지 속도를 조절하며 그들과의 사이를 벌어지지 않게 만들었다.

'더 이상 내려가면 곤란한데.'

노리가 그 생각을 하고도 이십 장쯤 더 헤엄을 치고서야 도무진은 왼쪽을 가리켰다. 비로소 변화가 생긴 것인데 그렇다고 안심할 수는 없었다.

방향이 바뀌기는 했지만 그것이 곧 빙천을 벗어난다는 의미는 아니었다. 이렇게 깊은 곳까지 왔으니 어디에나 물로 차있을 게 분명하다.

하지만 도무진은 방향만 바꿔서 계속 헤엄을 쳤다. 노리도, 현연호도 한계에 다다라 있었다. 숨이 막혀서 죽든, 얼어서 죽든 둘 중 한 가지에 목숨을 내놓을 위기에 놓였다.

희미하게 보이던 도무진이 갑자기 사라졌다. 그리고 곧 폭이 일 장 정도 되는 수중 동굴 안으로 들어갔다는 걸 알 수 있었다. 수중 동굴은 그야말로 돌이킬 수 없는 길이다.

목인귀를 끌고 가는 노리도, 따라오는 현연호도 망설일 수밖에 없었다. 지금이라도 발바닥에 땀나도록 헤엄쳐서 빙천을 빠져나가는 게 살 확률이 가장 높은 길이었다.

수중 동굴 앞에서 멈춘 노리는 목인귀와 현연호를 봤다. 비록 말은 할 수 없지만 둘은 표정만으로 노리가 하고 싶은 말을 알 수 있었다.

현연호의 코에서 방울이 뽀르륵 생겼다. 콧김을 세게 분 현연호는 먼저 수중 동굴 안으로 들어갔다. 여기에 목숨을 걸겠다는 의지를 몸으로 보인 것이다.

현연호가 수중 동굴로 들어간 마당에 둘이 다시 올라갈 수는 없는 노릇이다. 노리는 목인귀를 끌고 동굴 안으로 헤엄쳤다. 그가 망설이는 사이 도무진과의 거리는 벌어져서 모습이 보이지 않았다.

동굴은 구불구불하게 이어져 있었다. 너무 차가운 물 때문에 물고기도 살지 않아 부유물 한 점 없는 물은 빛이 없어서 마치 먹물 같았다.

'정말 이곳에 신수가 살고 있을까?' 라는 생각이 들었다. 아무리 신수라도 뭔가를 먹어야 한다. 그런데 이처럼 추운 곳에서 구할 수 있는 먹이가 있을 리 만무하다.

하긴 지금 걱정할 것은 신수의 먹이가 아니라 그들의 목숨이었다. 이제 호흡도 가슴을 넘어 목까지 차올랐다. 호흡이 부족해 물이라도 마시는 순간 피는 얼음처럼 차갑게 식어버릴 것이다.

뭔가 웅웅거리는 소리가 들렸다. '이제 환청까지 들리나?' 라는 생각을 하는데 갑자기 머리가 수면 위로 쑥 올라갔다. 드디어 물이 없는 장소가 나온 것이다.

노리는 참았던 숨을 들이쉬며 목인귀를 잡아끌었다. 도무진이 둘을 잡아 바위 위로 꺼내주었다. 그들 곁에는 먼저 올라온 현연호가 큰대자로 뻗어서 거친 호흡을 하고 있었다.

확실히 물속보다는 한기가 덜했다. 숨을 고른 노리는 비로소 수중 동굴을 살필 여유가 생겼다.

그들이 나온 곳은 폭이 이 장 정도 되는 동굴 안의 연못 같은 곳이었고 그 주변으로 백 평 남짓의 타원형으로 생긴 공간이 자리했다.

삼 장 높이의 천장에는 짧은 종유석이 매달려 있었고 습기 머금은 바닥과 벽은 울퉁불퉁한 자연 그대로의 모습을 지녔다.

부르르 몸을 털어 물기를 제거한 현연호가 주변을 둘러보며 말했다.

"킁! 왜 여기는 물이 차 있지 않은지 모르겠군. 킁! 그나저나 뭐 느껴지는 게 있소?"

현연호의 물음에 도무진은 우측에 난 동굴을 보며 말했다.

"저쪽인 것 같군요."

암중삼현자는 도무진의 시선을 따라 고개를 돌렸다. 폭과 높이가 이 장에 달하는, 이런 곳에 있는 동굴로는 이상할 정도로 큰 동굴이었다.

"그럼 가봅시다."

노리가 걸음을 옮기려는데 도무진이 팔을 들어 막았다.

"저 혼자 가지요."

"왜요?"

도무진의 시선은 시종 동굴에서 떨어지지 않았다.

"아무래도 그게 나을 것 같습니다."

말을 한 도무진은 검을 손에 쥐고 동굴로 향했다. 워낙 짙은 어둠 속이었기 때문에 도무진은 금세 자취를 감췄다.

"어떻게 할까?"

목인귀의 물음에 노리가 도무진이 사라진 동굴을 보며 말했다.

"여기까지 함께 왔는데 아무것도 하지 않고 기다리기에는 억울한데."

"쿵! 우리 나이가 몇인데 남이 시키는 대로 하겠나? 쿵!"

다들 이 공간에 덩그러니 남아 있는 게 내키지 않았다. 그래서 그들은 도무진을 따라가기로 했다. 시야는 철저하게 가렸지만 소리만은 유난히 크게 만드는 곳이 동굴이었다.

그들의 낮은 발걸음 소리조차 여러 개의 북소리처럼 사방으로 울렸다. 노리는 일부러 지팡이를 짚지 않았지만 목인귀의 다리는 딱딱해서 날카로운 소리를 토해냈다. 현연호의 시끄럽다는 핀잔도 발걸음 소리를 줄이지는 못했다.

바깥 공간과는 다르게 동굴의 벽과 천장은 일부러 다듬은 것처럼 매끈했다. 바닥도 대체로 그랬는데 군데군데 파인 자국이 있었다. 앞장서서 가던 노리는 물이 고인 자국을 손으로 더듬었다.

깊이 다섯 치에 폭은 두 치 정도 되고 길이는 한 자가 넘는, 갈고리로 긁어서 만든 것 같은 자국이었다. 그런 것이 한두 개라면 자연적으로 생겼을 수도 있지만 일정한 간격을 두고 계속해서 보였다.

노리가 눈여겨보는 걸 목인귀도 알아차렸다.

"신수의 흔적일까?"

목인귀의 물음에 노리는 물음으로 답했다.

"정말 신수일까? 이 기운이 느껴지나?"

묻는 노리의 목소리에는 불안함이 묻어 나왔다. 굵은 침을 삼킨 현연호가 대답했다.

"쿵! 못 느낄 수가 없지. 쿵!"

암중삼현자는 확실히 어둠만큼이나 짙은 기운을 느낄 수 있었다. 빙천을 들어오기 전 느꼈던 기운과 비슷했지만 또 달랐다.

위에서 느낀 것이 신수의 기운이었다면 지금은 동굴 안에 있는 무언가가 신수라는 걸 장담할 수 없었다. 신수라고 하기에는 그 속에 포함된 사기(邪氣)가 너무 강했다.

쿵!

육중한 소리와 함께 동굴이 통째로 흔들렸다. 서로의 얼굴을 본 그들은 걸음을 빨리했다. 날카로운 쇳소리가 연이어서 들려왔다.

치이익! 치이익!

벌겋게 달아오른 쇠를 물에 집어넣을 때 나는 소리와 비슷한 소리가 들렸다. 가장 앞선 노리가 황급히 코와 입을 막았다.

"독이네!"

현연호도 비릿하고 쓴 맛을 느끼고 호흡을 멈췄다. 보통의 인간이었으면 핏물로 변했을 테고, 어지간한 세해귀도 거품을 물고 죽었을 것이다.

"쿵! 지독하군. 쿵쿵!"

목인귀가 자신의 머리에서 나뭇가지 두 개를 꺾어서 노리와 현연호에게 줬다.

"입에 물고 있게."

목인귀의 가지에는 여러 가지 효능이 있는데 그중 하나가 피독(避毒)이었다. 노리와 현연호가 나뭇가지를 입으로 가져가는 와중에도 날카로운 쇳소리는 계속해서 들려왔다. 도무진의 검과 무언가가 싸우면서 나는 소리일 것이다.

걸음을 서두른 그들은 비로소 도무진의 뒷모습을 볼 수 있었다. 그리고 신수라고 믿었던 무언가의 정체도 확인했다. 눈으로 확인은 했지만 신수가 무엇이라고 단정할 수는 없었다.

삼각형의 머리에 커다란 검은 구슬이 박힌 듯한 눈, 안쪽으로 굽은 날카로운 송곳니 사이로 혀가 날름거렸다. 그것은 틀림없는 뱀이었지만 그리 단정할 수 없는 것이 매끈해야 할 가슴 쪽에 두 개의 다리가 보였다. 배 부근에도 다리가 보였고 아마 그 뒤쪽으로도 두 개쯤 더 달렸을 것이다.

뱀에 다리가 달렸다면 도마뱀이다. 하지만 도마뱀과 뱀의 생김새는 확실하게 구분할 수 있었다. 도무진이 천장 바로 아래까지 뛰어올라 검을 내려치는 저것은 확실한 뱀의 모습을 하고 있었다.

머리의 크기가 도무진보다도 훨씬 크고 다리까지 달린, 그러면서 뱀이다.

까앙!

도무진의 검은 정확히 뱀의 콧등을 쳤지만 곧바로 튕겨져 나왔다. 뱀은 거대한 아가리를 벌려 도무진을 한입에 삼키려고 했지만 횡으로 휘두른 검에 송곳니를 맞아 머리를 틀었다. 꺾어진 머리가 동굴 벽에 부딪쳐 요란한 소리를 냈다.

치이익! 하는 소리와 함께 입천장에 뚫린 구멍에서 독액이 뿜어졌지만 도무진을 상하게 하지는 못했다.

두 자 길이의 검강을 만든 검은 연이어서 뱀의 머리를 후려쳤다. 검강을 품은 검조차 흠집 하나 내지 못할 정도로 뱀의 껍질은 단단했다.

도무진도, 뱀도 서로에게 충격을 주지 못하는 공격을 계속해서 이어갔다.

뱀이 동굴 벽에 부딪칠 때마다 떨어져 나온 돌멩이가 암중삼현자에게까지 날아왔다. 지팡이로 돌멩이를 쳐 내며 노리가 말했다.

"저 뱀이 도풍각을 지키고 있다고 생각하나?"

목인귀가 대답했다.

"그럴 수도 있고 아닐 수도 있지."

"쿵! 옆집 개똥이도 할 수 있는 대답을 듣자고 쿵! 늙은 너구리가 물은 게 아니잖아!"

"저 뱀에게서 신수의 기운과 사기가 동시에 느껴지는 걸 생각해 보게. 왜 그러겠나?"

"쿵! 생긴 것부터가 괴상하잖아. 쿵!"

"자넨 저 뱀 속에 도풍각이 있다고 생각하는 것인가?"

"그것만이 저 뱀에게서 풍기는 두 가지 기운과 저 괴상한 생김새를 설명할 수 있지."

지금으로써는 목인귀의 예상이 맞을 확률이 높았다.

"쿵! 그럼 어둠의 성자가 도풍각을 얻는 건 틀려먹었잖아! 쿵!"

도풍각은 이미 뱀의 몸에 자리를 잡아버렸다. 오백 년 전 도무진이야 자리를 잡기 전에 내보냈지만 뱀의 모습으로 보아 자리를 잡은 지 몇백 년은 되었을 것이다.

이미 육체를 가진 사우영이 다른 곳으로 옮겨 간다는 얘기는 들어본 적이 없었다. 결국 지금 도무진의 싸움은 무의미해져 버렸다.

거리가 꽤 떨어져 있었지만 귀 밝은 도무진도 그들의 얘기를 들었을 것이다. 하지만 도무진은 다리 달린 거대한 뱀과 싸우는 걸 멈추지 않았다.

뱀은 커다란 아가리와 한 자가 넘는 발톱을 이용해 도무진을 위협했으나 도무진의 움직임을 따라잡을 정도로 빠르지는 못했다. 뱀이 칠 인의 성자에 버금가게 강한 도무진에게 맞설 유일한 무기는 믿을 수 없게 단단한 껍질뿐이었다.

검강을 담은 검이 수백 번을 때렸는데도 뱀의 허물에는 조그만 흠집조차 나지 않았다.

"저렇게 싸우다가는 끝이 없겠는데."

목인귀의 중얼거림 뒤로 노리가 도무진에게 소리쳤다.

"그만하고 나갑시다!"

뱀은 이곳에 자리를 잡고 있을 뿐 딱히 누구에게 해를 끼치는 것 같지는 않았다. 도풍각을 얻는 게 수포로 돌아간 지금 굳이 뱀을 잡을 필요는 없었다.

도무진은 뱀의 송곳니를 검으로 때린 후 대답했다.

"끝까지 확인은 해봐야지요!"

멀찌감치 떨어진 암중삼현자는 기다릴 수밖에 없었다. 도무진이 지쳐 쓰러지지 않는 한 위험은 없을 것 같았다.

하지만 계속되는 싸움으로 뱀이 동굴 벽에 여러 차례 부딪치며 벽에 균열이 가기 시작했다. 균열은 천장까지 이어져서 자잘한 부스러기들을 토해냈다. 싸움이 계속되면 동굴이 무너지는 건 시간문제였다.

"동굴이 무너지려하고 있소! 어서 나갑시다!"

노리의 외침에 재빨리 주변을 살핀 도무진이 뒷걸음질을 쳤다. 동굴에서 빠져나가려는 것만이 아니라 뱀을 유인하는 것이었다. 뱀은 사나운 기세로 도무진을 따라왔다.

여섯 개의 다리가 움직일 때마다 지축이 울리며 동굴의 균열은 더욱 심해졌다. 암중삼현자는 비처럼 떨어지는 낙석을 피해 동굴을 빠져나왔다.

이어서 뒷걸음질을 친 도무진이 그들이 들어왔던 공간에 발을 들여놓았고 곧이어 뱀의 머리가 나타났다. 그 순간 도무진이 높이 뛰어올랐다.

삼 장 높이의 천장에 머리가 닿을 정도로 도약한 도무진은 한껏 치켜 올린 검을 뱀의 머리를 향해 내려쳤다. 검을 따라 대기가 일그러질 정도로 빠르고 위력적이었다.

카앙!

너무 큰 소리에 암중삼현자는 서둘러 귀를 막았다. 검의 힘에 못 이겨 뱀의 머리가 땅과 거칠게 부딪쳤다. 도무진은 그런 뱀의 정수리를 연거푸 두들겼다.

뱀은 피하려고 발버둥을 쳤지만 정확히 정수리만 가격하는 검을 피할 방법이 없었다. 몸통과 꼬리에 부딪치는 동굴이 요동을 치더니 기어코 무너져 내렸다.

굉음과 함께 그들이 있는 공간 전체가 흔들렸다. 짧은 종유석이 떨어지고 벽과 바닥에 주먹이 들어갈 정도의 균열이 생겼다. 낙석을 막기 위해 팔로 머리를 가린 현연호가 도무진에게 소리쳤다.

"쿵! 고집부리지 말고 어서 나갑시다! 쿵!"

하지만 도무진은 무너지는 동굴 따위는 아랑곳하지 않고 뱀의 머리를 계속 두들겨 댔다. 노리는 목숨을 건 도무진의 절박함을 느낄 수 있었다.

사우영을 얻어야만 마계혈을 막을 수 있는 도무진은, 그래서 목숨보다 사우영이 더 중요한 것이다.

쿵!

만근 바위가 노리의 바로 옆에 떨어졌다. 천장에 커다란 공간이 생겼고 그 공간은 곧 거미줄 같은 균열을 만들어냈다. 끊임없이 떨어지는 낙석은 이곳이 곧 무너질 것이라는 걸 말해주고 있었다.

그들이 낙석을 피해 이리저리 움직이는 사이 어느새 도무진의 공격이 멈췄다. 검을 내려뜨리고 있는 도무진 앞에는 더이상 움직이지 않는 뱀이 있었다.

여전히 피 한 방울 보이지 않았지만 길게 삐져나온 혀가 축늘어진 것으로 보아 죽은 것 같았다. 껍질은 워낙 단단해서 깨지지 않았으나 껍질 속의 뇌가 도무진의 공격을 견디지 못한 것이다.

죽은 뱀을 내려다보는 도무진의 어깨 위로 돌멩이들이 떨어졌지만 그는 미동도 하지 않았다.

"이 뱀이 도풍각을 얻었다면, 도풍각은 정말 이 뱀과 함께 사라진 것이오?"

한참 만에 들린 도무진의 물음 안에는 깊은 절망이 묻어 있었다. 만약 뱀이 도풍각을 차지하지 않았다면 동굴 어디엔가 있겠지만, 동굴이 무너진 지금 그걸 확인할 길은 없었다.

"쿵! 이미 엎질러진 물이오. 쿵! 아쉬워한다고 돌아올 리 없으니 더 늦기 전에 이곳을 빠져나갑시다."

한참 동안 죽은 뱀을 보고 있던 목인귀가 말했다.

"정말 돌아올 리 없을까?"

"쿵! 그게 무슨 말인가? 쿵!"

"이 뱀 말일세. 이미 죽었는데 왜 아직 형태가 변하지 않는 거지? 도풍각의 영기가 사라졌으면 제 형태로 돌아가거나 최소한 단단한 가죽이라도 물러져야지. 그런데 아직 무너진 동굴에 납작해지지 않을 정도로 단단하잖아."

노리가 손뼉을 쳤다.

"내단(內丹)! 사우영을 품은 영물이 이처럼 오래 살았다면 틀림없이 내단이 생겼을 거야! 어쩌면 그 내단 안에 도풍각의 기운이 담겨 있을지도 모르… 윽!"

주먹만 한 낙석이 머리를 때려서 노리는 비명으로 말을 마쳐야 했다. 현연호는 지축이 흔들리는 동굴을 살피며 말했다.

"쿵! 설사 자네 말이 사실이라도 쿵! 바위에 파묻힌 뱀을 꺼내 저 단단한 껍질을 벗겨 쿵! 내단을 꺼낼 시간이 없을 것 같군. 쿵!"

"그런 과정은 필요 없지요."

검을 검집에 넣은 도무진은 손을 털어서 긴 손톱을 꺼냈다. 그리고 꽉 다물어진 뱀의 입을 벌려 그 안으로 몸을 집어넣었다.

"내단이 어떻게 생겼는지는 알고 있소?"

"뱀에게 없을 것 같은 뭔가를 찾으면 되겠지요!"

이미 뱀의 목구멍까지 들어간 도무진의 대답은 웅웅거림으로 들렸다.

암중삼현자는 금방이라도 무너질 것 같은 공간에 남아 불안한 시선으로 주변을 살폈다. 사방에 가 있는 금은 거미줄 같았고 균열은 점점 커져서 한 뼘 넘는 곳이 수두룩했다.

"쿵! 여기가 반각 안에 무너진다에 내 한쪽 불알을 걸지. 쿵!"

목인귀가 말했다.

"자네 불알이 탐나기는 하지만 그 의견에 나도 동의할 수밖에 없군."

벽에 등을 기댄 그들은 도무진이 들어간 뱀을 애타게 바라보았다.

쿵! 쿵! 풍덩!

거대한 낙석이 바닥뿐 아니라 물에까지 떨어졌다. 저런 낙석이 몇 개만 더 떨어지면 그들이 빠져나갈 길마저 막아버릴 것이다. 쩌적! 하는 소리와 함께 정면에 자리한 벽이 주저앉았다. 그러면서 천장 일부까지 무너져 바위들이 굴러떨어졌다.

쏴아아!

무너진 천장에서 물이 쏟아져 들어오기 시작했다.

"어둠의 성자! 동굴이 무너지고 있소! 빨리 나오시오!"

노리가 소리를 쳤지만 도무진의 대답은 들리지 않았다.

"쿵! 이러다가 생매장당하겠어. 쿵!"

"그렇다고 우리끼리 나갈 수는 없지."

목인귀의 말에 현연호가 버럭 소리를 질렀다.

"쿵! 당연히 어둠의 성자를 기다려야지! 쿵!"

기다림이 미련한 선택이라는 건 암중삼현자 모두 알고 있었다. 하지만 가끔은 그런 선택을 해야 할 때가 있었고 지금이 그때였다.

노리가 낙석을 피해 우측으로 황급히 뛰는데 뱀의 머리가 꿈틀 움직이는 게 보였다. 노리는 재빨리 뱀의 아가리를 벌렸다. 악취와 함께 도무진이 온몸에 끈끈한 노란 액체를 묻힌 채 기어 나왔다.

노리는 도무진을 끄집어내며 물었다.

"내단은 구했소?"

도무진은 품에서 달걀 두 배만 한 하얀 빛깔의 물컹한 알 같은 걸 꺼내 보였다.

"이게 설마 뱀의 알은 아니겠지요?"

바로 등 뒤에 떨어진 거대한 낙석에 화들짝 놀란 노리는 도무진의 등을 떠밀었다.

"일단 이곳을 빠져나갑시다!"

요란하게 낙석을 떨어뜨리던 천장이 기어코 무너지기 시작했다. 도무진과 암중삼현자는 단숨에 이 장을 날아서 그들이 나왔던 수중 연못 속으로 몸을 던졌다.

천장이 무너지며 거대한 바위가 그들 위로 떨어졌다. 물 덕분에 부상은 입지 않았지만 저 바위보다 빠르지 않으면 나가는 길이 막힐 수도 있었다.

그들은 태어나서 가장 빠른 속도로 헤엄쳤다. 거대한 바위들이 텅텅거리며 쫓아오는 소리가 들렸다. 다행히 바위가 막기 전에 그들은 수중 동굴을 벗어났다.

목숨이 경각에 달렸던 덕분에 추운 것조차 느껴지지 않았다. 자동으로 물에 뜨는 목인귀가 가장 먼저 수면으로 나왔고 이어서 도무진과 노리, 현연호가 물 밖으로 얼굴을 내밀어 거친 숨을 몰아쉬었다.

"오라버니!"

밖에서 기다리던 손수민이 반가운 목소리로 도무진을 불렀다. 수혼도 앞다리를 차며 기쁜 마음을 표시했다. 빙천의 가에 있는 바위 위로 올라온 도무진은 잠시 숨을 고른 후 품에서 하얀 알 같은 것을 꺼냈다.

"그건 뭐죠?"

손수민의 물음에 도무진이 암중삼현자를 보며 말했다.

"내단이기를 바라는데 어쩌면 뱀의 알일 수도……."

현연호가 도무진의 말을 끊었다.

"쿵! 내단 맞소. 쿵!"

"그럼 이걸 어떻게 해야 합니까?"

"쿵! 먹어야지요. 쿵! 영물의 내단을 다른 용도로 쓴다는 얘기는 들은 적이 없으니까. 쿵!"

노리가 말했다.

"내단을 드시고 운기행공을 해보시오. 솔직히 그 안에 도풍각이 들어서 어둠의 성자께서 취할 수 있다는 장담은 할 수 없소."

도무진은 바위 위에서 가부좌를 틀었다.

"저런 걸 함부로 먹어도 되나요?"

손수민의 걱정스러운 물음에 노리가 대답했다.

"보통 무림인이라면 주화입마에 빠질 수도 있지만 어둠의 성자가 그 지경까지 이르지는 않을 것이네."

"반드시 좋다고는 할 수 없는 거네요?"

그 물음에는 아무 대답도 들려오지 않았다. 그사이 도무진은 이미 내단을 입안에 넣고 있었다. 내단은 침이 닿자마자 액체로 변해서 목구멍을 타고 넘어갔다.

너무도 쉽게 삼켜진 탓에 깜짝 놀란 도무진은 황급히 운기행공을 시작했다. 도무진의 입에서 낮은 신음이 새 나왔다. 부들부들 떨리는 몸은 앞으로 숙여지지 않으려고 안간힘을 쓰는 것 같았다. 꽉 다문 어금니에서 부드득 부드득 이 갈리는 소리가 들렸다.

"오라버니는 괜찮은 거예요?"

손수민의 물음에 노리가 도무진에게서 시선을 떼지 않고 대답했다.

"사우영은 반드시 고통을 동반하게 되어 있네. 대가 없이는 아무것도 취할 수 없다는 걸 알리는 교훈 같은 것이지. 어둠의 성자는 괜찮을 것이네."

도무진이 괜찮을 것이라는 얘기가 끝나자마자 정수리에서부터 하얗게 얼음이 덮이기 시작했다. 서리 같았던 얼음은 점점 두꺼워지더니 하얗게 변해서 도무진의 전신을 감쌌다.

노리는 '아마 괜찮겠지'라는 말을 두 번 반복했다. 확신보다는 주문 같은 희망이었다. 추위 때문에 일어났던 경련은 어느새 사라지고 도무진은 하얀 얼음에 갇힌 채 미동도 하지 않았다.

도무진의 한기가 너무 강해서 그가 앉아 있는 바위는 물론 오 장이나 떨어진 나무까지 서리가 내렸다. 손수민은 너무 추워서 숲 속으로 피해야 했다.

도무진이 얼음에 덮인 지 이각이 흘렀지만 한기만 더해졌을 뿐 다른 변화는 보이지 않았다.

"괜찮은 걸까?"

목인귀의 물음에 노리가 걱정스러운 표정으로 말했다.

"지금으로써는 지켜보는 수밖에 다른 방도가 없잖나."

"쿵! 설마 그 이상한 뱀처럼 변하지는 않겠지? 쿵!"

"다리가 여섯 개나 되는? 그럴 리가."

대답은 그렇게 했지만 노리는 내심 불안했다. 그냥 도풍각을 포기할 걸 괜히 내단을 먹으라고 했다는 후회도 들었다. 이미 엎질러진 물이니 그들은 불안한 시선으로 도무진을 보고만 있었다.

세상에서 가장 지겨우면서 불안한 반 시진의 시간이었다. 갑자기 도무진을 덮고 있던 얼음에 균열이 가더니 급격하게 녹아내렸다. 하얀 얼음은 물이 되어 흐르지 않고 도무진의 콧속으로 빨려 들어갔다.

"후우!"

길게 내뿜는 도무진의 입에서 하얀 김이 나왔다. 그러더니 한기가 씻은 듯이 사라졌다. 주변은 늦가을의 서늘함만 있을 뿐 살을 에일 것 같은 추위는 느껴지지 않았다.

눈을 뜬 도무진에게 현연호가 서둘러 물었다.

"쿵! 어떻게 됐소? 쿵!"

도무진의 입가에 미소가 걸렸다.

"잘된 것 같군요."

"쿵! 도풍각이 다리에 자리를 잡았소? 쿵!"

도무진은 일어서서 가볍게 다리를 굴렀다.

"그런 것 같군요."

"이번에는 부작용이 없도록 연공을 열심히 해야 합니다."

노리의 말에 도무진이 '그래야지요'라고 대답을 했다.

"이제 어디로 가야 합니까?"

목인귀의 물음에 도무진의 시선이 남쪽으로 향했다.

"운남성(雲南省)입니다."

*　　　*　　　*

"하아악!"

열뜬 마지막 희열의 소리가 튀어나오며 성녀의 허리가 활처럼 휘어졌다. 그녀의 품 안에는 검은 가면을 쓰고 검은 옷을 입은 것 같은 환영이 안겨 있었다.

잔경련과 함께 긴 숨을 토해낸 성녀는 몸에 힘을 뺐다. 입체적인 그림자 같은 환영이 허공으로 둥실 떠올랐다. 귀신 같은 모습이었지만 성녀는 상관없었다. 저런 모습으로 정사를 나눈 지 삼백 년이 되어서 이제는 익숙했다.

성녀는 나른한 몸을 움직여 침대를 빠져나왔다.

"어딜 가시려고요?"

검은 모습이나마 보이고 있어서 환영의 목소리는 인간의 것처럼 나왔다.

"해야 할 일을 해야지요."

그녀는 벌거벗은 몸으로 방을 가로질러 벽 앞에 섰다. 굵은 나무가 세로로 세워진 것 같은 벽이 좌우로 열리며 출구를 만들어줬다.

"천주지기 선무달을 죽일 때가 된 겁니까?"

"다행히 흑림이 절 도와주네요."

"제가 구경을 해도 되겠습니까?"

"그리 좋은 모습은 아닐 거예요."

"성녀님은 어떤 모습도 아름답습니다."

입에 발린 소리라는 건 알지만 성녀는 까르르 웃었다. 아름답다는 칭찬을 싫어하는 여인은 없었다. 비록 오백 년을 넘게 살았어도 말이다.

"그렇게 보고 싶으시다면야."

성녀는 환영의 방문을 허락했다. 성녀가 들어간 그곳은 흑림의 심장이며 머리와 같은 곳이었다. 넓이는 고작 세 평이었고 사방은 아름드리나무가 세로로 서 있었다.

단 하나 특이한 점은 이십 장이나 되는 까마득히 높은 천장에서 내려온 수많은 나뭇가지였다. 버드나무의 그것처럼 낭창낭창하지만 잎은 달려 있지 않고 끝이 뾰족한 나뭇가지는 바닥까지 늘어져 있었다.

성녀는 나뭇가지를 헤치고 들어가 방의 중앙에 섰다. 벌거벗은 몸은 완벽했고 허리까지 기른 머리칼은 요염했다. 하지만 방 중앙에 선 그녀에게서는 귀기만 풍겼다.

성녀는 가슴 앞에 양팔을 포개고 눈을 감았다. 피를 바른 듯 붉은 입술 사이로 주문이 흘러나왔다.

그녀의 주문은 노래를 부르는 것처럼 일정한 운율과 고저가 있었다. 성녀의 발가락 앞에 뱀처럼 똬리를 튼 나뭇가지가 꿈틀 움직였다. 그것을 시작으로 방 안에 있는 모든 나뭇가지가 일렁이기 시작했다.

나뭇가지들은 성녀를 휘감기 시작했다. 목과 가슴, 둔부와 허벅지, 무릎, 발목을 차례차례 휘감더니 그녀를 들어 올렸다. 허공으로 뜬 성녀는 몸이 뒤로 넘어가 오 장 허공에서 땅과 수평으로 누웠다.

방 안 가득한 나뭇가지는 계속해서 성녀에게 달라붙었다. 그녀의 몸에 감기는가 하면 어떤 것들은 구멍을 찾아 파고들었다. 눈과 귀, 코는 물론이고 하문에까지 나뭇가지가 파고들었다.

그럼에도 피는 보이지 않았다. 방 안에 있는 모든 나뭇가지가 돌돌 말린 실타래처럼 한 군데로 뭉쳐 성녀를 완전히 감쌌다.

나뭇가지 안에 있는 성녀는 수중에서 부유하는 것 같은 기분을 느꼈다.

사방에 눈이 달린 것처럼 흑림 안 어느 곳이든 원하기만 하면 볼 수 있었다. 그중 성녀는 선무달이 지키고 있는 마계혈을 찾아갔다. 검은 숲을 헤치고 바닥의 나무뿌리를 지나 깊숙한 곳까지 파고들었다.

어느 순간 온몸이 쩌릿쩌릿해지는 마기가 선명하게 느껴졌다. 성녀는 마계혈을 향해 조심스럽게 다가갔다. 사각사각! 짙은 어둠 속에서 흙이 스치는 소리가 들렸다.

선명한 마기 외에 또 전해지는 기운이 있었다. 화기다. 목승탁이 쳐 놓은 결계를 따라 불의 기운이 원통처럼 마계혈을 에워싸고 있었다.

하지만 목승탁의 결계가 그녀를 막을 수는 없었다. 성녀의 팔과 마찬가지인 세 개의 나무뿌리가 화기를 뚫고 들어갔다. 뜨거움이 느껴진다. 하지만 이 정도 화기는 충분히 견딜 수 있을 만큼 뿌리는 강했다.

결계에 균열이 가더니 뿌리가 들어갈 수 있는 구멍이 생겼다. 뿌리는 땅속을 스멀스멀 파고들었다. 마계혈에 가까워질수록 그녀는 숨이 막혀왔다.

거대한 산이 통째로 전신을 짓누르는 것 같았다. 당장에라도 뒷걸음질을 치고 싶었지만 성녀는 고통을 참으며 조금씩 앞으로 나아갔다.

고통 때문에 조금 늦기는 했지만 선무달의 기운을 느꼈다. 이곳을 자신의 손금보다 잘 아는 선무달이 그녀의 기척을 놓칠 리 없었다.

"성녀님께서 여긴 어인 일이십니까?"

"그동안 어떻게 지내셨나요?"

"이곳 사정은 성녀님께서도 잘 아시잖습니까?"

선무달의 목소리에는 늙고 피곤한 자의 고단함이 묻어 있었다.

"당신 어깨에 올려진 짐을 내려 드리고 싶어요."

말을 하면서 성녀는 선무달을 향해 슬금슬금 다가갔다.

"제 안부는 굳이 이 위험한 곳을 오지 않으셔도 알 수 있을 텐데요. 그리고 제 짐을 내려놓을 수 있는 분은 화신님뿐입니다."

"그리 단정하지 마세요. 세상에는 의외의 일도 일어나니까요."

성녀가 조종하는 나무뿌리는 땅을 뚫고 끈질기게 나아갔다. 그 기운을 느낀 선무달이 경계하는 음성으로 말했다.

"그쯤에서 멈추는 게 좋겠습니다."

"왜요? 지금 느끼고 있는 고통이 끝나기를 바라지 않나요?"

"온전한 시간에 온당한 이유로 내려지기를 바랍니다. 역시 성녀님이 아닌 화신님이 결정할 일이고요."

"흑림에서 최고 결정권자는 나 성녀입니다."

"무슨 짓을 하려는 겁니까?"

성녀의 살기를 읽은 모양. 선무달의 기운도 상승했다. 땅속의 온도가 점점 상승하더니 흙이 녹아 쇳물이 된 것처럼 뜨거워졌다. 예전 같으면 마계혈의 마기와 이 화기에 놀라 도망쳤겠지만, 마계혈에게서 나오는 마기로 꾸준히 법력을 높인 지금은 선무달의 화기로도 그녀를 막을 수 없었다.

"더 이상 다가오지 마십시오."

선무달의 경고 속에는 불안함도 함께 담겨 있었다.

"당신이 새로운 번천의 날을 보지 못하고 죽는 게 안타깝군요."

성녀는 모든 힘을 뿌리에 쏟아부었다. 게으른 뱀처럼 느릿느릿 움직이던 뿌리가 시위를 떠난 화살처럼 땅을 뚫고 쏘아졌다. 뿌리는 선무달이 있는 밀실 주변을 감싼 나무와 바위를 단숨에 헤집었다. 그리고 비로소 인육을 뚫는 익숙한 감촉이 느껴졌다.

"끄으윽!"

선무달의 답답한 비명이 땅을 끄집는 석양의 발걸음처럼 내려앉았다.

"세상에 재앙을… 세상에 재앙을………."

선무달은 하고 싶은 말을 다 뱉지 못한 채 숨이 끊어졌다. 성녀는 뿌리를 타고 흐르는 선무달의 따뜻한 피가 온탕에 몸을 담그고 있는 것처럼 기분 좋게 느껴졌다.

예정에 없던 선무달의 죽음에 그가 있던 석실이 요동쳤다. 성녀는 무너지는 석실을 뒤로하고 뿌리를 거뒀다. 화기는 사라졌고 산처럼 짓누르는 마기는 더욱 거세졌다.

선무달의 죽음이 지긋지긋한 흑림을 벗어나 세상으로 나아가는 첫걸음이 될 것이다.

*　　　*　　　*

목승탁은 가슴에 격한 통증을 느끼고 벌떡 일어섰다. 함께 차를 마시던 황선백이 깜짝 놀라 물었다.

"왜 그러나?"

"선무달이… 천주지기가 죽었네."

"뭐라고? 마계혈을 지키는 그 천주지기가 말인가?"

"위태롭기는 했지만 아직 죽을 때는 아니었는데 왜……?"

별일 아니라는 것처럼 선우연이 말했다.

"성녀라면 능히 그리할 수 있지."

"아니야. 아무리 성녀라도 마계혈의 마기와 내가 쳐 놓은 결계, 거기에 선무달의 화기를 뚫기는 불가능하네."

"내가 이미 말했잖은가. 흑림에서 성녀에게 불가능한 일은 없다고."

황선백이 무거운 음성으로 말했다.

"마계혈이 열리는 속도가 빨라지겠군."

"우리도 서둘러야겠네."

의자를 밀어내고 자리를 뜨려는 목승탁을 황선백이 말렸다.

"서두른다고 될 일이 아니야. 회생의 법을 준비하는 데도 아직 시간이 필요하고 무인검도 돌아와야지."

"하지만 선무달이 죽었으니 언제 마계혈이 열릴지 짐작조차 할 수 없네."

"운명에 맡기는 수밖에."

선우연의 대답은 얄미웠지만 지금의 현실을 가장 잘 드러내는 것이기도 했다.

"그저 발만 동동 구르고 있는 것보다는 싸움을 준비하는 게 도움이 되지 않겠나? 들리는 소식에 의하면 무인검을 따르는 세해귀들과 만민수호문이 서로 피 터지게 싸우고 있는 것 같던데. 거기에 힘을 보태는 것이 어떤가? 화신 자네가 여기 있는다고 별 도움이 되는 것 같지는 않은데 말이야."

"행여 이곳이 발각될 때를 대비해야지. 흑림 외에는 유일하게 회생의 법을 펼칠 수 있는 곳인데."

"그런 일이 생기면 회생의 법을 아예 펼칠 수도 없을 것이네. 회생의 법이 하루 이틀 만에 완성되는 것도 아닌데, 만민수호문의 공격을 여기 전력으로 버틸 수 있을 것 같은가? 이곳이 적에게 발각되는 순간 모든 것은 끝이네."

선우연의 말은 전적으로 옳았다. 다만 목승탁은 회생의 법의 성패가 걸린 이곳을 쉬이 떠날 수가 없었다. 세상의 운명을 짊어진 자의 조바심을 나무랄 수는 없는 노릇이다.

황선백이 선우연을 거들었다.

"나중에 흑림을 공격할 때 무인검을 따르는 세해귀의 힘이 필요할 것이네. 그때를 대비해 그들의 전력이 온전히 남아 있

어야 하지 않겠나?'

목승탁이 가세한다면 세해귀에게는 천군만마 같은 힘이 될 것이다. 이곳에 있어봐야 느는 건 걱정과 한숨뿐일 터, 목승탁은 그 자리에서 결정을 내렸다.

"그게 좋겠군."

*　　　*　　　*

사천성 무정현(武定縣)에 들어선 그들은 당혹스러웠다. 즐비한 상점들과 형형색색의 등이 밝혀진 길에는 인파로 가득했다. 오 장 넓이의 길에 빈 공간이 없을 정도로 사람이 넘쳐서 수혼까지 동행한 그들은 한 걸음을 내딛기도 힘들었다.

노리의 도움을 받아 사람의 모습으로 변한 목인귀가 도무진에게 물었다.

"정말 이 근처가 맞습니까?"

도무진은 오 층짜리 호화로운 기루가 있는 쪽을 가리켰다.

"저 방향으로 조금만 가면 됩니다."

조금이라고 했으니 이 번화한 곳을 벗어나지 않는 장소였다. 이제까지 사우영이 발견된 장소는 산이었다. 당연히 사우영 중 몸통에 해당하는 금강체(金剛體)도 산속 오지에 있을 줄 알았다.

그런데 이처럼 번화한 도시라니.

"설마 이번에도 괴상한 뱀 같은 걸 상대해야 하는 건 아니겠죠?"

손수민의 물음에 작달막한 노인으로 변한 노리가 대답했다.

"그걸 알아봐야 하는데……."

지나는 행인을 피해 벽에 달라붙은 노리는 주변을 둘러보았다. 하지만 아무리 봐도 암중삼현자가 정신을 집중할 수 있는 조용한 곳이 눈에 띄지 않았다.

"방법이 없는 건 아니지요."

도무진은 사람들을 헤치며 오 층의 화려한 기루로 갔다. 금봉황(金鳳凰)이라는 이름이 부끄럽지 않게 노란색 기와를 얹은 지붕은 한껏 멋을 냈고 금색 칠을 한 기둥은 불빛을 받아 반짝였다.

이미 취했거나 앞으로 취할 사람들을 태운 마차는 금봉황 앞에 길게 늘어서 있었다. 화려한 비단옷을 입은 손님들의 모습만 봐도 금봉황이 얼마나 고급스러운 주점인지 알 수 있었다.

도무진은 폭이 이 장이나 되는 커다란 대문 앞에서 손님을 맞이하고 있는 여인에게 다가갔다. 검은 머리는 위로 틀어 올렸고 분홍색 비단옷에는 봉황을 수놓아 그 화려함을 더했다.

색기 가득한 웃음을 지으며 손님들을 맞이하던 여인의 눈길이 도무진에게 멎었다. 어젯밤 과음을 했는지 눈에 약간의 핏발이 섰고 눈 밑의 거뭇한 기운은 짙은 화장으로 가려져 있었다.

"이곳 주인을 불러오너라."

여인의 눈동자가 잠깐 흔들리더니 허리를 깊숙하게 숙이며 대답했다.

"잠시만 기다리시옵소서."

높은 벽의 그늘 아래 서 있던 현연호가 속삭였다.

"쿵! 사람을 조종할 수 있는 흡혈귀의 능력이로군. 쿵!"

"옳지 않아요."

정신을 빼앗겨 험한 꼴까지 당해본 손수민은 도무진의 저런 모습이 마음에 들지 않았다.

도무진에게 명령을 받은 여인은 반각도 되지 않아 마흔쯤 되어 보이는 미부와 함께 왔다. 눈꼬리가 살짝 올라간 것을 제외하면 젊었을 적에 사내깨나 울렸을 미모를 가진 여인이었다.

"넓고 조용한 방을 써야겠다."

중년 여인 또한 도무진을 향해 허리를 숙였다.

"명을 받들겠습니다."

그 모습에 주변의 인물들은 모두 놀라움을 감추지 못했다.

"저 사람이 누군데 금봉황의 주인 오설매(吳雪梅)가 저처럼 깍듯하게 모시는 거지?"

"그러게. 웬만한 세력가는 콧방귀로 날려 버리는 여인인데 말이야. 그나저나 저 말은 정말 크군."

그들은 수군거리는 사람들을 헤집고 오설매를 따라 안으로 들어갔다. 수혼을 종업원에게 맡긴 후 일 층의 개방된 넓은 곳을 지나 양탄자가 깔린 계단을 밟고 삼 층까지 올라가서 복도의 왼편으로 돌아갔다.

"제 처소입니다. 누추하기는 하지만 비좁지 않고 조용한 곳입니다."

"알았다. 그만 물러가거라."

"명 받들겠습니다."

방문을 열자 은은한 향기가 풍겨 나왔다. 방 중앙에는 탁자가 있고 왼쪽으로는 침실로 들어가는 또 다른 문이 자리했다. 벽에 걸린 그림 몇 점과 장식장에 놓인 도자기들은 화려하지도, 그렇다고 천박하지도 않은 담백함을 보여주었다.

"흠, 술집 주인 치고는 취향이 괜찮군."

목인귀의 말에 현연호가 핀잔을 줬다.

"큿! 자네가 인간의 취향에 대해 뭘 안다고. 큿!"

도무진이 방 중앙에 놓인 탁자를 구석으로 치웠다.

"시작해 보시지요."

암중삼현자는 탁자가 놓여 있던 곳에 둘러앉았다. 알아들을 수 없는 주문이 일각 정도 흘러나온 후 가장 먼저 눈을 뜬 노리가 말했다.

"이번에도 우리가 준비해야 할 것은 없소이다."

노무진보다 손수민의 표정이 더 일그러졌다.

"그럼 오라버니가 또 싸워야 한다는 건가요?"

수중 동굴에서의 싸움을 겪지도 않은 그녀가 더 걱정스러워했다.

"아마 그래야 할 것 같군."

노리의 대답 뒤로 도무진이 물었다.

"세해귀입니까?"

"흡혈귀요."

제29장

금강체

　도무진의 미간에 주름이 생겼다.

　"흡혈귀? 확실합니까?"

　"그렇소. 금강체를 품은 걸 보면 꽤나 오래된 흡혈귀일 텐데, 어쩌면 당신이 직접 만든 흡혈귀일지도 모르오."

　도무진은 고개를 저었다.

　"그럴 리가 없소이다. 내가 만든 흡혈귀는 동필이 외에는 모두 죽었소이다. 그들이 살아 있다면 내가 느끼지 못할 리가 없소."

　도무진은 애써 기억을 더듬지 않아도 자신이 흡혈귀로 만든 여섯 명의 얼굴을 기억하고 있었다.

대부분의 인간은 죽였지만 가끔 죽음 대신 저주받은 삶을 선사하기도 했다. 후손을 만들고 싶어 하는 종족 번식의 본능이 시킨 행동이었다.

그 여섯 명 중 네 명은 도무진이 직접 죽였다. 이성을 차린 후 가장 먼저 한 것이 자신이 만든 재앙을 스스로 거두는 것이었다. 나머지 둘은 누군가가 죽여 소멸시켰기에 감각에서 사라졌다.

"아닐 것이오."

"가서 확인해 보면 알겠지요."

도무진은 창문을 열었다. 붉고 하얀 수백 개의 불빛이 사방에 가득 널려 있었다. 도무진은 그중 석등 여덟 개가 밝혀진 한 집을 응시했다.

쉰 평 남짓한 세 채의 건물이 품 자 형으로 서 있는, 어디서나 흔히 볼 수 있는 형태의 집이었다. 금강체의 기운은 저 집에서 사내를 유혹하는 여인의 향기처럼 도무진을 향해 손짓하고 있었다.

거기에 흡혈귀의 기운은 느껴지지 않았다. 도무진이 직접 만든 흡혈귀는 아무리 멀리 떨어져 있어도 감지할 수 있었고, 여타의 흡혈귀는 오 리 안쪽에만 존재해도 알 수 있었다.

그래서 금강체를 품은 자가 흡혈귀라는 걸 쉬이 믿을 수 없었다. 심지어 자신이 만든 흡혈귀라니.

도무진이 창틀 위로 발을 올리며 물었다.

"이곳에서 기다리겠소?"

"쿵! 좋은 구경거리를 놓칠 수야 없지. 쿵!"

이번에도 손수민은 노리의 몫이 되었다. 도무진은 창에서
뛰어내려 아래쪽 지붕을 밟는 한 번의 도약으로 원하는 집에
내려설 수 있었다.

대문을 마주한 커다란 마당에는 네 개의 석등이 어둠을 밀
어내는 중이었다. 유난히 높은 담을 따라 키 작은 나무들이
심어져 있고 마당에는 초록색의 잔디가 입혀졌다.

잘 가꾼 집에 인기척은 없었다. 밤이기는 하지만 잠이 들기
에는 이른 시간이다. 찬찬히 주위를 살피는 도무진 곁으로 암
중삼현자가 떨어졌다.

도무진은 그들을 뒤로하고 정면의 건물로 향했다. 건물 양
쪽에는 마당을 향해 난 커다란 창문이 있었고 대청의 좌우에
방으로 들어갈 수 있는 문이 자리했다. 그 너머로는 어둠에
잠긴 복도가 놓여 있었다.

대청으로 올라간 도무진은 왼쪽 방문을 열려던 손을 멈췄
다. 바늘로 귀를 찌르는 것처럼 신경을 거스르는 느낌이 전해
진 때문이었다.

도무진은 대청의 안쪽으로 들어갔다. 양옆으로 길게 난 복도

는 먹물로 채워놓은 것 같은 어둠을 품고 있었다. 도무진은 정면의 하얀색 벽에 손을 댔다. 그의 어깨가 움찔 떨리자 폭발하는 것처럼 벽이 산산조각 나고 후원으로 통하는 길이 열렸다.

격렬하게 흩날리는 먼지 사이로 한 사람이 눈에 띄었다. 마당처럼 잔디가 곱게 깔린 후원에 뒷짐을 지고 있는 그자는, 그러나 사람이 아니었다.

"서민상(徐民想)."

도무진은 그를 알고 있었다. 그가 네 번째로 만든 흡혈귀.

'저… 저는 서민상이라고 합니다.'

얼굴에 피를 묻힌 채 손을 벌벌 떨던 유약한 서생의 모습을 도무진은 아직도 기억하고 있었다. 물론 좋은 기억력이 도무진의 전유물은 아니었다.

"오랜만이라고 하기에도 너무 오랜 시간이 흘렀군요, 주인님."

모든 흡혈귀에게 도무진은 주인님으로 불렸다. 그가 좋아하든 싫어하든 흡혈귀들에게 그리 불릴 능력을 가지고 있었으니까.

"이곳에 흡혈귀가 있다고 했어도 믿지 않았는데 그게 너였다니."

과거의 죄를 마주한다는 건 날카로운 손톱으로 심장을 찌르는 것 같은 고통이었다.

"제 존재를 주인님께서 알았다면 오래전에 전 죽었겠지요."

도무진이 자신이 만든 흡혈귀를 모두 죽였다는 걸 서민상은 알고 있었다.

"그 오랜 세월이 지나 절 찾아오신 용건은 무엇입니까? 보아하니 저 서민상을 찾아온 건 아닌 것 같은데."

"오래전 네가 취한 것 때문이다."

"아! 금강체 말씀이군요."

서민상은 자신의 가슴을 두드리며 말했다.

"제 몸에 아주 딱 맞더군요. 이것이 제 흔적을 지워줘서 지금까지 살아남을 수 있었습니다."

"네가 살아남기 위해 수백 명의 무고한 사람이 죽었겠지."

"주인님께서는 절 과소평가하시는군요. 수백이 아니라 수천 명은 될 겁니다."

씨익 웃는 서민상의 입술 사이로 날카롭게 반짝이는 송곳니가 보였다. 모든 흡혈귀는 최초의 흡혈귀 도무진에게 본능적으로 두려움을 느낀다. 그 본능은 흡혈의 욕구에 버금가서 살아 있는 한 떨쳐 버리기가 불가능했다.

그런데 서민상에게서 도무진을 향한 공포는 느껴지지 않았다. 금강체가 흡혈귀의 본능까지 사라지게 한 것이다.

"오백 년 전에 못했던 일을 지금 해야겠구나."

"그렇게 될까요?"

"넌 그때나 지금이나 내가 만든 쓰레기일 뿐이다."

쓰레기라는 말이 서민상의 여유를 분노로 바꾸었다.

"내가 쓰레기라고? 네가 아니었으면 난 과거에 급제해서 벼슬아치로 호의호식하다가 편하게 생을 마감했을 것이다! 날 이렇게 만든 건 너야! 내가 쓰레기면 넌 쓰레기의 황제다! 이 빌어먹을 흡혈귀야!"

"그 점에 대해서는 미안하다."

도무진은 그가 만든 흡혈귀를 죽일 때 네 명 모두에게 사과를 했고 서민상에게도 같은 말을 전했다.

"흐흐흐… 미안할 것 없다. 사실 지금의 삶이 지겨운 인간의 삶보다는 훨씬 나으니까. 그리고 난 이 삶을 영원히 이어갈 것이다."

도무진은 검을 뺐다. 서민상과 더 이상 할 얘기는 없었다.

"그냥 죽이면 됩니까?"

도무진의 물음은 뒤에 서 있는 암중삼현자를 향한 것이었다. 노리가 대답했다.

"괴상한 뱀과 비슷하겠지요."

일단 죽이고 금강체는 상황을 봐서 해결해야 한다는 소리였다. 도무진은 서민상의 가슴을 향해 검을 찔렀다. 이 장 거리가 좁혀지는 동안 두 자 길이의 흑색 검강이 쭉 뻗어졌다.

워낙 빨랐기에 서민상은 피할 엄두도 내지 못했다. 검강이 옷을 헤집어 가루로 만들고 가슴을 찔렀다.

까앙!

날카로운 소리와 함께 도무진은 하마터면 검을 놓칠 뻔했다. 사정을 봐주거나 하지 않았다. 가지고 있는 힘을 모두 쏟아내 단숨에 끝낼 생각이었다. 그런데 도무진의 검은 힘없이 튕겨 나왔다. 그 충격으로 서민상도 세 걸음 물러서기는 했지만 도무진의 공격에 비하면 피해라고 할 것도 없었다.

자신의 가슴을 본 서민상이 씨익 웃었다.

"날 죽이는 건 불가능해. 하지만 난 충분히 널 죽일 수 있지."

서민상의 송곳니가 한 뼘이나 길어지고 손톱 또한 한 자 넘게 튀어나왔다. 흡혈귀의 모습으로 변한 서민상이 도무진을 향해 몸을 날렸다.

흡혈귀의 강함이 어느 정도인지 도무진보다 잘 아는 이는 없었다. 그런데 서민상의 몸놀림은 여타의 흡혈귀와는 비교가 되지 않았다. 도무진이 무공을 익히지 않았다면, 오히려 서민상이 도무진보다 더 빨랐을 것이다.

서민상이 도무진의 예상을 벗어난 것처럼, 도무진 또한 서민상의 예상을 훨씬 뛰어넘는 존재였다. 몸을 왼쪽으로 살짝 비트는 것으로 서민상의 손톱을 피한 도무진은 몸을 빙글 돌리며 검을 휘둘렀다.

곁을 지나던 서민상의 목이 검에 깨끗하게 잘려 나갔다. 금 강체가 몸은 보호해 주지만 목까지 단단하게 하지는 못했다. 땅을 구르는 머리가 멈추기도 전에 육중한 몸체가 땅바닥에 내동댕이쳐졌다.

검강을 거둔 도무진은 검을 집어넣었다. 아무리 흡혈귀라도 머리가 분리되면 죽는다. 이제 어떤 변화가 일어나는지 보기 위해 도무진은 머리가 잘려 나간 서민상에게 눈길을 돌렸다.

변화가 있었다. 하지만 도무진이 예상하거나 기대하던 변 화가 아니었다. 꾸르륵거리는 소리와 함께 몸통에서 머리가 자라났다. 잘려서 뒹군 머리통은 검은 먼지가 되어 흙으로 돌 아갔다.

"나도 널 잘못 파악한 것 같군."

머리를 흔들며 일어선 서민상은 이전과 똑같은 모습이었다.

"그리 놀랄 건 없어. 금강체는 몸만 단단하게 지켜주는 게 아니거든. 물론 내가 흡혈귀라서 가능한 일이지만 날 절대 죽 일 수 없다는 말을 이젠 이해하겠지?"

도무진은 검을 다시 뺐다.

"금강체가 언제까지 네 머리를 자라게 할 수 있는지 볼까."

도무진이 땅을 박찼다. 서민상은 도무진의 검을 막기 위해 손을 올렸다. 하지만 하얗게 반짝이는 손톱은 너무 쉽게 잘려 나가 목을 베는 도무진의 검을 막지 못했다.

또 머리가 땅을 굴렀다. 하지만 이번에도 떨어진 머리는 검은 재가 되었고 새 머리가 몸통을 비집고 생겨났다. 세 번, 네 번… 도무진의 공격은 계속되었고 서민상의 머리도 다시 자랐다.

열 번이 넘어가자 도무진은 팔다리도 잘라 버렸다. 하지만 금강체는 계속해서 서민상에게 생명을 불어넣었다. 절대 죽지 않는 서민상은 보고 있는 자들까지 질리게 만들었다.

검으로 금강체를 벨 수 없다는 건 한 번의 부딪침으로 알 수 있었다. 그래서 도무진은 검을 집어넣었다.

"금강체는 내게 완전히 종속되었어. 그 무엇도 내게서 금강체를 빼앗아 갈 수는 없다!"

서민상은 외침 뒤로 웃음을 터뜨렸다. 도무진은 그런 서민상의 가슴을 향해 주먹을 날렸다. 쿵! 하는 소리와 함께 날아간 서민상은 건물의 벽을 뚫고 방 중앙에 놓인 탁자를 박살낸 후 벽에 부딪친 다음에야 멈췄다.

"아예 내부를 뭉개주지."

도무진은 일어서는 서민상의 가슴에 다시 일격을 가했다. 또 날아간 서민상이 멈춘 곳은 담이었다. 서민상이 인상을 찡그리는 이유가 가슴 때문인지 아니면 다른 곳이 아파서인지는 알 수 없었고 알 필요도 없었다.

몸을 날린 도무진은 발등으로 서민상의 배를 걷어찼다. 그야말로 금강석을 찬 것 같은 느낌이 전해졌지만 그렇다고 발이 아프지는 않았다.

그의 다리 또한 사우영 중 하나인 도풍각이기 때문이다. 만약 도풍각이나 뇌비영이 아니었다면 도무진의 팔다리도 성하지는 못할 것이다. 그만큼 금강체는 단단했다.

담까지 허문 서민상은 이웃집 마당의 우물에 부딪쳐서야 멈췄다. 마당에서 늦게까지 널려 있던 빨래를 걷던 중년 여인이 비명을 질러댔다. 집안에서 두 명의 장한이 뛰쳐나왔다.

"무슨 일이야?"

도무진은 그런 사람들의 시선은 아랑곳하지 않고 서민상의 가슴을 다시 걷어찼다. 서민상은 어떻게든 피해보려고 했지만 도무진의 움직임을 따라잡을 수가 없었다.

허공에 붕 뜬 서민상은 지붕을 뚫고 대청으로 떨어졌다. 비명을 지르며 피하는 사람들 사이를 도무진이 달려갔다.

"그만해! 절대 날 죽일 수 없어! 괜히 힘만 빼지 말란 말이야!"

서민상의 외침은 도무진의 발길을 막지 못했다. 쾅! 격렬한 소리와 함께 서민상이 또 날아갔다. 이번에 서민상이 떨어진 곳은 식당이었다.

식사를 하거나 술을 마시던 손님들이 놀라서 뿔뿔이 흩어졌다. 서민상은 부들부들 떨리는 팔다리로 어떻게든 도망치려 했지만 도무진은 놓치는 법이 없었다.

두 걸음을 옮기기도 전에 쫓아와서 주먹으로 때리고 발로 걷어찼다. 팔다리의 뼈는 부러지고 머리도 반쯤 날아가서 집 사이의 좁은 골목으로 떨어졌다. 지나는 행인이 없어서 다행이었다.

도무진은 서민상을 일으켜 세운 후 귀에 대고 속삭였다.

"정말 내가 널 죽일 수 없을까?"

"흐흐흐… 충분히 경험을 했잖아?"

"충분하려면 아직 멀었다. 난 밤새 널 공처럼 차고 다니며 괴롭힐 것이다. 그러다 보면 아침이 오겠지. 날카로운 햇빛을 뿜으며 태양이 떠오를 때 넌 어떻게 될까?"

"태… 태양도 날 어찌할 수는 없다!"

도무진은 소리를 지르는 서민상의 얼굴에서 두려움을 읽을 수 있었다. 도무진을 제외한 모든 흡혈귀에게 태양은 죽음 그 자체 같은 공포였다.

태양이 주는 고통은 검에 목과 팔다리가 잘리는 것과는 비교가 되지 않는다. 세상에서 가장 두려운 것에 의해 활활 타오르는 그 고통은 죽음조차 허락되지 않는 육체라면 더욱 무서울 수밖에 없었다.

주먹으로 쳐서 서민상의 머리를 으깨 버린 도무진은, 서민상을 안고 뛰어올랐다. 사람이 많은 곳에서 싸우다가는 무고

한 피해자가 생길 수도 있었다.

몇 개의 지붕을 밟은 도무진은 마을 외곽의 논밭을 지나 야산에서 걸음을 멈췄다. 발목까지 자란 잡초가 덮인 그곳에는 관리되지 않은 묘 세 개가 나란히 자리 잡고 있었다.

멀리 도무진이 떠나온 도시의 불빛이 보였다. 그곳은 동쪽이었고 지금 서 있는 야산은 해가 가장 서둘러 당도할 장소였다.

도무진은 서민상의 뒷덜미를 잡아 무릎을 꿇렸다.

"이곳이 네가 햇빛을 받을 장소다."

"안 돼! 네가 내게 이럴 수는 없어! 날 이렇게 만든 건 너잖아! 죽으려면 네가 먼저 죽어야지!"

"내가 이러는 건 죽기 위해서다. 그러려면 금강체가 필요하니 어쩔 수가 없구나."

암중삼현자와 수혼을 탄 손수민이 뒤늦게 헐레벌떡 뛰어왔다. 잠깐 그들을 보는 사이 손톱을 세운 서민상이 도무진의 가슴을 공격했지만 부질없는 몸부림이었다.

공격을 간단하게 막은 도무진은 그에 대한 응징으로 서민상의 양팔을 부러뜨려 버렸다. 상처는 회복되어도 고통은 그대로 전해진다.

"주인님. 제발 이러지 마세요. 시키는 것은 뭐든 하겠습니다."

애원을 하는 서민상은 눈물까지 흘렸다. 처음 도무진을 맞이했던 그 당당함은 땅에 스며드는 눈물처럼 사라져 버렸다. 금강체의 힘을 얻은 서민상은 도무진을 이길 수 있다고 자신했을 것이다. 그래서 도망치지 않고 당당하게 나선 것인데, 결국 자신감은 오랜 인생의 가장 큰 실수가 되어버렸다.

"시키는 것은 무엇이든 하겠다고? 그럼 금강체를 내게 넘겨라."

"네? 그것은 안 됩니다. 하기 싫은 것이 아니라 할 수가 없습니다."

"아니, 넌 할 수 있다. 다만 하기 싫은 것뿐이지."

"정말 전 못⋯⋯!"

도무진은 서민상의 턱을 돌려 자신과 눈을 맞추게 했다.

"내가 너를 만들었다. 내가 이 시간까지 널 살게 해준 네 창조주다. 그런 내게 네 얄팍한 거짓말이 통할 것 같으냐?"

서민상의 눈빛이 급격하게 흔들렸다.

"마⋯ 만약 금강체를 넘겨 드리면 절 살려주시는 겁니까?"

도무진은 단호하게 고개를 저었다.

"네 죽음은 절대 피할 수 없다."

"금강체를 넘겨줘도 죽일 거라면 제가 왜 당신 말을 들어야 합니까?"

서민상을 무릎 꿇린 도무진은 뒤로 돌아가서 서민상의 어깨에 양손을 짚었다.

"네가 지금 보고 있는 쪽이 동쪽이다. 이제 몇 시진 후면 태양이 뜰 것이다. 햇빛에 나가봤겠지? 아마 그랬을 것이다. 금강체를 얻은 후 혹시 햇빛에도 견딜 수 있지 않을까 하고 시험을 했겠지. 어떻더냐? 고통스러웠겠지? 아마 네가 기억하는 고통 중 그보다 큰 고통은 없었을 것이다."

도무진이 말을 하는 동안 서민상은 입을 굳게 다물고 있었다.

"넌 이곳에서 햇빛에 불타는 고통을 끊임없이 겪어야 한다. 타올라 재가 되고 다시 태어나 또 불타는 그 고통의 시간을, 아주 오랫동안 경험해야 한다. 운이 좋다면 하루 이틀쯤에 금강체가 네 육체의 복원을 멈춰줄지도 모르지. 만약 그렇지 않다면 나는 달이 지나고 계절이 바뀌어도 이 자리를 지키며 네가 불타오르는 것을 계속 지켜볼 것이다."

서민상의 어깨는 두려움으로 덜덜 떨렸다. 그런 서민상의 귀에 대고 도무진이 속삭였다.

"살아서 맛보는 지옥을 마음껏 즐겨라."

"드… 드리겠습니다! 그러니 제발 절 이곳에 놔두지 마세요!"

아직 해가 뜨려면 먼 검은 하늘을 서민상은 두려움 가득한 시선으로 응시했다.

"정말이냐?"

"물론입니다! 제발 가져가세요!"

서민상의 애원에 도무진은 흡족한 웃음을 머금었다.

"정 원한다면 부탁을 들어줘야지."

도무진은 누더기가 된 서민상의 웃옷을 벗겼다. 그리고 어깨 아래쪽 뼈가 돌출된 부위에 양손을 얹었다. 도무진이 금강체를 어떻게 얻는지 아는 것처럼 서민상도 본능적으로 내보내는 법을 알고 있었다.

"저… 정말 절 살려주실 수 없나요?"

서민상의 마지막 미련은 '영원한 고통을 겪고 싶으냐?' 라는 도무진의 말에 먼지처럼 사라졌다.

서민상도 눈을 감고 도무진도 눈을 감았다. 정신을 집중하자 뇌비영과 교감을 하는 금강체가 느껴졌다. 곤충이 서로의 더듬이를 쓰다듬듯 그렇게 뇌비영과 금강체는 서로의 존재를 느꼈다.

아마 그래서 별 거부감 없이 금강체가 도무진에게로 넘어왔을 것이다. 쿵! 둔탁한 무언가가 심장을 때리는 것 같은 충격이 전해졌다. 그리고 그것이 전부였다.

뇌비영과 도풍각을 얻을 때의 죽음을 바랄 정도의 고통은 없었다. 서민상이 이미 겪었기에 도무진에게는 면제를 해줬는지도 모른다.

금강체를 토해낸 서민상의 어깨가 축 처졌다. 몸을 받치던 뼈대가 사라진 허수아비 같았다. 서민상에 대한 측은지심이 일었지만, 서민상은 이 세상에 해가 되는 흡혈귀일 뿐이다.

동정심 때문에 세상에 화를 풀어놓을 수는 없었다. 도무진은 왼손을 조금 내려서 앞으로 힘을 줬다.

꽈직!

도무진의 손은 뼈를 뚫고 서민상의 몸속으로 들어갔다. 서민상의 입에서 답답한 비명이 터졌고 도무진의 손이 빠져나오자 옆으로 쓰러졌다. 도무진의 손에는 검붉은색의 심장이 쥐어져 있었다. 도무진은 과일의 즙을 짜듯 손아귀에 힘을 줘서 심장을 터뜨렸다.

그가 만들었던 흡혈귀 서민상의 죽음이 선명하게 느껴졌다. 도무진은 발끝으로 땅을 차서 한 자 깊이의 구덩이를 만들어 들고 있던 심장을 묻었다. 비로소 황동필을 제외하고 그가 만들었던 모든 흡혈귀가 죽었다.

"이제 어디로 가야 합니까?"

목인귀의 물음에 도무진은 북쪽으로 시선을 돌렸다. 하늘과 나무의 경계가 불분명한 검은 밤하늘이 눈에 들어왔다.

"사천성입니다."

암중삼현자의 눈살이 약속이나 한 듯 찌푸려졌다.

"쿵! 흑림이 있는 곳이군요. 쿵! 놈들과 너무 가까워서 좋지 않은데. 쿵!"

몰랐을 때는 사천성이 암중삼현자의 거처였지만 알고 나니 불편해진 것이다.

"흑림에서 그리 멀지 않습니다."

암중삼현자의 인상이 더욱 안 좋아졌다. 노리가 걱정스러운 음성으로 말했다.

"가장 위험한 길이 되겠군요."

"그곳에 사우영의 마지막 머리 부분에 해당하는 봉천(逢天)이 있으니 위험해도 가야지요. 일단 오늘은 객잔에서 편히 머문 후에 내일 날이 밝는 대로 떠나기로 하죠."

말을 하고 돌아서려던 도무진은 걸음을 멈췄다.

"쿵! 왜 그러시오. 쿵!"

"손님이 오셨군요."

도무진의 말이 끝나자마자 하늘에서 누군가 떨어졌다. 우아한 학처럼 공중을 선회하고 내려선 사람은 목승탁이었다.

"히익! 화… 화신! 쿵쿵!"

암중삼현자는 기겁을 하며 물러섰다. 목승탁이 적이 아닌 줄 알지만 칠 인의 성자는 언제나 세해귀에게 각인된 두려움이었다.

땅에 내려선 목승탁은 도무진을 향해 정중하게 인사를 했다.

"이리 다시 뵙게 되어 반갑습니다."

그저 형식적인 인사말이 아닌 진심이 느껴졌다. 도무진도 깍듯하게 인사를 건넨 후 물었다.

"그런데 여기까지 어인 일이십니까?"

"마계혈을 지키던 천주지기가 성녀의 손에 죽었습니다."

"네? 그렇다면 마계혈은 어떻게 되는 것입니까?"

"제 예상보다 빨리 열리겠지요. 우리가 시간에 맞출 수 있을지 모르겠습니다."

"회생의 법을 시행할 준비는요?"

"앞으로 보름은 더 필요합니다."

잠시 생각하던 도무진이 말했다.

"사천성을 들렀다 가려면 시간이 빠듯하겠군요."

"사천성은 어인 일로요?"

"사우영의 마지막인 봉천을 찾기 위해서입니다."

"그럼 사우영 중 세 개는 얻은 모양이군요."

"운이 좋았습니다."

"사우영이 정말 무인검 대협을 강하게 만들어주었습니까?"

"그렇긴 합니다만 마계혈을 막기에 충분한지는 모르겠습니다."

뒤에서 듣고 있던 현연호가 말했다.

"쿵! 사우영만 모두 얻으면 마계혈을 막는 데 아무 문제 없지. 쿵!"

마계혈을 아직 겪어보지 않았으니 현연호의 장담에 맞장구를 칠 수는 없었다. 오히려 목승탁의 능력이 어느 정도인지 알고 있기 때문에 아무리 사우영을 모두 얻어도 마계혈을 막기 쉽지 않을 거라는 게 도무진의 생각이었다.

"전 만민수호문과 싸우고 있는 암중성자회(暗中聖子會)를 도우러 가는 중입니다."

"암중성자회라니요?"

"소식을 못 들으셨나보군요. 무인검 대협을 따르는 세해귀들이 뭉쳐서 만든 조직입니다. 꽤나 세를 불려서 만민수호문에 그리 밀리지 않는다고 하더군요. 물론 만민수호문의 성자들이 나서지 않아서 그렇겠지만요. 마계혈을 막는 최후의 전투에서 힘이 되어줄 암중성자회가 큰 타격을 입으면 안 되니 제 미력한 힘이나마 보태야지요."

목승탁으로서는 참 오랜만에 부려보는 겸손이었다.

"그런데 사우영 중 봉천을 찾으러 사천성으로 가신다니, 혹시 제가 그쪽에 더 필요한 게 아닌지 모르겠습니다."

목승탁은 도무진과 동행하고 싶은 눈치였다. 암중삼현자가 동시에 뭐라고 하려는데 도무진의 말이 빨랐다.

"아닙니다. 저희가 워낙 은밀히 움직이기 때문에 만민수호문에 발각당할 염려는 없습니다. 사우영을 얻는 것은 저희로 충분하니 화신께서는 암중성자회를 돕도록 하십시오."

아쉬운 표정의 목승탁은 몇 마디 덕담을 더 주고받은 후 어둠 속으로 사라졌다.

"왜 화신을 쫓은 것이오? 함께 있으면 큰 힘이 될 텐데. 지금은 암중성자회보다 사우영이 더 중요하다는 걸 모르겠소?"

"화신과 전 함께 다니면 안 됩니다."

"그게 무슨 말이오?"

"만에 하나 둘이 함께 있다가 둘 모두 봉변을 당하면 어떻게 되겠습니까?"

도무진이 걱정하는 건 그것이었다. 둘 중 한 명이라도 살아 있어야 희박하지만 마계혈을 막을 가능성이라도 남는 것이다.

노리는 고개를 절레절레 저었다.

"온통 대의만 생각하는 당신 같은 사람이 있다니……."

도무진은 그저 웃으며 북쪽을 보았다. 이제 마지막 봉천만 남았다.

'사우영이 이 싸움의 판도를 바꿀 수 있을까?'

*   *   *

"아악!"

오희련은 머리를 감싸 쥐며 비명을 질렀다. 뇌가 물처럼 녹아내려 오공으로 빠져나가는 것 같았다. 그녀의 고통 위로 선우연의 목소리가 떨어졌다.

"그 정도로는 어림없다. 다시 정신을 집중해라."

"젠장! 아여의타심동법을 시전하다 실패하면 느끼게 되는 고통을 철제님이 알아요?"

"성녀와의 싸움에서 밀리면 네가 죽는다는 걸 알지. 마계혈이 열리면 이 세상이 피의 도가니로 변한다는 것도 알고. 네가 지금 느끼는 고통은 그것들에 비하면 발이 저린 정도에 불과하다."

"우라지게 오래 앉아 있었나 보네요."

투덜거린 오희련은 다시 정신을 집중했다. 그녀의 법력은 요 몇 달 동안 일취월장(日就月將)이란 말이 무색할 정도로 강해졌다. 하지만 철제를 상대하다 보면 자신이 한없이 약하다는 것을 뼈저리게 느낀다. 철제에게조차 그러하니 더 강하다는 성녀를 상대로 싸우는 건 그야말로 계란으로 바위 치기였다.

"정말 제가 할 수 있을까요?"

"네가 해야만 한다. 목숨을 걸고 해야 한다."

"제 목숨 따위는 중요하지 않다는 건가요?"

"널 희생해서 성녀를 죽이고 마계혈을 막을 수 있다면 백명, 천 명의 오희련도 희생시킬 수 있다."

오희련은 인상을 와락 찡그렸다. 설사 속마음은 그렇더라도 그걸 입 밖으로 뱉을 때는 좀 더 순화하거나 아예 숨기는 게 대부분의 사람이다.

"철제님은 상대방의 기분 같은 건 신경 쓰지 않는군요. 아니, 보통 사람은 어떻게 되든 상관없다는 생각이지요?"

"커다란 이 세상에 비하면 사람은 그저 스쳐 지나는 바람 같은 존재다."

"그 바람 같은 존재가 이 세상을 만든다는 생각은 안 해보셨어요?"

"네가 지금 익히는 술법이 이 세상을 만드는 과정이다."

철제는 보통 인간은 여왕개미를 위해 일하는 일개미라는 생각을 가지고 있는 게 분명하다. 마계혈을 막아 세상을 구하려는 자가, 아무렇지 않게 손수민을 강간하는 이중성은 그렇게밖에 설명할 수 없었다.

아니면 너무 오래 살아서 인간성은 상실하고 오직 의무만이 삶의 목적인 인간이든지.

"시간이 얼마 남지 않았다. 십여 일 후면 어둠의 성자와 화신이 회생의 법을 시작할 것이다."

"회생의 법을 완성시키는 데 얼마나 걸릴까요?"

"원래는 여섯 달에서 여덟 달 정도지만 이번에는 세 달 안에 끝내야 한다. 시간도 없고 지금까지 시도된 적도 없는 새로운 회생의 법이니까."

"제게 남은 시간도 그 정도네요?"

"백 일이군. 왠지 기분 좋은 숫자 아니냐?"

오희련에게는 가슴이 답답한 숫자일 뿐이다.

*   *   *

빙천은 걸음을 멈췄다. 그가 마계혈로 향한 것은 궁금해서였다. 성전에서 느끼는 마기의 강도가 그의 예상을 뛰어넘었기 때문이다. 마기를 품어서 법력을 키우고 있는데, 갈수록 그가 감당하기 힘들 정도로 마기가 강해지고 있었다.

욕심을 부리다가는 마성에 함몰되어 제정신을 잃을 것 같았다. 그래서 온 것이다. 마계혈 근처의 마기는 얼마나 강한지 보려고 말이다.

그런데 가까이 갈 수가 없었다. 마기는 보이지 않는 물결이 되어 빙천을 때렸다. 법력을 끌어 올려 막아보지만 마기는 손에 잡히지 않는 모래처럼 그를 통과했다. 그럴 때마다 잠깐씩 눈앞이 깜깜해져서 어느 순간 자신을 잃어버릴 것 같았다.

빙천은 몸을 돌려 잰걸음으로 왔던 길을 되돌아갔다. 그가 견디기 힘든 마기를 뿜어낼 정도라면 조만간 마계혈이 열릴 것이다. 어쩌면 그것이 한 달, 아니, 오늘 당장이 될 수도 있었다.

끄어억!

갑자기 왼쪽에서 시커먼 것이 덮쳐 왔다. 톱날처럼 날카로운 이빨을 가진 와괴(蛙怪)였다. 마계혈의 강한 마기 때문에 미처 와괴의 기운을 느끼지 못한 것이다.

그렇다고 세해귀 따위에게 당할 빙천이 아니었다.

"파!"

왼손을 들어 쭉 뻗자 냉기가 쏘아졌다. 이젠 부적이 없어도 빙의 술법을 펼칠 수 있는 경지에 이르렀다. 덮쳐 오던 와괴는 즉시 얼음이 되어 땅으로 떨어졌다.

그런데 당연히 얼음으로 조각나야 할 와괴는 꿈틀거리더니 스스로 얼음을 녹이고 있었다. 아무리 부적을 쓰지 않았다고 하지만 와괴 따위가 그의 술법을 견딘 것이다.

"어찌 이럴 수가……!"

빙천은 부적을 꺼내 더 강한 술법을 써서 와괴를 산산조각으로 부숴 버렸다. 하지만 개운하지 않았다. 애초에 흑림의 세해귀 따위가 그에게 덤벼서는 안 된다.

정신을 집중하자 흑림 곳곳에 있는 세해귀가 느껴졌다. 녀석들 모두가 빙천에게 노골적인 적의를 드러내고 있었다. 마계혈의 마기는 흑림의 세해귀를 터무니없이 강하게 만들어 성자들에게조차 달려들게 만들었다.

이렇게 시간이 지나면 흑림 안에 있는 수많은 세해귀들이 점점 더 강해질 것이고 나중에는 성자들조차 감당할 수 없을

지도 모른다.

'마계혈을 여는 건 실수가 아닐까?'

＊　　　＊　　　＊

도무진의 말을 들은 암중삼현자의 인상이 와락 구겨졌다.

"사우림(死雨林)이라고요?"

암중삼현자의 반응이 왜 저런지 도무진은 잘 알고 있었다. 사천성에는 절대 가지 말아야 할 두 군데의 금지(禁地)가 있는데 하나가 흑림이고 다른 한 군데가 바로 사우림이다.

운남성의 가장 울창한 밀림보다 더 울창한 숲으로, 아무리 해가 쨍쨍한 날이라도 햇빛 한 점 들어오지 않고 습기가 가득해 항상 비가 내리는 것 같다고 해서 붙여진 이름이 사우림이다.

물론 앞의 죽음을 뜻하는 글자는 사우림의 위험함을 극명하게 드러낸다. 온갖 맹수와 독충, 독사가 득실하고 처처에 한번 빠지면 헤어 나올 수 없는 늪이 존재할 뿐 아니라 적지 않은 수의 세해귀도 살고 있다고 전해진다.

전해진다는 것은 그곳에 들어가서 살아나온 자가 없기 때문에 누구도 사우림이 어떤 곳인지 정확히 알지 못했다. 어찌 보면 흑림과 비슷하지만, 흑림은 왜 그곳이 금지인지 도무진과 암중삼현자는 알고 있었다. 그런데 사우림은 미지의 위험이었다. 그래서 들어가기가 더 꺼려지는 곳이다.

"이번에는 저 혼자 가도록 하지요."

암중삼현자에게 한 말이었는데 손수민이 즉각 반대했다.

"안 돼요! 어떻게 사우림에 오라버니 혼자 보내요? 그렇지 않나요?"

암중삼현자는 마지못해 고개를 끄덕였다.

"쿵! 그… 그렇지. 내가 비록 벌레는 싫어하지만 쿵! 어둠의 성자 혼자 보낼 수는 없지. 쿵!"

"우리가 꼭 필요할 수도 있으니 홀로 갈 수는 없지요."

노리도 동의를 했고 목인귀 또한 동행을 고집했다. 그리고 가장 먼저 도무진 홀로 가는 걸 반대했던 손수민은 수혼과 함께 사우림 밖에서 남기로 했다.

그녀가 함께 가면 짐만 된다는 걸 자신도 알기 때문에 순순히 수긍을 했다. 물론 수혼은 앞발로 땅을 두 자나 파서 불만을 드러냈지만.

사우림까지 가는 동안 그들은 두 번 만민수호문과 싸워야 했다. 도무진 일행을 포함해서 두 명의 성자와 귀인문, 거기에 도무진을 추종하는 암중성자회까지 상대하는 만민수호문은 날이 바짝 서 있었다.

중원의 하늘은 가을 논의 참새 떼보다 많은 귀기탐응이 날아다니고 있었다. 다행인 것은 귀기탐웅이 도무진 일행을 식별할 수는 없다는 것이다.

그저 암중삼현자라는 세해귀의 기운을 느꼈고 만민수호문에서는 문도를 파견했다. 그래서 별다른 위험 없이 그들을 물리치고 사우림에 당도할 수 있었다.

사우림의 기운은 십 리 밖에서도 느낄 수 있었다. 새벽의 호숫가처럼 짙은 물안개가 멀리까지 퍼져서 숨을 쉴 때마다 물을 마시는 것 같은 기분이 느껴질 정도였다.

사우림이 자리한 곳은 네 개의 산이 사방에 둘러싸인 분지였다. 짙은 안개 때문에 물에 빠진 것처럼 옷은 젖었고 머리칼과 수염에서 물방울이 떨어졌다.

"쿵! 그리 쾌적한 곳은 못 되는군. 쿵!"

노리가 수염의 물기를 털어내며 투덜거렸다. 물안개 때문에 오 장 앞도 제대로 보이지 않았다. 사우림에 들어가면 시야는 더 짧아질 것이다.

햇빛이 화창한 정오 무렵이었는데 초저녁처럼 어둠이 스멀스멀 밀려오고 있었다. 사우림이 그만큼 가까워졌다는 뜻이다.

"수민이는 이쪽에서 기다리는 게 좋겠다."

손수민과 수혼을 큰 바위 곁에 남겨둔 채 도무진과 암중삼현자만 사우림으로 향했다. 조심스럽게 걸음을 옮기는데 어느 순간 어둠이 짙어졌다.

그들이 지나온 길 위로 희미한 햇빛만 조각으로 남아 있을 뿐 앞은 캄캄한 어둠에 덮여 있었다. 어둠에 짙은 습기, 식초를 코앞에 댄 것 같은 톡 쏘는 냄새까지 풍겨왔다.

가장 앞에 선 도무진은 발을 내딛다 깜짝 놀라 거둬들였다. 암갈색의 낙엽을 밟았는데 마치 늪처럼 쑥 들어갔기 때문이다. 도무진은 왼쪽으로 움직여 바위를 밟으며 말했다.

"늪을 조심하십시오."

돌출된 바위가 아니면 온통 낙엽이기에 땅과 늪을 구분하기가 쉽지 않았다. 어둠에 구애를 받지 않는 시야를 가진 것이 그나마 다행이었다.

암중삼현자는 도무진이 지난 길만 밟으며 조심스럽게 따라왔다. 다리가 백 개는 달린 것 같은 한 자 길이의 지네가 도무진의 발등을 타고 넘어갔다.

곳곳에 주먹만 한 거미가 보이고 거미줄에 걸려 날개를 파닥거리는 나방은 거미보다 두 배는 컸다. 똬리를 튼 형형색색의 뱀을 피해 걸음을 내딛던 도무진은 머리 위에서 떨어지는 뭔가를 느끼고 고개를 들었다.

쉬익!

도무진을 먹이로 여길 만큼 거대한 뱀이었다. 쩍 벌린 아가리 사이로 드러난 이빨은 잘 벼린 단도 두 개가 꽂혀 있는 것 같았다. 도무진은 왼팔을 바깥쪽으로 휘둘렀다. 그의 주먹에 맞은 뱀이 멀리 날아가 나무에 부딪치더니 축 늘어졌다.

사실 사우림 안에서 도무진을 해칠 수 있는 것은 없었다. 독도 그렇고 뱀 같은 동물, 혹은 세해귀가 있다 하더라도 위협이 되지는 못한다.

도무진이 가장 조심해야 할 것은 행여 늪에 빠져 시간을 허비하는 것과, 뒤에서 따라오는 암중삼현자가 다치는 것이다. 정해진 시간 안에 회생의 법을 시행해야 하기 때문에 시간을 지체하는 건 죽음 다음으로 피해야 한다.

그들은 먹물로 채운 바다 같은 사우림을 침묵 속에서 헤쳐 나갔다. 발아래 늪과 언제 달려들지 모르는 독충과 독사들에 신경을 곤두세우느라 농담 한 마디 할 여유가 없었다.

피부를 스치는 기분 나쁜 습기를 뚫고 사우림 안으로 들어온 지 근 한 시진이 지나서야 도무진은 걸음을 멈췄다. 도무진과 두 자 거리를 두고 따라온 현연호가 말했다.

"지금까지 지나온 곳과는 다르군."

확실히 그랬다. 사우림은 단 한 곳도 나무가 존재하지 않는 곳이 없었다. 칙칙하고 울창한 나뭇잎으로 인해 햇빛 한 점 통과하지 못하는 곳이 사우림이다.

그런데 도무진의 발은 그런 사우림의 숲과 공터의 경계를 밟고 있었다. 사우림의 여느 곳과 마찬가지로 두꺼운 낙엽이

쌓인 공터에는, 사우림의 여느 곳과는 다르게 햇빛이 비춰지고 있었다.

폭이 약 오십 장 정도 되는 공터의 중앙에는 단 한 그루의 나무만 자리했다. 우산처럼 위가 둥글고 넓게 퍼진 나무의 잎은 홀로 햇빛을 받아 초록색으로 반짝였다. 꼭대기까지의 높이는 오 장 남짓이어서 그리 큰 나무는 아니었다.

도무진의 시선은 그 나무에 고정되어 있었다. 사우영의 마지막, 머리 부분에 해당하는 봉천의 기운이 뻗어 나오는 곳은 지극히 평범해 보이는 저 나무였다.

"쿵! 저 나무요? 쿵!"

"그렇습니다."

"쿵! 이번에는 우리가 할 일이 있었으면 좋겠군. 쿵!"

암중삼현자가 축축한 바닥을 피해 햇빛으로 나가려는 걸 도무진이 황급히 막았다.

"멈추시오!"

"왜……?"

묻던 현연호는 살짝 디딘 발을 황급히 뗐다. 늪이었다. 하지만 보통의 늪과는 다르게 낙엽에 스친 것뿐인데 몸이 휘청거릴 정도로 무섭게 땅속으로 끌어당겼다.

도무진은 나뭇가지 다섯 개를 부러뜨려 햇빛 속으로 던졌다. 젓가락처럼 얇은 한 뼘 길이의 나뭇가지는 낙엽에 닿자마자 땅속으로 자취를 감췄다. 가벼운 나뭇가지조차 뜰 수 없는 늪이 그들과 한 그루 나무 사이에 놓여 있었다.

물론 이십오 장 정도면 도무진이 한 번 도약으로 넘을 수 있는 거리였기에 나무에 닿는 것은 문제가 되지 않았다. 다만 그렇게 덤벼들어 도착한 나무에서 기다리는 게 무엇일지 그게 걱정스러웠다.

"어차피 다 젖었는데 어디 앉은들 어떤가?"

목인귀가 먼저 자리를 잡자 나머지 둘이 서로 손을 잡고 가부좌를 틀었다. 눈을 감은 암중삼현자가 주문을 외우는 동안 도무진은 나무를 자세히 살폈다.

아주 오래된 듯 굵은 뿌리가 낙엽 밖으로 튀어나와 있었고 크고 작은 옹이가 몸통에 박혀 있었다. 산의 어느 곳에 가져다 놔도 특별히 눈에 띌 것 같지 않은 평범한 나무다.

부스럭거리는 소리에 고개를 돌리니 일어서는 암중삼현자가 보였다.

"이번엔 어떻습니까?"

암중삼현자가 도움을 줄 수 없다고 해도 실망하지 않을 것이다.

"쿵! 난 까마귀의 깃털. 쿵!"

노리의 말을 현연호가 받았다.

"난 지네의 다리."

목인귀가 자신의 머리에 있는 나뭇잎을 떼어 흔들었다. 그러자 노리가 인상을 찡그리며 물었다.

"쿵! 자네가 필요한 건 달랑 그거라고? 쿵!"

"자네 둘보다는 내가 아주 조금 쉽군."

"쿵! 젠장! 너구리 털 같은 거면 좋잖아. 쿵! 어디서 까마귀를 찾아. 쿵!"

노리가 투덜거릴 만했다. 현연호가 구해야 하는 지네의 다리야 목인귀의 나뭇잎처럼 쉽지는 않지만 사우림에서 어렵잖게 찾을 수 있었다.

그들 각각이 구해야 하는 물건은 누구의 도움도 없이 본인 힘으로 손에 넣어야 한다. 노리와 현연호가 각자 필요한 것을 찾아 사우림 안으로 들어갔다.

"저 나무에 특별한 것이 느껴집니까?"

도무진의 물음에 목인귀는 나뭇가지로 볼이라고 여겨지는 부분을 문질렀다.

"글쎄요. 만약 저곳에 봉천이 있다면 특별한 건 나무가 아니겠지요."

미간에 주름을 짙게 만들고 있는 도무진에게 목인귀가 물었다.

"특별한 걱정거리가 있는 모양이군요."

"그렇게 보입니까?"

"주름살의 깊이가 한 자는 되어 보입니다."

도무진은 늪의 한 가운데 자리한 나무를 보며 말했다.

"봉천이라는 건 무엇일까요?"

"취하기 전에는 모르지요."

"뇌비영, 도풍각, 금강체 모두 제 몸을 바꿔놓았습니다. 겉은 똑같아 보이지만 내부는 다르죠."

"좋은 방향으로 달라지지 않았습니까?"

도무진은 고개를 끄덕였다.

"그렇지요. 하지만 봉천도 그럴까요?"

목인귀는 아무 말도 하지 못하고 도무진과 함께 나무를 봤다.

"원래 사우영은 하나였습니다. 그런데 제가 강제로 내보내는 바람에 세상 이곳저곳으로 흩어졌지요."

"처음은 어땠습니까?"

"고통스러웠지요. 힘이 느껴졌고… 유혹적이었습니다."

"유혹이라고요? 여인의 유혹 같은?"

도무진은 피식 웃었다.

"힘에 대한 유혹이었습니다. 사우영은 제게 끊임없이 속삭이는 것 같았습니다. 날 받아들여. 그러면 넌 세상에서 가장 강한 존재가 될 거야. 그 말이 사실이라는 걸 알 수 있었습니다. 사우영을 받아들이면 정말 그리될 것 같았지요. 그 말이 믿어졌기에 사우영을 강제로 내보낸 것입니다. 사실 말은 쉽게 했지만 그 유혹을 떨쳐 버리기가 쉽지 않았지요."

"강해지길 원하는 건 본능이니까요. 그때도 잘 견뎠으니 이번에도 괜찮을 겁니다."

목인귀의 몇 마디 말이 도무진을 안심시키지는 못했다. 사지와 몸뚱이는 바뀌어도 된다. 강해지면 더욱 좋다. 하지만 머리는 어떨까?

도무진이 느끼기에 사우영은 의식과 의지가 있는 '무엇'이었다. 단순히 육체를 단단하고 강하게 하는 성물(聖物)이 아니다. 어쩌면 봉천이 도무진의 뇌를 차지하는 일이 일어날 수도 있다.

봉천이 도무진의 의식을 지배하는 건 생각할 수 있는 최악의 경우다. 봉천이 마계혈을 막기 위해 도무진처럼 목숨을 걸지는 않을 것이기 때문이다.

'차라리 봉천을 포기할까?'

계속 고민하던 문제다. 봉천이 없더라도 지금의 도무진은 충분히 강하다. 칠 인의 성자 중 한 명과 능히 대등하게 싸울 수 있을 것이다.

물론 그것으로 충분하지 않다는 건 알고 있었다. 성자들과 만민수호문, 거기에 흑림의 세해귀까지 상대하기 위해서는 지금보다 훨씬 강해져야 한다.

모험을 할 만한 가치가 있었기에 봉천을 얻기 위해 여기까지 왔지만 잘못되었을 경우 치러야 할 대가가 너무 컸다.

도무진이 고민을 하고 있는 사이 현연호가 왔고 의외로 노리도 빨리 돌아왔다. 그의 손에는 커다란 검은 깃털이 들려 있었다.

"쿵! 여기 까마귀는 더럽게 크더군. 쿵!"

도무진의 고민에 아랑곳하지 않고 암중삼현자는 필요한 일을 했다. 나뭇잎에 깃털과 지네의 다리를 얹어놓고 서로 손을 포개서 주문을 외우기 시작했다.

포개진 암중삼현자의 손가락 사이로 안개보다 짙은 하얀 연기가 피어올랐다. 셋의 입에서 동시에 '합!'이라는 소리가 튀어나온 후 포개졌던 손이 떨어지고 현연호가 주먹을 폈다.

그 안에는 엄지손톱 크기의 초록색 둥근 환이 놓여 있었다.

"제가 먹어야 하는 거겠죠?"

"맛은 보장할 수 없소."

도무진은 환을 받고 망설임 없이 입에 털어 넣었다. 목인귀에게서 나온 나뭇잎과 지네의 다리, 까마귀의 털로 만들어진 환은 그 세 가지가 조합되어 만들어졌을 법한 그 맛이었다.

인상을 찡그리는 도무진에게 현연호가 말했다.

"이제 늪에 빠지지 않고 저 나무까지 갈 수 있을 것이오."

첫발을 내디딜 때까지 도무진의 망설임은 길지 않았다. 현연호의 말대로 늪은 그를 잡아끌지 않았다. 마치 평지를 걷듯 앞으로 나아가는 그에게 목인귀가 말했다.

"나무가 하는 말에 귀를 기울이시오."

도무진은 천천히 나무를 향해 다가갔다. 목인귀의 말대로 귀를 쫑긋 세웠지만 나무에게서 들려오는 소리는 없었다. 바람 한 점 없는 따스한 햇볕 아래서 도무진은 나무와의 거리를 좁혔다.

서두르지 않았지만 얼마 지나지 않아 풀잎의 냄새를 맡을 수 있을 정도로 가까워졌다. 도무진은 나무의 뿌리가 드러나지 않은 곳을 골라서 섰다. 그러고 보니 나무가 자란 곳이 맨땅인지, 아니면 늪 위인지 알고 싶었다.

그래서 지면 위로 드러난 나무뿌리 사이를 발로 툭 찼다. 나뭇잎과 함께 검은색에 가까운 진흙이 나무 아랫부분에 튀었다. 신기하게 나무는 땅이 아닌 늪 위에 자라고 있었다.

더 이상 가까이 갈 수 없을 정도로 거리를 좁혔는데도 나무의 변화는 보이지 않았다. 도무진은 주위를 한 바퀴 빙 돌았다. 그가 막 얼굴 높이에 있는 커다란 옹이 앞을 지나는데 우웅 하는 울림이 들렸다.

걸음을 멈춘 도무진은 청각을 최고로 끌어 올렸다. 하지만 그가 신경을 써야 할 곳은 귀가 아니라 감각이었다. 목인귀가 말했던 나무의 말은 인간의 대화가 아니라 나무가 전하는 느낌이었다.

도무진은 말로 전해 듣지 않아도 나무가 원하는 것을 알 수 있었다. 심호흡을 한 도무진은 나무가 원하는 대로 옹이에 얼굴을 댔다.

옹이는 도무진의 얼굴이 모두 파묻힐 정도로 컸다. 코와 양쪽 뺨에 거친 느낌이 전해지는 순간 머리 전체가 조여졌다. 깜짝 놀라 물러서려 했지만 머리가 나무에 고정되어 꼼짝할 수가 없었다.

[사우영 중 세 가지를 얻은 자여. 그대가 약속된 자인가?]

사방에서 울리는 목소리는 귀가 아닌 대롱을 머리에 꽂고 그곳을 통해 말을 하는 것 같았다. 도무진은 말을 하려고 했는데 입으로 뱉기 전 생각하는 것만으로 의사가 전달되었다.

[그 약속이라는 걸 모르겠군. 하지만 네가 오백 년 전 내게 들어왔었던 것은 기억하지. 그대는 기억하는가?]

[기억이란 부질없는 미련만 남기게 할 뿐. 그대는 날 얻기 위해 무엇을 희생할 수 있나?]

[온전한 내 정신을 빼면 무엇이라도.]

굳이 말을 하기 위해 생각을 할 필요가 없었다. 이상하게 가장 솔직한 심정이 바로 전달되었다.

[뇌비영, 도풍각, 금강체를 얻은 자여. 나 봉천을 얻는다는 게 무엇을 뜻하는지 알고 있는가?]

[진정 그대를 얻으면 세상에서 가장 강한 존재가 될 수 있는 것인가?]

봉천의 대답은 바로 나오지 않았다. 봉천이 도무진의 몸을 살피는 걸 느낄 수 있었다.

[누구도 완벽할 수는 없기에 가장 강한 존재 또한 있을 수 없다. 하지만 누구에게도 지지 않을 수는 있다.]

일견 모순된 말 같았지만 봉천의 말은 옳았다. 맹호가 입안의 가시 때문에 죽는 것은 약해서가 아니다. 약점이 있는 한 세상에 가장 강하다는 말은 성립되지 않는다.

[싸워서 지지 않는다는 건 상대가 칠 인의 성자라도 해당되는 얘기인가?]

[칠 인의 성자가 신인가?]

[인간이지만 신의 능력을 가졌지.]

[그럼 네 앞에서 그들은 그저 인간일 뿐이다.]

칠 인의 성자를 모르는 봉천의 자만일 수도, 강함에 대한 자신감일 수도 있다. 둘 중 어떤 것이든 나쁘지는 않다.

[내가 그댈 얻기 위해 무엇을 해야 하는가?]

[네가 보여줄 수 있는 것은 모두 보여줬기에 네가 해야 할 것은 단 하나뿐이다.]

봉천이 도무진의 가장 깊숙한 내면까지 속속들이 들여다봤다는 걸 알 수 있었다.

[그 하나가 무엇인가?]

[견뎌라.]

'무엇을?' 이라고 물으려고 했지만 이내 알 수 있었다. 도무진은 비명을 지르기 위해 입을 쩍 벌렸다. 하지만 비명이 소리가 되어 나오지 못했다. 너무 고통이 심해서 목소리조차 뱉어지지가 않았다.

나무가 그의 머리를 조여서 좁쌀만 한 크기로 만들어 버리는 것 같았다. 오백 년 전 사우영이 몸 안으로 들어올 때 느꼈던 고통이 고통으로서의 한계라고 믿었다. 사우영 세 개를 얻을 때 비슷한 고통을 느꼈고 봉천 또한 그런 각오를 했었다.

하지만 언제나 상상을 뛰어넘는 뭔가는 존재하게 마련이다. 지금 도무진이 느끼는 고통이 그랬다. 그가 불사의 존재가 아니었다면 고통 때문에 죽었을 테고, 그래서 죽지 않는 육체가 원망스러웠다.

영원히 끝날 것 같지 않던 고통은 어느 순간 거짓말처럼 사라졌다. 그의 머리를 잡고 있던 옹이도 그저 나무의 평범한 옹이로 변했다.

나무에서 얼굴을 뗀 도무진은 고통의 잔상조차 남지 않은 얼굴을 어루만졌다. 그가 느낀 고통이면 얼굴이 남아나지 않았을 것 같은데 이목구비의 형태는 원래 그대로였다.

도무진은 봉천이 들어왔는지 확신할 수 없었다. 달라진 게 없기 때문이다. 옹이를 문지르고 나무를 두드려도 더 이상 다른 반응은 나타나지 않았다.

아니, 변화가 있었다. 도무진이 세 번 두드린 후 고개를 갸웃할 때 갑자기 나무가 가라앉기 시작했다. 원래 늪에서 자랐던 나무는 원래 그래야 했던 것처럼 서서히 늪 아래로 사라졌다.

"봉천을 얻었습니까?"

현연호의 물음에 그렇다고 대답할 수도, 아니라고 할 수도 없었다. 나무가 가라앉았다는 건 봉천이 사라졌다는 걸 의미했지만 도무진은 달라진 것을 느끼지 못했다.

"모르겠습니다."

솔직한 대답을 하는 도무진의 표정이 어두웠는지 암중삼현자는 더 이상 묻지 않았다. 봉천을 얻었든 갑자기 사라져 버렸든 도무진은 할 일을 모두 마쳤다.

이제 산동성으로 가서 회생의 법을 시행할 일만 남았다. 세상의 운명이 결정될 날이 점점 다가오고 있었다.

제30장
배신

　사천성의 동구현(東邱縣) 지부에서 만민수호문의 문도가 살해를 당했다고 연락이 왔을 때 빙천은 의심을 했고, 한 마리의 커다란 말이 함께 있다는 보고에 그들이 도무진 일행이라는 것을 직감했다.

　그길로 빙천은 흑림을 떠났다. 혼자 힘으로 충분했기에 다른 성자들에게는 알리지 않았다.

　동구현에서부터의 추적은 세밀하고 빠르게 이어졌다. 도무진 일행이 아무리 은밀하게 움직인다고 해도 만민수호문의 눈과 귀는 세상에 널려 있었다.

그래서 어렵잖게 도무진 일행이 사우림으로 갔다는 것을 알아냈다. 성녀를 비롯한 다른 성자들은 천주지기를 죽였다는 것만으로 너무 마음을 놓고 있었다.

물론 도무진과 목승탁이 마계혈을 막을 가능성이 희박하다는 건 빙천도 알고 있었다. 하지만 언제나 만에 하나라는 가능성은 염두에 두고 있어야 한다.

그 만에 하나의 가능성을 가장 확실하게 제거하는 방법이 도무진과 목승탁을 죽이는 것이다. 두 명 중 한 명만 없으면 세상 누구도 마계혈이 열리는 걸 방해할 수 없었다.

사우림의 짙은 안개가 시작되는 곳에 도착한 빙천은 기감을 활짝 열어서 도무진을 찾았다. 그런데 안개 너머에서 도무진이 아닌 신마의 기운이 느껴졌다.

그곳으로 가는 도중에 인간의 기운도 감지되었다. 신마는 도무진이 타고 다니는 수혼일 테고, 인간은 도무진 일행 중 한 명일 것이다.

도무진의 기운이 느껴지지 않는 것은 사우림 안으로 들어가서일 터. 그곳에서 볼일을 마치면 돌아올 게 분명하다. 그러니 먼저 인간과 신마를 죽인 후 기다리면 된다.

빙천은 법력을 일으켜 축축한 안개가 가까이 오는 것을 막으며 걸음을 내디뎠다. 눈에 보이지는 않지만 신마와 고작 이십 장 남짓 떨어져 있다는 걸 알 수 있었다.

크르르르!

신마의 낮은 목울림이 들렸다. 뚜렷한 적의는 빙천을 향한 것이었다. 신마 중에서도 특별한 녀석이라고 하더니 확실히 범상한 녀석은 아니었다.

"수혼. 왜 그래?"

여자의 목소리에는 불안함이 가득했다. 그들과 오 장 정도 의 거리가 남았을 때 빙천은 부적을 날렸다. 그러자 부적을 따라 물안개가 깨끗하게 걷혔다. 십 장 주변은 금세 화창한 들판 같은 시원한 시야를 가질 수 있었다.

빙천을 발견한 여자가 깜짝 놀라 '누구세요?' 라고 물었고, 여자 앞에 선 수혼은 호랑이가 그러하듯 잔뜩 웅크린 채 날카 로운 이빨을 보였다.

"도무진은 어디 있느냐?"

여자는 무심코 사우림을 보려다가 황급히 고개를 돌렸다.

"몰라요. 왜 오라버니를 찾는 거죠?"

빙천은 부적을 꺼내며 말했다.

"곧 저승에서 만날 테니 도무진에게 물어보아라."

가가각!

수혼의 발굽에서 맹수의 그것 같은 발톱이 튀어나와 땅을 파고들었다.

"쯧쯧쯧… 한낱 미물이 빙천에게 감히 발톱을 드러내다니."

빙천이라는 말에 여자의 눈이 화등잔만 하게 커졌다.

"다… 당신이 칠 인의 성자 중 한 명인 빙천이라고요?"

"내 손에 죽는 것이니 그 또한 영광이겠지."

그가 막 부적을 날리려고 할 때였다.

"죽음에 영광 운운하는 것은 가당찮은 소리지."

음성이 들린 후 여자의 뒤쪽 안개 속에서 도무진이 모습을 드러냈다. 빙천의 표정은 여전히 밀랍처럼 변함이 없었지만 내심은 놀라서 머리털이 삐죽 서는 것 같았다.

분명 도무진을 찾기 위해 기감을 활짝 열어놓았었다. 오십 장 안에 들어오면 절대 놓칠 수가 없는데, 도무진은 빙천의 기감을 피해 눈앞에 서 있었다.

"그동안 조그만 재주를 얻은 모양이구나."

도무진은 여자와 수혼을 멀리 물러나게 한 후 빙천과 오 장의 거리를 두고 섰다.

"혼자 오다니. 자만이 지나치군."

"고작 흡혈귀에 세해귀 세 마리 상대하는 데 나 빙천이 왔으면 오히려 과분한 것이지."

도무진은 등에 멘 검을 뺐다.

"싸워보면 알겠지."

빙천의 마음에 초저녁의 어둠처럼 불안이 스멀스멀 밀려오는 것은 도무진의 자신만만한 태도 때문만은 아니었다. 빙천뿐 아니라 칠 인의 성자들은 모두 보는 순간 상대의 수준을 알아볼 수 있었다.

하지만 도무진에게서는 텅 빈 허공처럼 아무 것도 느껴지지 않았다.

갓난아이에게서나 느낄 수 있는 기운이다. 지난 오백 년 동안 무적으로 군림하며 쌓아온 상식을 뒤집은 도무진은, 그래서 불안한 존재일 수밖에 없었다.

그렇다고 패배를 염려하는 것은 아니다. 그러기에는 그가 너무 강했다.

"흡혈귀 따위가 성자를 상대로 싸움 운운하다니. 방심한 의선을 죽였다고 기고만장하구나!"

빙천은 소리를 치며 부적을 날렸다.

"설평(雪平)!"

도무진은 빙천을 향해 달려가며 날아오는 부적을 검으로 베었다. 검과 부적이 닿는 순간 쩡! 하는 소리가 울리더니 가루로 변한 얼음이 주변을 덮었다.

폭포조차 단숨에 얼려 버릴 냉기는 도무진이 들고 있는 검을 빠르게 잠식하더니 이내 손과 팔 위쪽으로 번져 갔다. 검이 냉기를 이기지 못하고 갈라져 얼음의 파편으로 부서졌다.

곧 도무진의 육체 또한 저 검처럼 산산조각 날 것이다. 하지만 빙천의 예상은 빗나가도 너무 많이 빗나갔다. 잠깐 멈칫

했던 도무진이 팔을 위아래로 힘껏 털자 하얀 얼음이 우수수 떨어졌다. 그 얼음 안에는 도무진의 팔을 감싸고 있던 옷자락만 섞여 있을 뿐이었다.

도무진은 아무 타격도 입지 않은 듯 표정의 변화도 없이 빙천을 덮쳤다. 깜짝 놀란 빙천은 뒤로 몸을 날리며 재빨리 부적을 던졌다.

"번광(飜洸)!"

부적은 곧 세상에서 가장 차가운 얼음 화살이 되어 도무진의 가슴을 파고들었다. 도무진의 전신이 순식간에 하얀 얼음으로 뒤덮였다.

첫 공격은 어찌어찌 견딜 수 있었을지 모르지만 빙의 술법이 가슴에 박힌 순간 심장이 뛸 수 있는 존재는 없었다. 그러나 빙천의 믿음은 숨 한 번 쉴 시간도 지나지 않아 도무진의 몸을 덮고 있는 얼음이 깨지는 것처럼 산산조각으로 부서졌다.

바닥에 우수수 떨어지는 것은 도무진을 한 겹 덮고 있던 얼음일 뿐, 도무진은 멀쩡한 모습으로 빙천을 향해 달려들었다. 도무진의 피해라고는 고작 옷이 얼음으로 부서져 벌거벗은 것밖에 없었다.

다시 부적을 꺼내는데 순식간에 다가온 도무진이 빙천의 얼굴을 향해 주먹을 휘둘렀다. 황급히 물러섰지만 완전히 피하지 못해서 주먹이 코를 스치고 지나갔다.

시큰한 아픔과 함께 피가 눈앞을 스치고 지나갔다. 빙천은 자신이 도무진에게 맞아 코피를 흘렸다는 걸 믿을 수가 없었다.

"이놈이! 천번빙(天翻氷)!"

지금 빙천이 펼칠 수 있는 가장 강한 술법이다. 도무진과 빙천 사이에 얼음의 벽이 세워졌다. 얼음의 벽은 단숨에 높이와 폭이 십 장으로 늘어나서 도무진을 향해 밀려갔다.

단순히 얼음벽의 공격이 아니었다. 벽에서 뿜어지는 냉기는 반경 오십 장 내의 모든 것을 얼려 버렸다. 대기에 가득한 습기가 냉기에 닿자 눈 같은 얼음을 뿌렸고 땅과 바위에는 하얀 서리가 덮였다. 단숨에 얼어버린 나무들은 손만 대도 얼음으로 부서져 버릴 것이다.

천번빙의 영향력 안에서 온전히 목숨을 부지할 수 있는 생명체는 아무 것도 없었다. 그러나 습관처럼 이번에도 빙천의 예상은 빗나가 버렸다.

쾅!

하늘 아래 가장 차갑고 단단하다고 믿었던 천번빙의 벽이 꽝음과 함께 자잘한 파편으로 날아갔다. 머리와 눈썹에 하얀 서리를 얹은 도무진이 벽을 뚫고 빙천을 덮쳤다.

"어찌 이런……!"

경악이 너무 커서 부적을 날릴 생각도 하지 못했다. 그사이 거리를 좁힌 도무진의 주먹이 이번에는 제대로 빙천의 얼굴을 때렸다.

"욱!"

빙천은 실로 오랜만에 느껴보는 둔탁한 고통과 함께 세상이 빙글 돌아갔다. 허공을 날아가는 와중에도 본능적으로 품에서 부적을 꺼내려 했지만, 도무진은 더 이상 빙천이 술법을 펼치는 걸 용납하지 않았다.

옆구리에 다시 고통이 느껴지며 숨이 턱 막혔다. 이어서 콧잔등에 느껴지는 아픔에 눈물이 핑 돌았다. 도무진의 주먹은 연속으로 빙천을 두들겼다.

빙천은 속수무책으로 당하면서도 현실을 믿을 수 없었다. 세상에서 가장 강한 칠 인의 성자 중 한 명인 그가 고작 흡혈귀에게 맞고 있다니.

이건 악몽일 뿐이다. 하지만 다리의 뼈가 부러지고 팔이 꺾이고 척추가 으스러지는 고통 속에서도 꿈은 깨지 않았다.

"그만! 그만…해라!"

지난 오백 년 동안 그의 명령이면 모든 것이 이뤄졌다. 그러나 오늘만은 지난 오백 년의 그 숱한 나날과는 다른 날이었다. 절대 깨지지 않을 그의 술법은 무참하게 부서졌고, 한낱 흡혈귀는 애원 같은 그의 명령 따위는 무시한 채 연신 빙천을 두들겨 팼다.

무쇠조차 비웃을 정도로 단단한 빙천의 몸이지만, 도무진의 주먹은 쇠를 두드려 박살 낼 수 있는 망치였다.

맞아서 눈이 부어 앞이 보이지 않는 순간 빙천의 전의는 완전히 사라졌다.

"제발… 그만… 때려라……."

이젠 명령이 아니라 애원으로 바뀌었다. 빙천은 바뀌었는데 도무진은 그대로였다. 빙천을 부수겠다는 의지를 담은 주먹은 찰나의 순간도 쉬지 않고 전신을 두들겼다.

뼈가 부서지고 내장이 터지는 고통은 어느 순간 느껴지지 않았다. 그저 눈앞에 드리운 불투명한 막이 점점 짙어질 뿐이었다. 어느 순간 막은 완전히 검은색으로 변하고 의식 또한 밤보다 깊은 어둠의 소용돌이 속으로 빨려 들어갔다.

절대 맞이할 일이 없다고 믿었던 죽음은 빙천의 멱살을 끌고 그렇게 가라앉았다.

비로소 도무진은 주먹을 멈췄다. 발아래 놓인 빙천은 제 모습이 완전히 사라졌다. 안면의 이목구비는 사라져 하얀 뼈와 살덩이만 남았고 척추는 부러져 등을 뚫고 삐죽 솟아 있었다. 부러져서 덜렁거리는 팔과 다리는 죽음의 과정이었을 뿐이다.

칠 인의 성자 중 한 명이 또 도무진의 손에 그렇게 죽었다. 무감정한 얼굴로 빙천의 주검을 내려다보던 도무진이 크게 흔들리더니 그대로 쓰러졌다.

가까이 있던 노리가 재빨리 움직여 도무진을 부축했다.

"윽! 차가워! 쿵!"

도무진에게 닿은 노리의 팔에 하얀 서리가 내렸다. 도무진을 땅에 눕힌 후 물러선 노리는 털에 앉은 서리를 털어냈다.

"오라버니는 괜찮은가요?"

도무진이 벌거벗은 탓에 시선을 다른 곳으로 돌린 손수민이 물었다. 현연호가 도무진의 목에 손을 댔다. 노리처럼 서리가 덮였지만 현연호는 쉬이 손을 떼지 않았다.

하얀 서리가 어깨를 거쳐 목에 이를 때쯤에야 현연호는 손을 거뒀다.

"맥이 잡히지 않는군."

"네? 그럼 죽었단 말인가요?"

"그렇게 단정할 수는 없지. 어둠의 성자는 흡혈귀에 사우영을 얻었으니 평범함과는 거리가 머니까."

"주변에 불이라도 피워야죠!"

"주변을 따뜻하게 해서 몰아낼 수 있는 한기가 아니네. 그스스로 이겨내야지."

암중삼현자가 할 수 있는 일은 외투를 벗어 도무진의 몸을 덮어주는 것뿐이었다.

중천의 해가 서쪽으로 점점 기울어 산과 한 뼘 정도밖에 남지 않을 동안 도무진은 깨어나지 않았다. 움직이지도, 생의 징후도 찾을 수 없었다. 그들의 마음속에는 지금 시체를 지키고 있는 게 아닐까 하는 불안이 자리 잡고 있었다.

손수민은 이를 악물었지만 눈물이 나오는 걸 감추지 못했다. 오랫동안 미동도 하지 않고 서 있던 현연호가 도무진에게 한 발 다가가 허리를 숙였다.

다시 한 번 확인해서 생의 징후가 보이지 않으면 도무진의 죽음을 인정할 수밖에 없었다. 현연호가 도무진의 목에 손가락을 얹으려고 할 때 도무진의 입에서 긴 숨이 터져 나오며 가슴이 불룩해졌다.

깜짝 놀란 현연호가 한 걸음 물러서자 도무진이 눈을 떴다.

"살아났구려!"

도무진이 힘겹게 몸을 일으키며 말했다.

"죽었던 적이 없습니다. 회복을 위해 잠시 가사 상태에 빠진 것뿐이지요."

"잠시가 아니었소이다."

서산의 해를 본 도무진이 웃음을 머금었다.

"그렇군요."

노리가 물었다.

"쿵! 어떻게 된 것이오? 쿵!"

"빙천을 죽이기 위해 조금 무리를 했습니다."

그들이 보기에는 도무진이 쉽게 이긴 것 같은데 실상은 목숨이 경각에 달린 싸움이었다. 하긴 사우영을 얻어 아무리 강해졌다고 해도 상대는 칠 인의 성자 중 한 명이다. 그런 빙천을 죽였다는 것만으로도 세상을 놀라게 하기에 충분한 강함이었다.

"그럼 산동성으로 가볼까요?"

손수민이 주저주저 말했다.

"오라버니 몸이 완전히 회복된 후에 출발하는 게 좋지 않을까요?"

"난 괜찮다. 쉴 시간도 없고."

그들은 그렇게 산동성을 향해 어둠을 밟았다.

*   *   *

"왜입니까? 왜 화신께서 저 더러운 세해귀 편에 서서 싸우시는 겁니까?"

하북성 본부장 오달택(吳達擇)은 비명 같은 목소리로 그렇게 물었다. 하지만 목승탁은 대답 대신 부적을 날려 오달택을 한 줌 재로 만들어 버렸다.

얼마 전까지 오달택은 목승탁의 수하였다. 비록 이름조차 생소할지라도 그의 명령에 죽고 사는 충성스런 인간이었다. 그런데 그런 오달택을 죽이는 데 망설임 같은 건 없었다.

만민수호문을 적이라고 간주한 순간부터 그들은 모두 적일뿐이다. 옛 수하에 대한 연민이나 과거의 옷자락을 붙잡는 망설임은 인간으로서 느껴야 할 감정. 목승탁에게는 예전에 퇴화해 버린 기능이었다.

그가 유일하게 애정을 가진 존재는 도무진뿐이고 그 외에는 관심조차 없었다.

"화신님."

온몸에 피를 묻힌 조설화가 허물어진 담장을 넘어 다가왔다. 팔과 허벅지에 제법 깊은 상처가 보였지만 그녀의 얼굴에는 웃음이 묻어 나왔다.

"덕분에 별 피해 없이 만민수호문의 공격을 막아냈습니다."

"별 피해가 없지는 않은 것 같군."

암중성자회의 지부 중 하나였던 장원은 폐허가 되어 있었다. 다섯 채의 건물 중 세 채의 지붕이 주저앉았고 담장은 반쯤 허물어졌으며 시체로 채워진 우물은 쓰지도 못할 것이다.

"어차피 건물이야 만민수호문의 이목을 속이기 위한 것이니 부서진들 어떻겠습니까? 중요한 건 세해귀들이 살아남은 것이지요."

사실 이곳은 미끼였고 암중성자회의 세해귀들은 모두 산속에 마련된 비밀 지부에 흩어져 있었다. 만민수호문에게 걸리기 쉬운 지부 아홉 개를 만들어 이목을 집중시킨 후 전 중원에 열다섯 개의 비밀 지부를 숨겨놓아 최후의 싸움에 대비하고 있었다.

대를 위해 소를 희생하는 작전이었는데 목승탁 덕분에 그 소의 희생도 최소화할 수 있었다.

"최후의 결전이 얼마 남지 않았다. 그때까지 준비를 잘해놓아라."

조설화는 주변을 둘러보았다. 싸움은 모두 마무리되었고 마흔 남짓한 세해귀들이 적과 아군의 시체를 분리하는 중이었다. 도합 백여 구의 시체를 태우려면 시간이 꽤나 걸릴 것이다.

"만민수호문과의 싸움에서 목숨을 아낄 세해귀는 없습니다. 그런데 회생의 법은 언제 시작하는 겁니까?"

조설화는 회생의 법이 시작되기 전 도무진을 만나고 싶었다. 온전한 도무진을 볼 수 있는 유일한 시간이기 때문이다. 그런 그녀의 마음을 읽은 목승탁의 대답이 돌아왔다.

"회생의 법이 끝나도 무인검의 정신은 온전할 것이니 염려마라."

"네? 그게 정말인가요?"

"네게 거짓말을 할 이유가 없지. 난 지금 떠나야 한다. 최후의 일전까지는 채 세 달이 남지 않았다. 그리 알고 철저히 준비를 해야 한다."

"알겠습니다."

목승탁이 몸을 돌리자 조설화가 물었다.

"지금 떠나시는 겁니까?"

"무인검과 약속한 시간이 다 되었다."

"우리가 정말 이길 수 있을까요?"

"이겨야지."

조설화는 쓸쓸한 웃음을 머금었다.

"어렵겠죠."

"어렵지. 하지만 이겨야 한다. 그게 성자들의 진정한 의무니까."

어둠의 성자라는 도무진의 별호는, 어쩌면 우연히 만들어진 것이 아닌 그 또한 운명이 아닌가 하는 생각이 들었다.

"만약 어둠의 성자와 화신님이 마계혈을 막고 우리가 만민수호문을 꺾는다면 어떻게 될까요? 정말 우리가 바라는 세상이 올까요?"

"너희가 바라는 세상이 무엇이냐?"

"서로가 서로를 사냥하지 않는 평화죠."

"꿈 같은 세상이로군."

조설화가 바라는 평화는 그저 꿈일 뿐이다. 인간들만 있었
던 세상에서도 서로를 죽이는 싸움은 끊이지 않았다. 하물며
세해귀와 공존해야 하는 세상에서의 진정한 평화는 현실에서
이뤄질 수 없는 한낱 이상일 뿐이다.

"꿈을 꾸는 건… 좋은 거지."

*　　　　*　　　　*

도무진과 목승탁은 산동성의 도욱산장(道旭山莊)이 있는
성운산(成雲山) 초입에서 만났다. 절묘한 우연은 아니고 도무
진의 위치를 알고 있는 목승탁이 속도를 조절했기 때문이다.

반갑게 인사를 한 목승탁은 다른 일행에 대해 물었다.

"수민이와 암중삼현자는 함께 오지 않았습니까?"

"그들과 함께 제시간에 맞춰 오기가 힘들어서요. 그들은
암중성자회에 합류하기로 했습니다."

"사우영은 어떻습니까?"

사실 목승탁은 사우영에 대한 기대는 그리 하지 않았다. 물
론 도무진이 강해질 수는 있을 것이다. 하지만 생명을 가진
존재가 강해질 수 있는 한계는 명확했다.

목승탁이 생각하는 한계는 칠 인의 성자였고 그 이상은 불

가능하다고 여겼다. 다른 성자들이 마계혈을 열려고 하는 것도 더 이상 강해질 수 없다는 걸 알기 때문이다.

"뭐라고 해야 할지. 사우영은… 새롭더군요."

"새롭다니요?"

"강해진다는 것에 대한 새로운 방향을 알았다고나 할까요. 전에는 그저 육체의 강함, 단단함, 세기 같은 것으로 생각했었는데 가장 중요한 것은 냉정함이었습니다."

도무진의 말을 곱씹던 목승탁은 고개를 끄덕였다.

"일리가 있군요. 하지만 감정을 가진 이상 그러기가 쉽지 않지요."

"그걸 가능하게 해주는 것이 사우영입니다. 정확히 말하면……."

도무진은 자신의 머리를 검지로 툭툭 두드렸다.

"봉천이 그렇습니다. 물론 그 외에 중요한 힘도 있지만… 화신께서 회생의 법으로 제 안에 들어와 보면 아시게 될 겁니다."

"이번 회생의 법은 전과는 조금 다르게 진행될 것입니다."

"어떻게요?"

"회생의 법이 완성된 후에도 무인검께서는 본인의 의지를 그대로 가지게 될 것입니다."

"그럼 회생의 법이 아니잖습니까?"

"좀 이상하게 들리겠지만 저와 함께 동거를 하셔야 합니다. 하하하!"

도무진이 놀란 표정으로 물었다.

"한 몸에 두 개의 정신을 가지게 된다는 말씀입니까?"

"이곳의 음기가 흑림에 비해 매우 약해서 어쩔 수 없이 택한 고육지책이긴 합니다만 전 오히려 더 낫다고 생각합니다."

"하지만 화신의 육체는……?"

"죽겠지요. 그게 무슨 상관이겠습니까?"

도무진은 고개를 끄덕였다.

"조금 빠르고 늦음의 차이일 뿐이지요."

그리고 웃었다.

"재미있겠군요."

도무진의 표정에 목승탁은 내심 안도했다.

"그리 생각하신다니 다행입니다. 이상하게 생각하실까 봐 걱정을 했는데 말입니다."

"이상하기는 하지요. 하하하!"

"그런가요?"

웃으며 산을 오르는 사이 도욱산장이 보이는 언덕까지 도착했다. 두 채의 건물이 앞뒤로 나란히 서 있고 담은 조금 키 큰 사람이 까치발을 들면 안을 들여다볼 수 있을 정도로 낮았다.

세월의 힘에 밀려 허름해진 대문과 건물의 바란 벽, 이끼가 낀 검은색 기와의 지붕은 오래되고 관리가 허술한 산장이라는 걸 말해주었다.

그들이 가까이 가자 문이 열리며 황선백이 나왔다.

"뭐가 그리 즐거운가?"

이리 기척을 빨리 알아차린 것을 보면 그들을 기다리고 있었던 모양이다. 여전히 웃음기 띤 얼굴로 목승탁이 물었다.

"준비는 끝났는가?"

"어찌어찌 끝내기는 했네만 정말 계획대로 할 생각인가?"

"가장 좋은 방법을 두고 다른 길을 선택할 이유가 없지. 어서 가세."

짧은 한숨을 쉰 황선백이 이번에는 도무진에게 물었다.

"무인검도 같은 생각이오? 아주 괴상한 상황이 될 수도 있는데."

"화신을 아끼는 기왕의 마음은 알겠으나 지금은 어쩔 수 없는 상황인 것 같군요."

"아… 아끼긴 누가 누굴 아낀단 말이오! 괴상한 짓이어서 그런 것이지. 젠장! 여기서 상식적인 사람은 나 하나뿐이군."

산장의 마당을 지나 뒤쪽 건물로 돌아갈 때 목승탁이 물었다.

"철제는 어디 갔나?"

"오희련이란 애와 닷새 전에 떠났네. 아여의타심동법을 완성하기 위한 최적의 장소를 찾았다는데, 내가 보기에는 영 글렀어."

"흑림에서 성녀를 상대한다는 게 쉬운 일은 아니지."

"불가능한 일을 하려고 발버둥치는 거니 철제도 속이 탈거야. 성녀도 성녀지만 도선과 환영에 빙천까지 있으니……."

"빙천은 죽었습니다."

도무진의 말에 목승탁과 황선백은 걸음을 멈췄다.

"뭐라고 하셨습니까?"

목승탁의 물음은 한참 후에 나왔다.

"이곳으로 오기 전 사우림으로 절 쫓아왔더군요."

"그래서 죽이셨다고요?"

"네."

아무렇지 않게 대답하는 도무진을 두 사람은 어리둥절한 표정으로 바라보았다. 도무진이 허튼소리를 할 리가 없다는 걸 알면서도 빙천의 죽음은 쉬이 믿을 수 있는 사건이 아니었다.

"확실히 빙천이었소? 혹시 만민수호문의 다른 사람은 아니고?"

황선백이 재차 물었다.

"빙천이 맞았고 그보다 제가 운이 조금 더 좋았을 뿐입니다."

"성자와의 싸움에서 운이란 있을 수 없소! 화신도 쩔쩔 매다가 도망친 빙천을 무인검이 어찌 죽일 수 있단 말이오!"

도무진은 두 사람을 지나치며 말했다.

"신처럼 강하다고 해도 성자들 또한 유한한 삶을 가진 인간이지요. 그러니 그들의 죽음 또한 자연스러운 것 아니겠습니까?"

목승탁과 황선백이 황급히 도무진을 쫓아왔다.

"그거야 당연한 말이기는 하지만 칠 인의 성자라면 보통 인간의 범주에 집어넣을 수는 없지요."

"제게는 빙천 또한 인간일 뿐입니다."

목승탁이 물었다.

"그것이 사우영의 힘입니까?"

"그렇습니다."

"사우영이라는 것이 그토록 강하다니… 왜 우린 그동안 사우영의 존재를 몰랐을까?"

황선백의 독백에 도무진이 말했다.

"성자들이라고 모든 것을 알 수는 없지요. 어찌 되었든 빙천은 죽었고 우리는 그가 없는 만큼 수월한 싸움을 할 수 있을 겁니다."

도무진이 빙천을 죽였다는 사실이 알려지면 싸움의 양상은 크게 달라질 것이다. 비단 빙천 한 사람의 힘이 사라지는 게 아니다. 귀인문도 그렇고 어둠의 성자회에 속한 세해귀들도 승산이 높아서 하는 싸움이 아니었다.

어찌 보면 떠밀리고 떠밀려서 배수의 진을 친 상태의 싸움이었다. 그런 그들에게 칠 인의 성자보다 강한 존재가 자신의 편에 있다는 것은 사기에 엄청난 영향을 미친다.

전쟁에서 사기란 전력보다 더 큰 비중을 차지할 때도 있었다. 그래서 희망이란 두 글자가 중요한 것이다.

"우리가 이겨서 마계혈을 막을 수도 있다는 생각이 드는 건 나뿐인가?"

목승탁은 말을 한 황선백의 어깨를 두드렸다.

"난 오래 전부터 그리 믿고 있었네."

"믿기지는 않지만 그리 말한다면야."

"그럼 진짜 중요한 일을 하러 가야지."

뒤쪽 건물로 들어간 그들은 대청 안쪽에 세워진 제단을 치우고 그 아래로 난 계단을 밟고 내려갔다. 원형으로 빙글빙글 돌아서 아래로 난 계단은 삼천 개는 되는 것 같았다.

한 번 왔던 곳이지만 이곳의 음기는 다시 소름을 돋게 만들었다. 깨끗하게 치워진 쉰 평의 지하실에는 공이 기다리고 있었다.

"화신님을 뵙습니다."

공은 목승탁에게는 정중하게 인사를 했지만 도무진은 그

저 힐끗 봤을 뿐이다.

"연결은 마쳤느냐?"

"네. 모든 준비는 끝났습니다."

"유호영은 어디 갔느냐?"

"볼일이 있다고 나갔습니다."

목승탁이 물었다.

"유호영은 누군가?"

"자네는 본 적이 없겠군. 내 밑에 있는 술법사인데 인간으로서 올라갈 수 있는 최고의 경지에 이른 흑술법사지. 물론 우리 성자들은 제외하고."

목승탁은 벽 속에 파묻힌 두 개의 관 중 우측의 관 앞에 섰다. 운명의 종착지에 가까워졌다는 것이 실감났다. 이제 그의 육체는 완전히 사라질 것이다.

새로 태어나 다시 백 년을 사는 일도 없어진다. 이 관은 회생의 법을 펼치는 관이면서도 그의 죽음을 담는 진정한 의미의 관이었다.

손을 대자 얼음보다 차가운 느낌이 전해졌다. 기분 나쁜 감촉이었지만 목승탁은 애써 웃음을 머금었다.

"좋군."

"좋긴 뭐가 좋단 말인가?"

목승탁의 기분을 느낀 황선백이 툭 쏘아붙였다. 느린 걸음으로 다가온 도무진이 목승탁을 마주하고 섰다.

"우린 성공할 수 있을 겁니다."

"물론이지요. 당분간 무인검께 신세를 지겠습니다."

"제가 드릴 말씀입니다."

"젠장! 사돈 맺는 사람들 같군! 어서 시작하자고!"

도무진과 목승탁은 관속으로 들어갔다. 과정은 흑림에서 했던 것과 다르지 않았다. 회생액이 가슴까지 차오를 때 황선백이 목승탁에게 말했다.

"다른 방법을 찾고 싶다면 지금이 마지막 기회일세."

"세 달 후에 보세. 지금과는 다른 방식으로."

*　　　*　　　*

도선은 자신이 제대로 들었는지 의심스러웠다.

"지금 뭐라고 하셨습니까?"

돌아오는 성녀의 대답은 차분했다.

"빙천께서 돌아가셨습니다."

"돌아가셨다는 건… 정말 그 죽음을 말씀하시는 겁니까? 다시 깨어날 수 없는?"

도선은 믿을 수 없다는 얼굴로 거듭 물었다. 목소리 듣기가 어려운 도선인데 수다쟁이가 된 것 같았다.

"며칠 보이지 않아서 기감을 돌려봤습니다."

"세상에 누가 빙천을 죽일 수 있단 말입니까?"

허공에서 환영의 목소리가 들렸다.

―화신이나 도무진의 짓이겠지. 그들 외에 누가 있겠는가?

"화신은 빙천의 상대가 되지 않는다는 걸 이미 증명하지 않았는가?"

―함정에 빠졌을 수도 있지. 어쨌든 빙천까지 죽일 정도라면 저들의 전력이 만만찮다는 증거네. 물론 흑림을 뚫고 들어와 마계혈을 막지는 못하겠지만 긴장은 해야지. 마계혈은 언제쯤 열릴 것 같습니까? 성녀님.

"곧 터지려는 화산처럼 부글부글 끓고 있기는 한데 정확한 날짜는 예측하기 힘들군요. 하지만 세 달은 넘지 않을 겁니다."

―화신과 도무진이 설사 어딘가에서 회생의 법을 시행한다고 해도 완성하기에는 턱없이 부족한 시간이로군요.

도선이 의심 가득한 음성으로 물었다.

"정말 화신과 도무진의 회생의 법이 마계혈을 막을 수 있는 유일한 방법일까요?"

"도선께서는 마음에 걸리는 것이라도 있으신가요?"

"빙천이 죽을 것이라고 누가 생각이나 했겠습니까? 그러니 아무도 예상하지 못한 방법이 나올 수도 있지요."

"걱정하지 마세요. 만에 하나 그런 방법이 있다고 해도 제가 지키고 있는 한 절대 흑림을 통과할 수 없으니까요. 그리고 우린 마계혈이 열리기 전에 화신과 철제, 도무진을 찾아 응징을 할 거예요. 마계혈이 열린 후 그들에게도 마계의 힘이 들어갈 수 있으니까요."

말을 한 성녀의 미간이 주름이 생겼다.

"누가 왔군요."

성녀는 눈을 감았다. 감은 눈꺼풀 위로 눈동자가 움직이는 것이 보였다. 작게 입술이 달싹이는 건 흑림을 찾아온 누군가와 얘기를 하고 있기 때문이다.

반각 후 눈을 뜬 성녀의 입가에 웃음이 그려졌다.

"하늘이 우릴 돕는군요."

"누굽니까?"

"유호영이라는 자인데 화신과 도무진이 어디 있는지 알고 있다는군요."

"처음 듣는 이름이군요."

"귀인문 소속이랍니다. 화신과 도무진이 귀인문에서 회생의 법을 펼치고 있답니다."

"귀인문을 팔아먹는 배신자로군요."

"우리에게는 귀인이지요."

"배신의 대가로 요구하는 게 있겠지요?"

"마계혈에 들어가는 게 전부입니다."

"마계혈의 출입을 원한다고요? 왜요? 인간이라면 절대 살아 나올 수 없는 곳인데요."

"그거야 모르지요. 기운을 보아하니 흑술법사 같은데 뭔가 꿍꿍이가 있겠지요. 하지만 그것이 무엇이든 화신과 도무진을 얻을 수 있다면 우리에게 손해는 아니지요. 덤으로 귀인문까지 무너뜨릴 수 있고요."

―제가 가서 만나보고 싶습니다.

"환영님께서 그리해 주신다면 고맙지요."

도선이 일어서며 말했다.

"나도 함께 가지."

성전을 나온 그들은 흑림을 가로질렀다. 하루하루 강해지는 마기로 인해 흑림의 기운은 완전히 달라졌다. 세해귀의 기세는 너무 강해져서 이제는 성자들조차 그리 두려워하지 않았다. 성녀가 누르고 있지 않으면 꽤나 많은 세해귀를 죽여야 했을 것이다.

유호영이란 자는 세상과 흑림의 경계, 딱 그곳에 서 있었다. 하얀 수염을 기르고 같은 색의 도포를 입은 유호영은 법력이 높은 도사처럼 보이지 누구도 흑술법사라고 생각하지 않을 것이다.

환영은 여전히 모습을 보이지 않아서 유호영을 면전에 둔

건 도선뿐이었다. 도선을 보자마자 유호영은 깊숙하게 허리를 숙였다.

"도선님을 이리 뵙다니 일생의 영광입니다."

유호영은 단번에 도선을 알아보았다.

"난 배신자는 믿지 않는다."

도선의 딱딱한 말투에도 유호영은 버릇처럼 입가에 매단 웃음을 거두지 않았다.

"마음으로 굴복한 적이 없으니 배신이라고 할 수는 없지요."

"궤변으로 가리려고 해도 배신은 배신일 뿐."

"그럼 도선께서는 저를 벌하러 나오신 것입니까?"

"네 스스로 죽음의 길을 가는데 굳이 내가 벌할 필요는 없겠지. 다만 네 말이 진실인지 알기 위해 만나는 것이다."

"어찌 제가 감히 이곳까지 와서 거짓을 고하겠습니까?"

"화신과 도무진은 어디 있느냐?"

"그들은 기왕과 함께 있습니다."

"기왕? 이제 보니 우릴 기만하러 온 것이로구나! 기왕이 죽은 지 이미 이백 년이나 흘렀거늘!"

금방이라도 칼을 빼 목을 칠 것 같은 도선의 기세에도 유호영은 웃음을 잃지 않았다.

"아직 모르고 계셨군요. 귀인문의 문주가 누구인지."

"넌 지금 기왕이 귀인문의 문주라는 것이냐?"

"기왕은 다른 성자들께서 자신을 배신했다고 믿었지요. 공교롭게 그해 십이 인의 성자가 일곱 명으로 줄었으니 그리 믿을 만했습니다. 물론 가장 큰 원한을 품은 상대는 화신이었지만 말입니다."

"그런데 지금은 기왕이 살아서 화신을 도와준다고?"

"과거의 오해는 풀렸고 이미 만민수호문의 적이 되었으니 당연한 수순 아니겠습니까? 기왕이 없었다면 화신과 도무진이 회생의 법을 시도할 엄두도 내지 못했을 겁니다."

기왕이 살아 있다는 말은 믿기지 않았지만, 그게 사실이라면 유호영의 말은 앞뒤가 맞았다.

"화신과 도무진이 회생을 법을 시도하고 있는 곳이 어디냐?"

"마계혈에 가게 되면 알려 드리지요."

"마계혈이 어떤 곳인지는 알고 있겠지?"

"그곳을 가기 위해 원하지 않는 자의 수하가 되어 원하지 않는 일들을 묵묵히 참고 했는데 모를 리가 없지요."

"마계혈에 가서 무얼 하려고?"

"가문의 오랜 숙원입니다. 더 자세히 말씀드리지 못함을 용서하십시오."

"네 제안을 거절한다면?"

"화신과 도무진이 회생의 법을 완성해서 이곳으로 쳐들어오는 걸 보게 되겠지요."

"강제로 네 입을 열 수도 있다."

"제 인내력을 시험하시겠다면 그 또한 도선님의 선택이니 받아들이겠습니다."

도선은 시종 여유 있는 유호영이 마음에 들지 않았다. 유호영의 목적이 무엇인지 모르는 게 걸렸고, 이것 또한 화신의 속임수가 아닌가 하는 의심도 들었다.

그때 성녀의 목소리가 머릿속을 파고들었다.

─그자를 마계혈로 안내하세요. 쉽게 갈 수 있는 길을 어렵게 돌아갈 필요 없잖아요?

화신과 도무진의 행방을 알 수 있고 귀인문의 문주가 이미 죽었다고 믿었던 기왕이라는 게 밝혀진 것도 큰 수확이다. 그럼에도 도선은 일이 계획대로 진행되지 않고 자꾸 어긋난다는 느낌을 지울 수 없었다.

"허튼수작 부릴 생각은 꿈에도 하지 마라."

"제가 있는 장소와 상대하는 분들이 누구인지 잘 알고 있습니다."

그럼에도 왔다는 건 유호영에게 믿을 만한 구석이 있다는 뜻이다.

"따라와라. 중간에 세해귀에게 잡혀 먹힌다면 그 또한 네 운명이겠지."

흑림은 누구에게나 두려움을 주는 공간이었다. 어두운 공간에 검은색의 나무와 세해귀들의 귀기는 여간한 강심장이 아니면 근처에 오는 것만으로 심장을 멎게 만든다.

하지만 유호영은 두려운 기색보다는 호기심 어린 눈으로 흑림을 살폈다. 흑술법사라면 세해귀의 귀기를 온몸으로 느낄 텐데 신경조차 쓰지 않는 눈치였다.

마계혈에 가까워질수록 도선조차 감당하기 버거운 마기가 느껴졌다. 밀려드는 마기에 그의 선기가 가뭄 든 논바닥처럼 쩍쩍 갈라지는 것 같은 느낌이었다.

하지만 도선은 이를 악물고 마계혈이 있는 천주로 다가갔다. 뒤를 따라오는 유호영 또한 마기에 대항하느라 금방이라도 피를 터뜨릴 것처럼 눈이 충혈되어 있었다.

성자가 힘겨워하는 마기라면 유호영은 칠공에서 피를 토하며 죽거나 최소한 미쳐서 길길이 날뛰어야 마땅하다. 그런데 유호영은 힘겨워하면서도 이성을 잃지 않고 꾸역꾸역 도선을 쫓아오고 있었다.

확실히 범상한 인간은 아니었다. 우거진 나무 사이로 삼십 장 멀리 떨어진 천주가 보였다. 이 이상은 도선도 무리였다. 호기를 부리다 선기가 마기에 잡아먹히면 광인으로 변할 수도 있었다.

"마계혈은 저곳이다. 네가 다가가면 문이 열릴 것이다. 이제 화신과 도무진이 있는 곳을 말해라."

얼굴까지 시뻘겋게 변한 유호영의 코에서 코피가 흘렀다. 보아하니 천주에 닿기도 전에 죽을 것 같았다.

"그들은… 그들은……."

거친 숨을 몇 번 쉰 후에야 유호영의 말이 이어졌다.

"산동성의 성운산에… 위치한 도욱산장이란… 곳에 있습니다."

신음처럼 말을 한 유호영은 비틀거리며 천주를 향해 갔다. 화신과 도무진이 있는 곳은 알아냈다. 그러니 유호영을 죽이지 말아야 할 이유도 사라졌다.

그의 손이 등에 맨 칼의 손잡이로 가려할 때 성녀의 음성이 들렸다.

―그를 살려두세요.

"알고 싶은 것은 모두 알아냈잖습니까?"

―그의 목적이 궁금하지 않으세요?

호기심은 도선이 가지고 있는 최고의 덕목은 아니었다. 그는 언제나 간단하고 깔끔하게 끝나는 결말을 원했다.

"지나친 호기심은 화를 부르게 마련이지요."

―도선께서 너무 조심스러워지셨군요.

성녀가 돌려 말하기는 했지만 말의 속뜻은 겁쟁이가 되었다는 의미로 들렸다. 뱃속에서부터 울컥 분노가 치솟았다. 성녀를 향해 욕지거리라도 뱉어야 속이 시원할 것 같았지만 도선은 입을 꾹 다물었다.

평소와 다른 격한 감정은 마계혈에서 뿜어져 나오는 마기 때문이다. 마기 따위에 굴복한다는 건 도선의 자존심으로 용납할 수가 없었다.

도선은 천주를 향해 다가가는 유호영을 힐끗 본 후 성전으로 걸음을 옮겼다. 이제 유호영은 성녀의 몫이다. 도선이 할 일은 귀인문으로 가서 화신과 도무진을 죽이는 것이다.

이번에는 절대 그의 손을 빠져나갈 수 없었다.

유호영은 자신의 피로 온몸에 부적을 새겼다. 주술을 완성하기 전까지 마기에 함몰되지 않기 위해 약을 먹고 보호갑까지 입었다. 하지만 마계혈에서 나오는 마기는 유호영의 예상을 뛰어넘었다.

천주까지는 아직 오 장이나 남았는데 마기는 날카로운 창으로 그를 마구 찌르며 저항하는 걸 포기하라고 윽박질렀다.

"흐흐흐흐… 절대 네게 굴복하지 않는다. 내가 여기까지 오느라 얼마나 고생을 했는데. 내 할아버지와 아버지가 흑림의 언저리에서 죽으며 절규로 남긴 나의 사명인데, 내가 너 따위에게 굴복할 것 같으냐?"

세상의 모든 존재, 심지어 성자보다 더 강한 단 하나의 존재가 되기 위해 그의 가문은 모든 것을 바쳤다. 인간을 넘어 신이 될 수 있는 길을 발견한 것은 어쩌면 축복이 아닌 저주였는지 모른다.

마계혈의 존재를 알아내고 마계혈에서 나온 마기의 힘을 이용해 신이 될 수 있는 길. 그것은 삼백 년 동안 가장 뛰어난 흑술법사였던 그의 가문이 발견한 가장 놀라운 길이었다.

십이 인의 성자들처럼 하늘에서 떨어진 별을 맞아 우연히 강해진 것이 아닌 오직 그들의 노력과 피로써 일구어낸 진정한 강함이다.

삼백 년의 세월을 축척한 그 힘과 지식이 비로소 오늘 유호영을 세상에서 가장 강한 존재로 만들어줄 것이다. 성자들이 마계혈을 열어서 얻으려는 그 강함을 유호영이 가장 먼저 얻는 것이다.

그래서 성자들과 만민수호문은 물론 귀인문이며 도무진을 따르는 암중성자회까지 깨끗하게 쓸어버린 후 그는 유일한 신으로 남아 이 세상을 지배할 것이다.

유호영은 금방이라도 쓰러질 것 같은 몸짓으로 천주를 향해 다가갔다.

"마계혈의 힘이여 내게로 오라! 내가 오백 년 동안 기다렸던 너의 주인이다!"

유호영은 웃옷을 벗었다. 칠순 노인답지 않은 탄탄한 몸에는 피로 새긴 부적이 가득 덮여 있었고 심장이 있는 가슴에는 금빛의 금속이 박혀 있었다.

"가자… 가자……."

유호영이 천주의 일 장 가까이 다가가자 커다란 옹이가 위아래로 찢어지더니 입을 벌렸다. 유호영이 그 안으로 들어가는 것은 천주에게 잡아먹히는 것처럼 보였다.

시야는 온통 핏빛이었기에 어둠 같은 건 아무 상관 없었다. 지하로 내려가는 계단을 어떻게 밟았는지 기억도 나지 않았다. 한두 번쯤 구른 것도 같았다.

고통은 느껴지지 않았으나 다리가 부러졌는지 움직이기가 불편했다. 유호영은 절뚝거리며 계단을 내려갔다. 나선형의 계단은 지옥을 향해 가는 끝없는 여정 같았다. 이제는 그가 내려가고 있는지 올라가고 있는지조차 모를 지경이었다.

붉은 바다에 빠진 것처럼 그는 허우적대고 있었다. 이쯤이면 될 거야… 이쯤이면 술법을 펼쳐도 될 거야… 약한 마음이 고개를 들었지만 여전히 붉은 바다 속의 계단은 그의 앞에 놓여 있었다.

그리고 어느 순간 끝났다. 더 이상 계단은 보이지 않았다. 붉은 바닥이 마치 천국처럼 그를 맞이했다. 좁아진 시야로 해골이 보였다.

나무 밖으로 상체만 내민 해골은 몇백 년이나 그곳에 있었던 것 같았지만 천주지기라는 걸 알고 있었다.

유호영은 바지를 벗었다. 그가 속옷처럼 입고 있는 것은 음한지기를 가득 품은 땅에서 이백 년 동안 겨우 두 자를 자란 흑단목(黑丹木)으로 만든 부적이었다.

"우욱!"

기어코 한 사발의 피를 토해낸 유호영은 덜덜 떨리는 손으로 부적 속옷을 벗었다. 부적을 연결하고 있는 끈을 끊어내는 것조차 힘들었다.

"난… 신이 된다… 난… 신이 된다……."

유호영은 주문처럼 그 말을 되풀이하며 부적을 쌓았다. 그는 부적을 두 개씩 세워서 여덟 개로 정사각형을 만들고 그 안에 십(十)자로 네 개를 세워 사각형을 다시 네 공간으로 나누었다.

그 위에 또 같은 형태로 한 단을 더 쌓은 후 삼 단째에는 네 개로 하나의 정사각형을 만들었다.

땀은 비 오듯 흐르고 붉은 시야는 금방이라도 잃어버릴 것처럼 까맣게 변하고는 했다.

마지막 두 개의 부적은 서로 기대서 세웠다. 소꿉장난을 하는 아이들이 만든 어설픈 집처럼 보였다. 하지만 그것은 마계혈의 마기가 아주 잠깐 머물 집이고, 집을 거친 마기는 광기가 사라진 채 온전한 힘만 그에게 전해줄 것이다.

부적의 집 앞에 선 유호영은 수결을 맺은 후 양손을 가슴 앞에 모았다. 수십 년을 연습해 온 주문이 천천히 그의 입을 통해 흘러나왔다.

"오욕사여상천(吾欲使汝上天) 여오상천(與吾上天)··· 사여입지(使汝入地) 여오입지(與吾入地)··· 인간백무(人間百務) 여오통보(與吾通報)··· 타일행만공완(他日行滿功完)······."

주문을 외우는 유호영의 몸이 허공에 둥실 떠오르더니 부적의 집 위에서 멈췄다.

우우우웅!

낮은 나팔소리 같은 것이 울리며 지하실의 대기가 유호영을 중심으로 회전을 했다. 사방에 가득한 마기를 부적이 강제로 붙잡아서 모으는 광경은 바다에서 마주하는 용오름 같았다.

마계혈에서 뿜어져 나오는 마기가 맹렬하게 회전하더니 나무의 부적으로 빨려 들어갔다.

"일체공행(一切功行) 여여평분(與汝平分) 이약부전(爾若不悛) 상주천정(上奏天庭)······."

마기가 부적으로 빨려 들어가는 순간부터 유호영에게 더이상의 고통은 없었다. 그의 목소리는 평소 같은 힘을 찾았고 주문을 외우는 속도는 더욱 빨라졌다.

부적과 주문으로 정화된 마기의 힘이 발바닥에 있는 용천혈을 통해 밀려들었다. 유호영이 이제까지 경험해 보지 못한 강렬하면서 세상이 시작된 후 처음 내린 눈만큼 순수한 힘이었다.

그 힘은 유호영의 정수리에 있는 백회혈까지 올라가 차곡차곡 들어찼다. 순수한 힘이 가져다 준 충만감은 희열 그 자체였다. 유호영은 인간이 신이 되어가는 과정을 온몸으로 또렷하게 느끼고 있었다.

머리부터 들어찬 기운은 가슴을 지나 배를 채우고 다리 쪽으로 이동했다. 이제 주문도 막바지를 향해 가고 있었다.

"음령음령(陰靈陰靈) 동여사생(同汝死生) 음양이계(陰陽二界) 결위형제(結爲兄弟) 아약유난(我若有難) 예선보진(預先報陳) 천상지하(天上地下) 통유달명(通幽達冥)……."

순수한 기운은 처음 들어온 용천혈까지 들어찼다. 이제 마지막 다섯 글자의 주문만 외우면 그는 비로소 신이 된다.

"급급여율령(急急如律令)!"

주문이 끝났다. 드디어 그는 완전체로 거듭났다. 전신에 가득 찬 기운은 손을 젓는 것만으로 산을 무너뜨릴 수 있을 것 같았다. 절로 입술이 벌어지고 웃음이 나왔다. 하지만 살짝 벌어졌던 입술은 그대로 굳어버렸다.

힘은 모두 채워졌고 주문은 끝났다. 그런데 부적의 집에서는 계속해서 힘이 올라오고 있었다. 유호영은 부적의 집을 벗어나려고 했다.

그런데 세상에서 가장 끈끈한 아교가 붙들고 있는 것처럼 발을 뗄 수조차 없었다. 그러는 사이 치솟는 힘 사이에서 순수한 힘과 함께 마기가 느껴졌다.

마기가 밀려오는 걸 막을 수가 없었다.

"안 돼! 내게 필요한 건 모두 얻었어! 그만! 그만!"

마기를 막을 수 있는 술법은 없었다. 그래서 유호영은 팔을 휘저으며 미련한 소리만 외쳤다. 마기는 그의 절박함을 뚫고 뼈와 근육과 내장과 피부를 점령해 갔다.

다시 시야가 핏빛으로 물들기 시작했다. 그리고 또 고통이 밀려왔다.

"으아아악!"

제31장
마지막 전투

　성녀는 흑림을 조종할 수 있는 전능의 방으로 들어가 유호영을 살폈다. 도선의 말대로 그냥 죽여 버리는 것이 가장 간단한 해결 방법인 것은 분명하다.

　하지만 유호영이 마계혈에서 무얼 할지 궁금했다. 과연 흑술법사인 그가 마계혈에서 원하는 게 뭘까?

　물론 마계혈의 마기를 원한다는 건 예상할 수 있었다. 그렇기에 유호영을 죽여 버리자는 도선의 제안을 받아들이지 않았다. 마계혈의 마기를 받은 유호영의 모습을 보면 미래의 그들을 예상할 수도 있었다.

성녀는 마계혈의 기운이 가장 먼저 성자들을 찾을 것이라고 확신했다. 물이 위에서 아래로 흐르듯 마기 또한 가장 강한 기운을 찾아 들어올 것이라고 그들을 설득했다.

타당하기는 했지만 완전한 진실은 아니었다. 사실 성녀조차 마계혈을 빠져나온 기운이 어디로 갈지 확신할 수 없었다. 가장 높은 가능성을 진실인 것처럼 성자들에게 제시했을 뿐이다.

그리고 그녀의 높은 가능성이 진실이 된다고 했을 때 유호영은 그들의 모습을 예상할 수 있는 훌륭한 표본이었다. 성자들에게는 미치지 못하지만 인간으로 오를 수 있는 최상의 술법을 가진 자가 유호영이다.

흑림에 들어서는 순간 성녀는 유호영의 능력을 단번에 알아보았다. 그래서 유호영이 원하는 것을 기꺼이 들어주었다. 그리고 유호영이 어떻게 변하는지 살펴보았다.

전신에 새긴 문신과 나무로 만든 부적, 태생을 알 수 없는 주문은 훌륭했다. 그것들은 마계혈에서 나온 마기를 믿을 수 없을 정도로 완벽하게 통제했다.

그러나 유호영은 한낱 인간일 뿐이다. 성녀의 예상대로 마계혈의 마기는 한낱 흑술법사의 손아귀에서 놀아나지 않았다. 처음에는 말 잘 듣는 개처럼 고개를 숙이고 꼬리를 흔들다가 결정적인 순간에 발뒤꿈치를 물어버렸다.

고통에 몸부림치는 유호영의 목덜미에 마기의 날카로운 이빨이 박혔다. 성녀조차 힘겨워하는 마기를 유호영이 감당할 수 있을 리 없었다. 아무리 훌륭한 부적과 주문이라 하더라도 인간이 선택받은 성자들보다 뛰어날 수는 없었다.

성녀는 유호영이 한 줌 핏물로 녹아내릴 것이라고 믿었다. 하지만 마기는 성녀의 예상마저 보기 좋게 비켜 갔다.

투둑! 우두둑!

고통에 몸부림치는 유호영의 관절이 기괴하게 뒤틀렸다. 근육이 툭툭 튀어나오며 몸이 부풀기 시작했다. 돼지 방광에 바람을 집어넣는 것 같은 모습이었다.

힘줄이 툭툭 튀어나오고 강철로 만든 것 같은 근육이 살갗을 덮었다. 불어난 몸은 자꾸 커져서 금세 키가 일 장으로 늘어났다.

원래 있던 이빨이 빠지며 그 자리에 상어의 그것 같은 이빨이 들어찼다. 눈은 벌겋게 변해서 금방이라도 피를 쏟을 것 같았다. 뒤에서 밀려 나온 길고 날카로운 손톱과 발톱 때문에 원래의 손발톱은 힘없이 바닥에 떨어졌다.

한껏 벌어진 입안에서 징그럽게 빨갛고 긴 혓바닥이 뱀의 몸뚱이처럼 꿈틀거렸다. 일 장하고도 오 척이나 되는 유호영은 이제 더 이상 유호영이 아니었다.

그것은 끔찍하게 못생기고 커다란 괴물일 뿐이었다. 유호영은 꿀처럼 끈끈한 침을 흘리며 지상으로 올라가는 계단을 밟았다. 하지만 유호영이 통과하기에 계단은 너무 좁고 낮았다.

"크어엉!"

괴성을 지른 유호영은 허공을 향해 팔을 휘둘렀다. 그의 손에 닿은 벽돌이 두부처럼 으깨져 바닥을 뒹굴었다. 유호영은 지붕 위에서 속살을 드러낸 흙을 잡고 몸을 끌어 올렸다.

한 손으로 몸을 지탱하고 한 손으로 땅을 파며 지상을 향해 가까워졌다.

성녀는 흑림의 대지를 통해 느껴지는 유호영의 힘에 소름이 돋았다. 저것은 그녀가 이제까지 경험해 본 세해귀와 달랐다. 오백 년 동안 마계혈의 마기를 먹고 자란 흑림의 그 어떤 세해귀보다 강했고 마기에 점령당한 유호영은 흉포하기까지 했다.

이대로 유호영이 지상으로 올라오면 흑림은 그야말로 쑥대밭이 될 것이다. 그녀조차 제압한다고 자신할 수 없을 정도로 유호영에게 뿜어지는 마기의 힘은 강했다.

이쯤에서 유호영을 멈춰야 한다. 땅속에 있으니 사로잡기도 편했다. 성녀는 나무뿌리를 움직였다. 흑림에서 가장 튼튼한 나무뿌리들이 지상을 향해 땅을 파며 올라오는 유호영에게로 다가갔다.

처음 목을 조르려던 뿌리는 유호영의 힘에 간단하게 끊어져 버렸다. 하지만 그녀가 움직일 수 있는 나무뿌리는 셀 수 없을 만큼 많았고 유호영은 협소한 땅속에 있었다.

억세고 날카로운 손과 이빨이 나무뿌리 열 개를 없애면 스무 개가 몸을 친친 감았다.

유호영을 감싼 흙더미도 억만 근의 힘으로 그를 짓눌렀다. 끊어내고 끊어내도 수십 겹으로 묶어버리는 나무뿌리와 몸을 옥죄는 땅은 유호영을 더 이상 움직일 수 없게 만들었다.

그렇다고 죽지는 않았다. 성녀가 죽기를 바라지 않았고 딱히 죽일 방법도 없었다. 나무뿌리가 뚫기에는 유호영의 살갗은 너무도 단단했다. 땅속에 갇힌 유호영은 만일의 경우에 대비한 숨겨진 무기였다.

유호영을 완전히 가둔 후에야 성녀는 전능의 방을 빠져나왔다. 힘을 너무 쓴 탓에 등에서 난 땀이 엉덩이를 타고 흘렀다.

—기분이 좋지 않아 보이는군요.

밖에서 기다리던 환영이 그렇게 말했다. 침대 위에 놓인 옷을 입는 성녀에게 환영이 물었다.

—유호영은 어떻게 되었습니까?

"죽었어요."

—어떻게요?

"마계혈에 닿은 인간이 맞는 최후지요. 언제나 그렇듯이."

유호영의 상태가 알려져 성자들이 불안해하는 것은 득보다 실이 많았다. 그런 불안은 그녀 혼자 가지고 있는 것이 좋았다.

'우리가 유호영처럼 변할 수도 있을까?'

마기를 막기 위해 충분히 준비를 했다고 믿었고 자신도 있었다. 하지만 유호영의 변화는 그녀의 믿음을 흔들어놓았다.

그렇다고 계획을 중단할 수는 없었다. 이젠 그녀조차 마계혈을 막을 수가 없을뿐더러 마계혈은 그녀가 흑림을 벗어날 수 있는 유일한 방법이었다.

설사 마계혈에 의해 세상이 멸망한다고 해도 그녀는 그 멸망한 세상을 보기 위해 바깥으로 나갈 것이다.

*　　　*　　　*

그에게 꿈은 언제나 악몽이다. 그가 피를 빨았던 사람들, 흡혈귀로 만들어 버린 이들. 항상 그들이 등장해서 물끄러미 그를 응시했다.

악다구니를 쓰거나 소리를 지르지도 달려들지도 않는다. 그들은 그저 도무진을 바라볼 뿐이었다. 그것만으로 도무진은 등에 식은땀이 나고 괴로운 마음에 어쩔 줄을 몰랐다.

그럴 때면 그것이 꿈이라는 걸 알았다. 그러나 자각했다고 괴로움이 덜어지지도 않았으며 꿈에서 깨기 위해 발버둥치지도 않았다.

그 꿈은 그가 응당 받아야 하는 벌이었다. 다만 이번 벌은 기간이 길었다.

의식과 무의식의 경계에 흐느적거리면서도 회생을 법을 시행한 지 열흘이 지났다는 것을 알 수 있었다. 앞으로도 꽤 오랫동안 이 악몽의 바다에서 헤엄을 쳐야 할 것이다.

그런데 갑자기 그를 바라보던 사람들이 연기처럼 흩어지더니 의식이 현실로 뛰쳐나갔다. 평소보다 많은 대기의 기운이 갑자기 밀려들어 거친 기침을 토하게 만들었다.

"쿨룩! 쿨룩!"

기침을 하는 도무진의 귀에 같은 소리를 내는 목승탁의 거친 목소리가 들렸다. 목승탁도 도무진처럼 깨어난 것이다.

끈끈한 회생액을 뒤집어 쓴 도무진은 바닥에 무릎을 꿇은 자세였다. 그의 주변으로는 엎어진 물처럼 회생액이 흐르고 있었다.

"이… 이게 어찌된 일인가? 왜 회생의 법을 중단시켰어?"

기침 사이로 목승탁이 힘겹게 물었다. 눈을 깜빡여 시야를 밝게 하자 목승탁을 부축하는 황선백이 보였다.

"만민수호문의 습격이네."

"뭐야? 그들이 이곳을 어찌 알고?"

"짐작 가는 바는 있지만 지금 중요한 건 이곳을 빠져나가는 것이지."

"안 돼! 어떻게든 그들을 물리치고 회생의 법을 완성해야지! 만민수호문의 조무래기들이야 자네가 물리칠 수 있잖나?"

"도선과 환영이 함께 왔네."

부릅뜬 목승탁의 눈가로 떨어지는 회생액이 눈물처럼 보였다.

"도선과 환영이?"

"진과 기관으로 버티고 있지만 알잖나. 오래가지 못할 것이라는 걸. 더욱이 주목을 끌지 않기 위해 이곳에는 귀인문의 문도들도 몇 명 없네."

도선과 환영이 상대라면 많은 세해귀는 많은 죽음을 만들 뿐이다.

"그럼 먼저 싸워야겠군요."

일어서려던 도무진의 무릎이 휘청 꺾였다. 급히 벽을 짚지 않았다면 회생액 위로 꼴사납게 엎어졌을 것이다. 몸에 전혀 힘이 들어가지 않았다. 뼈와 근육이 모두 사라져 껍질만 덜렁거리는 몸뚱이 같았다.

"당장 싸우는 건 무리요. 사흘은 있어야 제 힘이 돌아올 것이오."

사우영의 기운도 원래 없었던 것처럼 느껴지지 않았다. 도무진이 힘을 되찾기 위해 안간힘을 쓸 때 공이 계단을 뛰어내려왔다.

"사부님! 진이 거의 파괴되었습니다!"

황선백이 목승탁을 거의 끌다시피 하며 말했다.

"어서 서두르세!"

"어디로 가려고?"

"이백 년 전 그때 이후 최악의 경우를 대비하는 버릇이 생겼지."

황선백이 좌측 벽 앞에 섰을 때 둔탁한 소리와 함께 지하실이 크게 흔들렸다. 자잘한 먼지가 그들의 어깨로 수북하게 떨어졌다.

"사부님. 놈들이 가까이 왔습니다."

황선백은 벽을 쌓고 있는 붉은 벽돌 다섯 개를 차례로 눌렀다. 그러자 작은 진동과 함께 벽 일부가 회전하더니 시커먼 통로를 드러냈다.

"가세. 공 너는 무인검을 부축해라."

공이 도무진의 팔을 자신의 어깨에 둘렀다. 비밀 통로 안으로 들어가자 벽은 원상태로 돌아갔다. 하지만 도선과 환영이 저런 것에 속을 리가 없었다.

지하실에 들어오면 얼마 지나지 않아 발각될 비밀 통로였다. 그래서 그들은 서둘러 걸음을 옮겼다. 답답한 도무진이 말했다.

"이렇게 갈 게 아니라 술법을 써서 날아갈 수는 없습니까?"

도무진을 부축한 공이 대답했다.

"회생의 법을 시작한 네 몸은 이제 갓 태어난 어린애와 같다. 지금은 어떤 술법도 너에게는 치명적이지. 물론 너야 흡혈귀이니 머잖아 회복하겠지만 화신님은 다르다."

"걱정 마시오, 무인검. 무사히 빠져나가게 될 테니."

황선백이 그렇게 말했지만 썩 마음이 놓이지는 않았다. 만민수호문에게 그들은 무슨 일이 있어도 죽여야 할 가장 큰 적이다. 그런 적을 습격하는데 어설프게 준비했을 리 없다.

자연과 인공이 조합된 비밀 통로는 곧았다. 가끔 굽은 길도 나왔지만 완만해서 걸음을 옮기기에 불편하지 않았다. 제법 걸었는데도 힘은 돌아올 기미가 없었다. 지금 느낌 같아서는 평생 이 상태로 있어야 할 것 같았다.

비밀 통로를 오십 장쯤 지나 막 왼쪽으로 꺾어지는 길을 들어서는데 진동이 느껴졌다. 황선백과 공이 동시에 고개를 돌렸다.

"놈들이 벽을 부수는 것 같습니다."

"비밀 통로를 제대로 찾은 것은 아니다. 찾느라고 두드리는 것이지."

아직 못 찾았다고 해도 빠른 시간 안에 들킬 것은 분명했다. 십 장 남짓 더 나아간 황선백이 벽을 더듬더니 고개를 끄덕였다.

"오래됐지만 내 기억이 맞군."

목승탁이 물었다.

"뭘 찾는 것인가?"

황선백은 대답 대신 목승탁을 공에게 넘겼다.

"둘을 데리고 먼저 가라."

"사부님. 어쩌시려고요?"

"오랜만에 찾아온 옛 친구들과의 해후를 놓칠 수는 없지."

"그게 무슨 말인가? 이곳에서 도선과 환영을 상대로 싸우겠다는 말인가?"

"싸움은 무슨. 우리가 어린애들도 아니고. 그저 무와 술의 유희를 즐기는 거지."

"사부님 안 됩니다! 조금만 더 가면 탈출할 수 있다는 걸 사부님도 아시잖습니까?"

"보통 사람들을 상대로는 그렇겠지. 하지만 쫓아오는 자들이 도선과 환영이라면……."

황선백은 고개를 저었다. 목승탁이 간절한 얼굴로 말했다.

"이보게. 우린 자네가 필요해."

"미안하네, 친구. 이제 회생의 법을 성공시킬 방법은 없네."

"사부님……."

"만민수호문이 이곳을 습격한 건 전적으로 내 잘못이다. 아마 유호영이 배신을 했겠지. 능력만 보고 인성을 보지 못한 내 실수니 당연히 내가 그 실수를 책임져야지."

"자네 탓이 아니네. 자네 탓이 아니야."

"잘잘못을 떠나서 지금 이곳에 있어야 할 사람은 나네. 우리 모두 죽느냐, 한 사람만 죽느냐 선택을 해야 하는데 손가락으로 숫자만 셀 줄 안다면 이미 답은 나와 있지."

황선백의 시선이 도무진에게 옮겨졌다.

"무인검, 화신을 잘 부탁하오. 그리고 할 수 있다면 만민수호문을 박살 내고 그 빌어먹을 마계혈을 막아주시오."

황선백이 이곳에 남는 것이 단 하나 남은 선택이라는 것을 알기에 도무진은 작게 고개를 끄덕였다. 목승탁도 더 이상 황선백의 선택에 대해 말하지 않았다. 그 노안의 일그러짐으로 목승탁의 아픈 마음을 읽을 수 있었다.

공이 머뭇거리고 있자 황선백이 소리쳤다.

"어서 가거라! 인간의 잔정 때문에 세상을 버릴 셈이냐!"

움찔 몸을 떤 공은 고개를 숙였다.

"사부님, 부디……."

"여기보다 더 좋은 세상에서 만나자."

양쪽에 둘을 부축한 공은 몸을 돌렸다. 십 장쯤 나아가자 발걸음 소리밖에 들리지 않던 침묵 사이로 다른 소리가 파고들었다. 물이 흐르는 소리였다.

"비밀 통로 끝에는 지하 수로가 있습니다. 그 끝이 송화강(送華江)과 연결되어 있지요."

공의 말이 끝나는데 갑자기 굉음이 울리더니 동굴이 크게 흔들렸다. 일그러진 얼굴로 뒤를 돌아본 공이 도무진과 목승탁을 양쪽 옆구리에 끼었다. 힘이 가해지자 온몸의 뼈가 부서질 것 같은 고통이 느껴졌다.

"아프더라도 조금만 참으십시오!"

두 사람을 양쪽에 낀 공이 비밀 통로를 달렸다. 목승탁도 많이 고통스러운 듯 몸이 흔들릴 때마다 낮은 신음을 뱉어냈다. 오십 장쯤을 더 나아가자 물 특유의 시원한 기운이 느껴졌다.

모퉁이를 돈 공은 그곳에서 도무진과 목승탁을 내려놓았다. 천장과 바닥은 회색의 바위로 덮여 있고 앞에 폭이 이 장 남짓한 지하 수로가 놓여 있었다.

물살은 제법 빨랐지만 그리 거칠지 않아서 물 위에 뜬 배의 출렁거림도 크지 않았다. 공은 목승탁을 먼저 태운 후 도무진을 안아 배에 던지다시피 놓은 후 배에 묶인 밧줄을 풀었다.

배 위에 올라 한 손으로 노를 잡은 공은 비밀 통로를 잠시
응시한 후 잡고 있던 밧줄을 놓았다. 배는 빠르게 미끄러져
비밀 통로에서 멀어졌다.

*   *   *

선우연은 인상을 찡그렸다. 자잘한 자갈이 머릿속에서 서
로 몸을 비비는 것 같았다.

[옷을 벗어… 옷을 벗어…….]

신경에 거슬리는 소리다. 그런데 단순히 신경을 건드리는
것이 아닌 자꾸 손을 움찔거리게 만드는 힘이 있었다. 머릿속
자갈의 속삭임을 따르지 않으면 뇌를 깨뜨려 버릴 것 같았다.

그 속삭임이 어디서 왜 나오는지 알고 있는 건 중요하지 않
았다. 거부하려는 의지보다 강제로 시키는 의지가 강하면 따
를 수밖에 없었다.

선우연은 온 힘을 기울여서 명령을 거부했다. 오백 년 내
이처럼 정신력을 끌어 올리기는 처음이었다.

"악!"

저택의 마지막 방에서 오희련의 짧은 비명이 들렸다. 선우
연은 깊은 숨을 들이쉰 후 방을 나섰다. 그들이 있는 곳은 쌀

알보다 사람이 많다고 소문난 북경의 번화가 화문로(化文路)였다.

선우연은 화문로 중앙에 위치한 집을 구입해서 오희련과 수련을 하는 중이었다.

방 두 개를 지나 대청을 가로지른 후 오희련의 방문을 열었다. 그녀의 방에 가구라고는 보이지 않았다. 잠을 잘 수 있는 침대도, 차를 마실 수 있는 탁자나 의자도 없었다. 있는 것이라고는 사방 벽은 물론 천장과 방바닥까지 빼곡하게 붙여진 부적이 전부였다.

흐르는 코피를 문지른 듯 오희련의 코밑은 붉게 변해 있었다.

"젠장! 이번에는 될 줄 알았는데."

"그 정도로는 어림없다."

차갑게 말하기는 했지만 오희련의 발전은 선우연이 크게 놀랄 정도였다. 부적의 효과도 있지만 역시 사방에 가득 찬 사람들에게서 빼앗은 기가 가장 큰 도움이 되었다.

기를 빼앗긴 사람들 중 병이 생기는 경우도 있겠지만 그런 걸 염두에 둘 정도로 여유로운 상황이 아니었다.

"오라버니 소식은 없나요?"

"회생의 법이 끝나려면 아직 멀었다. 반 시진 후에 다시 시작하자."

"겨우 반 시진이요?"

"두 달 남짓한 시간밖에 없다. 네가 성녀를 제압하지 못하면 우린 흑림 안에서 몰살당하게 될 것이다."

오희련에게는 큰 압박이었지만 그걸 견디는 것 또한 그녀의 몫이었다. 그 자리에 벌렁 드러누운 오희련이 푸념을 했다.

"색만 밝히는 여자로 살았던 때가 좋았는데."

"세상을 구한 후에 마음대로 그리 살아라."

"철제님은요?"

어깨를 으쓱한 철제가 말했다.

"나도 색만 밝히는 남자로 살아야지."

그때 뜰에서 홀로 연공을 하던 남궁벽이 뛰어 들어왔다.

"도무진과 화신님이 오셨습니다!"

"뭐야?"

"오라버니가?"

그들은 서둘러 대청으로 나갔다. 그들이 막 대청으로 들어섰을 때 마당을 가로질러 대청으로 오르는 둘과 마주쳤다.

"어떻게 된 것인가? 둘이 왜 여기 있어? 회생의 법은?"

"반갑다는 인사부터 하면 안 되겠나?"

목승탁의 말에 선우연이 버럭 소리를 질렀다.

"반가워야 반갑다고 하지! 두 사람은 지금 여기 있으면 안

되잖아!'

오희련이 선우연의 말을 정정해 주었다.

"한 사람과 한 흡혈귀죠. 뭐, 중요한 건 아니지만."

"회생의 법은 중단되었네."

"실패한 건가?"

"도선과 환영이 이끄는 만민수호문의 습격을 받았네. 유호영이라는 배신자 때문이지."

"기왕은?"

목승탁은 침중한 얼굴로 고개를 저었다. 기왕의 죽음을 알리는 그 작은 몸짓은 한없이 무거워 보였다.

선우연은 어깨를 축 늘어뜨렸다. 성자의 낙담한 모습은 보통 사람과 다를 바가 없었다.

"기왕까지 죽었다면 회생의 법은 물 건너갔고 결국 우린 실패한 것이로군."

도무진이 말했다.

"아직은 아닙니다."

"화신이 당신의 몸속으로 들어가지 못했는데 마계혈을 막을 방도가 있단 말입니까?"

"둘이 함께 들어가서 해봐야지요."

"당신은 몰라도 화신은 견디지 못할 것이오. 천주지기가 죽은 지금은 마계혈의 마기가 더욱 강해졌을 테니 천주 안으로 들어가기도 전에 죽거나 마기에 미쳐 버릴 거요."

"그거야 내 법력과 부적으로 견뎌볼 수는 있네."

선우연의 인상이 와락 구겨졌다.

"둘이 이미 결정을 내린 건가?"

"우리가 선택할 길은 단 두 개밖에 없네. 지금 가지고 있는 모든 것을 동원해서 마계혈을 막을 시도를 하든가, 마계혈이 완전히 열려 제이의 번천이 오는 걸 그저 구경하든가. 자네는 구경꾼이 되고 싶은가?"

"불을 향해 달려드는 불나방 꼴이 되려는 건가?"

"내 날갯짓으로 불을 끌 가능성이 일 푼만 되어도 달려들 어야지."

긴 한숨을 쉰 선우연이 말했다.

"자네를 자꾸 절망으로 밀어 넣고 싶지는 않지만 우린 혹 림을 통과하지도 못할 걸세. 그 이유는 자네도 잘 알잖나?"

목승탁의 시선이 오희련에게 닿았다.

"그녀의 준비는 아직인가?"

"턱도 없네!"

"오늘 철제님의 옷을 벗길 뻔했어요."

"흥! 성공에 일 할도 미치지 못했다."

"손이 옷고름으로 가기 위해 꿈틀댔잖아요?"

"그리고 네가 비명을 질렀지. 설사 오늘 네가 날 조종했다고 해도 그것이 성녀를 이길 수 있다는 뜻은 아니다. 이미 말했지만 흑림에 있는 성녀는 나보다 훨씬 강한 존재니까."

도무진이 말했다.

"희련이가 굳이 성녀를 이길 필요는 없습니다. 화신과 제가 마계혈까지 가는 시간만 벌어주면 됩니다."

"그 시간을 벌기가 어려울뿐더러 흑림에는 성녀만 있는 게 아닙니다."

"도선과 환영은 저희가 어떻게든 처리하겠습니다."

"빙천도 있소."

"빙천은 죽었네."

"응? 빙천이 죽어? 밥숟가락을 놓는 그 죽음을 말하는 것인가?"

고개를 끄덕인 목승탁이 도무진을 봤다.

"무인검이 없었지."

선우연이 도무진에게 물었다.

"어떻게요? 이번에도 운이 좋았습니까?"

"운이 좋아 사우영을 얻었으니 그리 말할 수도 있지요."

"사우영이 그리 강하단 말이오?"

"회생의 법이 실패해서 절망감으로 인해 무작정 흑림으로 가자는 말이 아닙니다. 수많은 목숨이 걸린 일인데 그리 허술하게 결정할 수는 없지요. 만민수호문을 물리치고 마계혈을 막을 수 있느냐고 묻는다면 약속할 수는 없습니다. 하지만 우리에게는 싸워야 할 이유가 충분하고 그럴 만한 힘도 있습니다. 우리가 싸우지 않으면 만민이 겪어야 할 고통은 모두 우리의 죄가 되어 돌아올 것입니다."

선우연은 이제 버릇이 되어버린 것 같은 긴 한숨을 토했다.

"우리에게 선택의 여지가 없다는 것은 잘 압니다. 계란으로 바위를 치는 미련함이라도 보여야 할 때지요. 하지만 가지고 싶은 겁니다. 우리가 세상을 구할 수 있다는 희망을."

*　　　*　　　*

앞으로 두 달이라는 시간이 남은 줄 알았다. 준비를 마치기에는 너무 짧다고 생각했는데 갑자기 나타난 목승탁은 보름 후의 공격을 얘기하고 있었다.

조설화는 근심 가득한 얼굴로 물었다.

"꼭 그렇게 서둘러야 하나요?"

"지체해서 좋을 게 없으니까."

"아직 준비가 덜 되었어요."

목승탁은 서늘한 토굴을 둘러보았다. 부드러운 흙에 땅굴을 파서 갱도처럼 나무로 받쳐 놓은 토굴은 만든 지 얼마 되지 않아 흙냄새만 가득했다. 이곳이 암중성자회의 본부라고 할 수 있는 곳이다.

"앞으로 일 년을 준비해도 지금과 달라지지는 않을 것이다."

"하지만……."

"두려운 것이냐?"

입술을 깨문 조설화가 대답했다.

"당연한 것 아닌가요? 제가 죽으면 소영이 혼자 이 거친 세상을 살아야 하고, 실패하면 끔찍한 종말을 보게 될 텐데요."

조설화는 어쩌면 실패를 예감하고 있는지도 모른다. 그래서 그 괴로운 시간을 조금이라도 늦추고 여소영과 함께하는 시간을 갖고 싶은 것이다.

"실패는 생각하지 마라."

"회생의 법도 실패했고 기왕마저 죽었는데 성공을 믿으란 말인가요? 전 그렇게 멍청하지 않아요."

"네가 싸우라고 설득했던 다른 세해귀들처럼 말이냐?"

조설화는 선뜻 대답하지 못했다.

"그들에게 무인검을 믿으라고 했던 네 말은 모두 거짓이었느냐?"

"아니요. 세상에 믿을 수 있는 존재를 단 한 명만 꼽으라면 당연히 도무진이죠."

"나 또한 그렇다. 오백 년의 삶을 산 나 화신 또한 단 한 명

무인검을 믿고, 그래서 우리가 이 싸움을 성공할 것이라 믿는 것이다."

"정말인가요? 화신님께서는 정말 도무진이 이 싸움을 승리로 이끌 것이라 믿는 건가요?"

"만민수호문을 뚫고 마계혈을 막을 수 있는 존재는 오직 무인검뿐이라는 걸 믿느냐고? 그렇다. 네가 세해귀들을 설득했던 그 말을 네가 진심으로 믿었으면 좋겠다. 설사 네가, 아니, 암중성자회뿐 아니라 귀인문이 이 싸움에서 도망치고 무인검과 나 둘만 싸워야 한다 해도 우린 흑림으로 갈 것이다."

조설화가 피식 웃었다.

"둘만 보내지 않을 거라는 걸 알잖아요?"

"물론 그렇지."

목승탁도 웃음을 보여줬다.

"보름 후면 서둘러 출발해야 하겠네요."

"암중성자회의 다른 세해귀들에게도 알려라."

"정말 최후의 전쟁이로군요."

항상 말해왔던 전쟁이다. 그런데 보름이라는 시간이 정해지자 비로소 숨이 턱 막히도록 실감이 났다.

"도무진은 어디 있죠?"

"승리에 꼭 필요한 무기를 만드는 중이지."

　　　　＊　　　　＊　　　　＊

"후후후후… 으하하하하!"

벌거벗은 채 온몸으로 웃고 있는 선우연의 웃음소리는 그들에게까지 똑똑히 들렸다.

"정말 됐어요! 됐다고요!"

기뻐하는 오희련에게 도무진이 말했다.

"성공할 것을 의심하지 마라. 의심은 틈을 만들고 그 틈으로 승리가 모래알처럼 빠져나갈 것이다."

"오라버니는 어떻게 아여의타심동법을 아는 거죠?"

"모른다."

"하지만 오라버니가 이끄는 길로 갔더니 성공했잖아요?"

"네가 알면서도 가지 못했던 길을 내가 보여줬을 뿐이다."

봉천을 얻은 후 도무진은 이상할 정도로 간단하게 모든 이치를 꿰뚫을 수 있었다. 단순히 머리가 좋아진 것이 아니라 만물이 돌아가는 이치를 이해한다는 표현이 맞을 것이다.

싸움을 하면 그 순간 어떻게 움직여야 하는지, 어느 정도의 힘으로 적의 어디를 공격해야 하는지 순식간에 판단할 수 있었다. 술법도 마찬가지여서 비록 그가 술법에는 문외한에 가까웠지만 법력이 모아지는 과정과 주문의 힘을 이해하면 그가는 길을 훤히 볼 수 있었다.

세상의 가장 높은 곳에서 수많은 강물이 종국에는 바다로 흘러가는 걸 한눈에 보는 것 같은 기분이었다.

봉천은 무기가 아니었지만 어떤 무기보다 강한, 깨달음을 도무진에게 안겨주었다.

문이 벌컥 열리며 선우연이 들어왔다.

"어떻게 한 것이냐?"

오희련은 대수롭지 않다는 얼굴로 대답했다.

"그동안 가지 않았던 길을 간 것뿐이에요."

"건방지게 나와 선문답을 하겠다고?"

선우연의 물음이 도무진에게로 향했다.

"무슨 술법을 부린 것이오?"

"전 흡혈귀지 술법사가 아닙니다."

"뭐, 내가 알면 어떻고 모르면 또 어떻소. 내가 벌거벗었다는 것이 중요한 거지. 물론 날 조종했다는 게 성녀를 이긴다는 뜻은 아니다. 누누이 강조했으니 알고 있겠지?"

오희련에게 한 물음에 금세 딱딱하게 얼굴을 굳힌 그녀가 고개를 끄덕였다. 그런 오희련의 어깨를 도무진이 다독였다.

"넌 할 수 있을 테니 자신감을 가져라."

"오라버니한테도 아여의타심동법이 통할까요?"

"시험을 해보고 싶지만 시간이 없구나."

"지금 떠나려고요? 아직 시간이 있잖아요?"

"흑림에 가기 전에 들를 곳이 있다."

선우연이 말했다.

"그럼 우리는 암중성자회와 합류해서 흑림으로 가겠소. 암중성자회의 그 많은 세해귀가 움직이는데 만민수호문이 모를 리 없을 터, 흑림으로 가는 암중성자회를 공격할 수도 있으니 말이오."

"그렇지는 않을 것입니다. 성녀 입장에서 보면 자신에게 가장 유리한 장소가 흑림인데 군이 만민수호문의 전력을 나눠서 싸울 이유가 없지요. 아마 만민수호문의 모든 전력은 흑림에서 우릴 기다릴 가능성이 높습니다."

"하긴 그렇겠군요. 그럼 희련이와 남궁세가의 애송이를 데리고 먼저 흑림으로 출발하지요."

"흑림에서 뵙겠습니다."

선우연에게 인사를 한 도무진은 시선을 남궁벽에게 돌렸다.

"조심하게."

"그쪽도."

오희련을 보는 도무진의 얼굴에 엷은 웃음이 번졌다.

"네 있는 그대로의 힘을 믿어라."

"이제 정말 최후의 일전이네요."

고개를 끄덕인 도무진은 그들보다 먼저 집을 나섰다.

도무진이 향한 곳은 도무진의 묘가 있는 곳이었다.

사위가 짙은 어둠에 덮이고 풀과 나무에 비처럼 촉촉한 밤이슬이 매달릴 때 회색 비석 앞에 도무진의 걸음이 멈췄다.

그가 만약 도무진을 만나지 못했다면 어떻게 되었을까? 아마 잘해야 괴로움에 몸부림치며 죽지도 못하면서 죽음을 갈망하는 흡혈귀로 떠돌고 있을지도 모른다.

그래서 도무진에게 미안하고 고마운 것이다. 도무진은 묘비를 쓰다듬으며 혼잣말을 했다.

"네 덕분에 내가 세상을 위해 싸우다 죽을 수 있게 되었다. 네 죽음이 헛되지 않다는 말이 위로가 되지는 못하겠지만, 만약 저세상에서 만나게 된다면 네 앞에서 꿇는 무릎이 부끄럽지는 않겠구나. 하긴 너야 천당에 있고 내가 갈 곳은 지옥이니 만날 일은 없겠지만."

그때 뒤에서 불쑥 목소리가 들렸다.

"왜 형님이 지옥에 간단 말이오?"

황동필이 손수민과 함께 나타났다. 회생의 법을 시행하는 동안 보내놓았던 수혼이 와락 달려들어 머리를 어깨에 비비고 얼굴을 핥아대며 반가움을 표시했다.

녀석의 목덜미를 쓰다듬어 준 도무진이 황동필에게 말했다.

"어둠의 성자회 세해귀들은 모두 흑림으로 출발했느냐?"

"형님을 쫓아오느라 손 소저와 제가 먼저 떠났습니다. 조설화가 알아서 잘 이끌 테니 그들은 염려 마십시오."

도무진은 손수민의 어깨에 손을 얹었다.

"우린 여기서 이별이로구나."

손수민도 자신이 흑림에 가는 게 짐만 된다는 걸 잘 알고 있었다.

"잠깐의 이별일 뿐이에요. 그렇죠?"

그녀는 억지로 웃음을 지었지만 입술 끝이 파르르 떨렸다. 도무진의 손이 그런 그녀의 볼로 옮겨졌다.

"너무 슬퍼하지도 괴로워하지도 마라. 네 인생은 지금부터 시작이고 난 네가 떠나보내야 하는 수많은 기억 중 하나일 뿐이다."

다시 만날 수 있다는 말이 헛된 희망이라는 걸 그들 모두 알고 있었다. 손수민의 입술 양쪽이 아래로 처지고 눈물이 맺혔다. 그녀는 도무진의 옷깃을 잡고 가슴에 얼굴을 묻었다.

서늘해지는 옷깃을 느끼며 도무진은 손수민의 등을 토닥였다. 어떤 말도 위로가 될 수 없다. 이별의 괴로움을 해결할 수 있는 건 시간뿐이다.

"그래도… 전… 전 다시 만날 수 있을 거라고… 그럴 거라고… 믿어요."

달빛에 부딪친 이슬이 금처럼 반짝이는 밤은 그렇게 깊어
갔다.

✱   ✱   ✱

성녀는 흑림이 한눈에 보이는 성전의 지붕에 올라가 있었
다. 세차게 불어오는 밤바람에 그녀의 얇은 옷이 찢어질 것처
럼 펄럭였다.

일만에 이르는 만민수호문의 문도들이 흑림을 빙 둘러서
지키고 있었다. 검은 옷을 입은 그들은 밤의 그림자와 더해져
흑림의 일부처럼 보였다.

—왜 이곳에 올라와 계십니까?

도선은 만민수호문의 문도를 지휘하고 있었고 환영은 그
림자처럼 성녀를 지켰다.

"굳이 제 곁을 지키실 필요 없어요."

—때가 되면 나가서 싸울 것입니다.

성녀는 천주가 있는 쪽으로 시선을 돌렸다.

"마계혈의 기운이 폭주하고 있어요. 이제 시간이 얼마 남
지 않았습니다. 어쩌면 이 싸움이 끝나기 전에 제이의 번천이
올지도 모르겠네요."

—그럼 적들이 힘을 얻을 수도 있으니 만일의 사태에 대비

를 해야겠군요.

"도성부(到聖符)를 지니지 않은 이상 적들에게 힘이 가봤자 괴물밖에 되지 않아요. 세해귀는 세해귀일 뿐이지요."

성녀의 몸이 급히 뒤쪽으로 돌아갔다.

"오는군요."

나무가 없는 서무산은 까마득히 먼 곳에서 몰려오는 세해귀들을 적나라하게 보여주었다. 하현(下弦)의 밤이었지만 어둠은 성녀의 눈에서 세해귀들을 가려주지 못했다. 어림잡아 오천에 이르는 숫자가 세모꼴을 만들어 흑림을 향해 질주해 왔다.

단숨에 만민수호문을 뚫고 흑림으로 들어갈 기세였다.

─불나방처럼 몰려오는군요.

"번천의 날을 기념하기에 더없이 좋은 제물이지요."

─맨 앞에 오는 셋은 특히 반가운 얼굴 같습니다.

도무진의 좌우로 화신과 철제가 자리했다.

─회생의 법을 실패한 마당에 마계혈을 막을 수 없다는 걸 알면서 이곳까지 오다니.

"절망한 자들의 마지막 발악일 뿐이지요. 환영께서도 슬슬 움직이셔야지요?"

─싸우기에는 흑림 안이 좋겠지요?

"당연한 것 아니겠어요?"

환영은 사라졌고 성녀는 다가오는 화신을 물끄러미 보았다. 그녀의 눈에는 안타까움과 분노의 빛이 함께 서려 있었다.

"당신은 내게 이러지 말았어야 했어. 다른 성자들은 몰라도 당신만은 날 이 지옥에서 탈출시키기 위해 싸웠어야지. 하찮은 인간과 세해귀를 위해서가 아니라."

성녀는 한참 동안 화신을 응시하다가 전능의 방으로 가기 위해 지붕에서 내려왔다. 이제 이 지긋지긋한 흑림을 벗어나기 위한 싸움을 할 때였다.

흑림 주변을 둘러싸고 있던 만민수호문의 문도들이 암중성자회 연합군을 상대로 한곳으로 모여들었다.

붉은색과 파란색의 깃발을 든 여섯 명이 흑림의 나무 위에 올라가 만민수호문 문도들에게 위치해야 할 자리를 알려주고 있었다.

도무진은 달리는 속도를 늦추지 않고 허리를 숙여 바닥에 있는 돌멩이를 집었다. 암중성자회와 귀인문이 잘 조직되어 있다고는 하지만 만민수호문에 비할 바가 아니었다.

개개인의 능력에서 만민수호문의 문도를 뛰어넘지 못하고 숫자까지 적은 상태에서 조직력까지 뒤진다면 일방적인 학살이 될 수밖에 없었다.

암중성자회와 귀인문의 희생을 최소화하기 위해서는 난전을 만드는 게 가장 좋은 방법이다. 난전은 본능이 지배하고 본능은 세해귀의 본질이다.

흑림과는 무려 백 장이나 떨어져 있었고 더구나 산을 올라가는 중이었다. 그런데도 도무진은 손에 든 돌멩이 두 개를 던졌다.

돌멩이는 바람을 찢는 소리보다 빠르게 깃발을 휘두르는 자들을 향해 날아갔다. 돌멩이가 그들에게 부딪치는 소리는 들리지 않았지만 가슴에서 터져 나오는 핏줄기는 선명하게 보였다.

나무에서 떨어진 두 명이 채 땅에 닿기도 전에 다시 두 명의 가슴이 뚫렸다. 그렇게 여섯 명은 순식간에 제거되었다.

"당황하지 마라! 각 분대는 자리를 지키며 당주의 명령을 따라라!"

만민수호문 쪽에서 누군가의 외침이 들렸다. 도무진은 양쪽에 선 목승탁과 선우연에게 말했다.

"우리가 저들의 중앙을 뚫고 진을 흩어놓아야 합니다. 그리고 그 기세 그대로 흑림으로 돌진하죠."

그들의 목적은 마계혈을 막는 것이다. 설사 오늘 이 전쟁에 참가한 아군이 한 명도 남김없이 죽는다 할지라도 마계혈만은 막아야 한다.

깃발로 명령을 전달하는 여섯 명이 죽기는 했지만 만민수 호문의 움직임은 기민하게 이뤄졌다. 활을 든 궁사들이 앞으로 이동해서 화살을 시위에 거는 것이 보였다.

대략 오백 명 정도의 궁사들은 백 명씩 다섯 줄을 만들었다.

"제일열 발사!"

명령이 떨어지자 시위가 화살을 떠났다. 법력이 들어간 화살은 여느 화살과 달라서 오십 장의 거리를 곡선이 아니라 직선으로 날아올 수 있을 정도로 강했다.

맨 앞에 선 도무진과 목승탁, 철제야 가볍게 쳐 낼 수 있었지만 몇몇 세해귀는 화살에 뚫려 나뒹굴었다. 화살을 날린 맨 앞줄이 앉아서 쏠 준비를 하는 동안 두 번째 열에서 화살이 발사되었다.

화살은 마치 줄을 던지는 것처럼 끊임없이 그들을 향해 날아왔다. 정확한 숫자는 알 수 없지만 어림잡아 백 명 이상이 전장에 당도하기도 전에 목숨을 잃었다.

하지만 흑림을 향해 산을 오르는 그들의 사기는 전혀 위축되지 않았다. 세해귀의 본능을 최고치로 끌어 올린 술법이 암중성자회와 귀인문의 세해귀에게 펼쳐져 있었다.

그래서 죽음에 대한 두려움 같은 건 없었다. 그들에게는 오직 투지와 본성의 흉포함만이 남았을 뿐이다.

"죽여라! 만민수호문의 위선자들을 한 놈도 남김없이 처단해라!"

무리의 중간쯤에서 조설화의 날카로운 외침이 들렸다. 그에 반응해서 세해귀들의 성난 외침이 터져 나왔다.

"와아아! 크아아!"

각자 고유의 색깔을 가진 외침은 전장에서 투지를 불러일으키는 작용을 한다. 한 무리의 응인귀와 섬연귀들이 도무진의 머리 위쪽으로 날아올랐다.

"주공! 우리가 선봉을 서겠습니다!"

선두에서 날고 있는 송창두가 소리쳤다.

"우리가 먼저 저들의 진영을 무너뜨릴 때까지 기다리시오!"

송창두 왼쪽에서 날던 섬연귀가 화살에 맞고 비명과 함께 떨어졌다. 송창두야 가장 먼저 전장으로 날아가 싸우고 싶겠지만 성질대로 싸우다가는 홀로 고립될 게 분명했다.

그들이 한 덩어리로 뭉쳐서 난전을 펼쳐야만 그나마 승리할 가능성이 있었다.

이제 만민수호문과의 거리는 채 삼십 장이 남지 않았다. 화살을 날리던 궁사들은 뒤쪽으로 이동했고 그 자리는 무기를 든 전사들이 자리했다.

"속도를 내기로 하죠."

도무진의 말에 목승탁과 선우연이 힘껏 땅을 박찼다. 그들 셋이 한바탕 휘저은 후 세해귀들이 합류하면 싸움은 금세 난 전으로 바뀌게 될 것이다.

삼십 장의 거리는 그야말로 눈 깜빡할 사이에 사라졌다. 도 무진은 허공으로 높이 날아올랐다. 단 한 번의 도약으로 무기 를 든 전사들 사이로 떨어질 수 있었다.

허공에 뜬 도무진을 향해 화살과 부적이 날아왔다. 검을 뺀 도무진은 간단하게 화살과 부적을 쳐 냈다. 불과, 얼음, 파의 기운을 띤 갖가지 부적들이 검과 부딪쳤지만 어떤 것도 도무 진의 속도조차 늦추지 못했다.

도무진은 허공에서 떨어지며 검을 힘껏 내려쳤다. 흑색의 검강은 없었다. 대신 대기를 일그러뜨리는 검기가 사방으로 퍼져 나갔다.

도무진의 검은 칼을 든 전사 한 명에게 떨어졌지만 충격은 그 한 명에게 국한되지 않았다.

쩌엉!

집채만 한 쇳덩이끼리 빛의 속도로 부딪치면 날 법한 소리 가 터졌다. 그 소리만으로 주변에 있던 십여 명은 오공에서 피를 흘리며 쓰러졌고 검기의 여파로 주변 삼 장 이내에 있던 자들의 내장이 파열됐다.

피와 비명은 금세 그 주변을 아수라장으로 만들어 버렸다.

거기에 곧바로 도착한 목승탁과 선우연이 또 한 번의 충격을 안겨주었다.

"염파(炎波)!"

짧은 주문과 함께 날아간 두 장의 부적은 적들 사이에서 불의 폭풍으로 바뀌었다. 그 주변에는 수많은 술법사가 있었지만 어느 누구도 감히 화신의 술법을 막을 수는 없었다.

반경 십 장을 휩쓸어버린 위력도 위력이지만 불은 인간의 본능을 건드리는 공포를 안겨준다. 불에 타는 자들이 내지르는 비명, 이리저리 날뛰는 인간 횃불, 살이 타는 냄새…….

죽어가는 자는 물론이고 산 자들의 입에서도 공포의 비명이 터졌다. 공포란 언제나 전염성이 강한, 실재하지 않는 병균이다.

"흩어지지 마라! 적에게 등을 보이지 말고……!"

불길을 피해 도망가는 수하들을 독려하던 중년인은 곧이어 들이닥친 선우연의 검에 목이 달아났다.

도무진과 목승탁, 선우연은 만민수호문의 한가운데를 가르며 달려갔다. 빽빽한 풀밭 사이로 곧은길이 생겨나는 모양이었다. 그리고 세해귀들이 들이닥쳤다.

그들이 원하는 대로 난전이 벌어졌다. 오백 년 동안 세상의 곳곳에서 일어났던 작은 전투가 오늘 비로소 세상의 운명을 건 전쟁으로 폭발한 것이다.

"제구대는 동쪽으로 돌아 세해귀를 포위하라! 제십대부터 십팔대는 세해귀의 가운데를 관통하여 놈들을 고립시켜라!"

병장기 소리가 날카롭게 울리고 주문 소리가 난무하며 내장을 토하는 것 같은 비명이 울리는 전장 사이로 전해지는 명령은 쉽게 이행되기가 힘들었다.

만민수호문의 문도들 개개인 능력이 뛰어나기는 하지만 이런 식의 대규모 전투는 경험은커녕 훈련조차 받아본 적이 없었다. 명령을 받은 자들은 지휘관이 시키는 대로 움직이려 노력했지만 싸움이 일어나면 눈앞의 적에게만 집중을 하게 되어 있었다.

그래서 일만 대 오천의 싸움은 한 군데 뒤엉켜 적의 죽음을 갈망하는 가장 원시적인 형태의 육박전으로 흘러갔다.

그사이 도무진과 목승탁, 선우연은 만민수호문의 장벽을 뚫고 흑림에 거의 도착했다.

다섯 명의 목을 동시에 베고 막 땅을 박차려던 선우연은 왼쪽에서 느껴지는 날카로운 기운에 고개를 돌렸다.

오 장 남짓 떨어진 곳에 도선이 서 있었다. 그들 사이로 만민수호문의 문도들이 놀란 메뚜기 떼처럼 이리저리 뛰어다녔다.

도선이 선우연을 향해 천천히 다가왔다. 선우연은 도선이 원하는 것이 무엇인지 알 수 있었다. 도선은 끝을 보지 못했던 싸움에 종지부를 찍기를 원했고, 선우연은 그때처럼 피할 수 있는 상황이 아니었다.

"철제, 뭐하나? 어서……!"

선우연에게 말을 걸던 목승탁도 도선을 발견하고 표정이 굳었다.

"아무래도 난 여기서 잠시 머물러야 할 것 같군."

어차피 치러야 할 싸움이라면 흑림 안보다는 이곳이 적당했다. 목승탁이 무거운 음성으로 말했다.

"조심하게."

"자네도."

선우연과 회색의 바위와 흑림의 경계에 서 있는 도무진은 서로를 향해 고갯짓으로만 인사를 했다. 둘 모두 지금이 서로의 모습을 보는 마지막이라는 걸 알고 있었다.

도선을 향해 시선을 돌리는 선우연을 본 도무진은 흑림으로 발을 들여놓았다. 이제부터 성녀의 영역이다.

'희련이가 잘해줘야 할 텐데.'

도무진과 화신은 천주를 향해 달리고 있었다.

"어리석은 자들."

온몸에 넝쿨을 감고 있는 성녀의 검지가 꿈틀 위로 올라갔다. 아주 작은 몸짓이었지만 도무진과 화신에게는 재앙 같은 공격이었다.

흑림의 나무들은 세상에서 가장 사납고 단단한 채찍이 되어 도무진과 화신을 공격했다. 물론 호락호락 당할 그들이 아니었다. 도무진의 능력은 처음 흑림에 들어왔을 때보다 놀랍도록 발전해서 성녀를 깜짝 놀라게 만들었다.

이상하게 능력을 측정할 수 없었는데 그동안 기연이라도 얻은 모양이다. 도무진은 아주 간결한 동작으로 나무의 공격을 막아냈다. 화신의 술법 또한 나무의 침입을 쉽게 허락하지 않았다.

역시 쉬운 상대는 아니었다. 하지만 흑림 안에서 그녀는 신이고 그들은 한 명의 흡혈귀와 결국은 한 명의 사람일 뿐이다. 더구나 그녀에게는 조력자까지 있으니 흑림을 저들의 무덤으로 만드는 것은 어렵지 않았다.

법력을 최고조로 끌어 올리는데 환영이 화신을 향해 다가가는 것이 느껴졌다. 이제 집중을 해야 할 상대는 도무진 하나로 줄었다.

'너무 쉽게는 죽지 마라, 흡혈귀. 그럼 재미없으니까.'

성녀의 팔이 위로 올라갔다. 도무진 주변의 나무들이 일제히 일어섰다. 땅속에 있는 뿌리가 위로 올라오며 나무들은 움직일 수 있는 무기가 되었다.

성녀의 법력이 깃든 수백 그루의 나무는 무쇠보다 단단했고 철사보다 질겼다.

분명 강해진 도무진은 나뭇가지와 넝쿨의 공격을 잘 피하고 놀랍도록 빠른 속도로 잘라냈지만 마계혈을 향해 갈 수는 없었다.

그곳에서 버티고 버티다가 죽거나 마계혈의 마기에 의해 괴물이 될 것이다.

그녀가 도무진에게 집중하는 사이 환영 또한 화신과 싸움을 시작했다. 환영은 자신이 원하지 않는 한 누구에게도 모습을 보이지 않았다.

그는 마치 그림자처럼 다가가 고통을 느낄 새도 없이 상대를 죽일 수 있었다. 환영은 세상에서 가장 뛰어난 암살자였다.

그런 환영을 상대로 화신은 불의 장막을 펼쳤다. 환영의 은신술이 뛰어나듯 그것을 감지하는 화신의 감각 또한 곤충의 본능 같아서 순간순간 화신의 존재를 감지할 수 있었다.

화신의 주변은 용광로처럼 불탔다가 물벼락 맞은 모닥불처럼 꺼지는 상황이 반복되었다. 누구도 쉬이 승기를 잡을 수 없는 싸움이었다.

성녀는 도무진과 싸움을 하면서 흑림 밖의 전투를 살폈다. 세해귀들의 기세가 거칠었고 만민수호문이 원하는 싸움의 형태로 흘러가지는 않았지만 기본적인 전력의 차이가 있었다.

처음의 혼란스러움은 차츰 사라지고 만민수호문은 세해귀들을 포위해 가운데로 압박을 들어가고 있었다. 어쩌면 그녀가 도무진을 죽이는 것보다 빨리 밖의 싸움이 끝날 수도 있었다.

'무모한 것들.'

마계혈에서 뿜어져 나오는 마기가 기분 좋게 느껴졌다. 꿀이 발라진 바늘로 피부를 쿡쿡 찌르는 것 같은 따갑고 끈끈한 마기는 금방이라도 둑을 허무는 강물처럼 터질 것 같았다.

그녀가 마계혈의 기운을 천주지기처럼 정확히 읽을 수는 없으나 절대 오늘을 넘기지는 않을 것이다.

'기다려라 하찮은 것들. 흑림이라는 사슬을 끊고 신이 된 내가 너희들을 지배해 줄 테니까.'

기분이 한껏 고무된 그녀의 미간이 와락 찌푸려졌다. 뭔가가 머릿속으로 들어온 것 같은 기분이었다. 그저 머리에 꿀밤을 맞은 것 같은 둔탁함이었는데, 그 둔탁함이 머리뼈를 뚫고 뇌로 전해졌다.

'뭐지?'

자그락!

머릿속에서 작은 돌끼리 부딪치는 소리가 울렸다.

자그락자그락!

처음에는 두세 개였는데 차츰 수를 늘려가더니 머릿속이 점점 자갈로 채워지는 것 같은 기분이 느껴졌다.

그 소리가 혼란스러워 도무진과의 싸움에 집중을 할 수가 없었다. 그녀는 본능적으로 머리를 흔들었지만 자갈이 굴러가는 소리만 더 크게 들릴 뿐이었다.

[흑림… 밖으로… 나와…….]

분명 자갈이 부딪치며 그런 소리가 들렸다. 이건 환청이 아니다. 흑림 밖으로 나오라는 머릿속의 그 소리는 끈질기게 그녀를 물고 늘어졌다.

그리고 당장 흑림 밖으로 나가지 않으면 죽을지도 모른다는 생각이 들었다.

그게 터무니없는 생각이라는 걸 누구보다 그녀가 잘 알고 있었다. 오히려 흑림 밖으로 한 발짝이라도 나가는 순간 그녀는 햇빛을 받은 흡혈귀처럼 한 줌 재로 변해 버릴 것이다.

그런데 머릿속의 생각은 그녀의 믿음을 반대로 바꿔놓아 흑림 안이 더없이 위험한 장소로 믿게 만들었다.

그녀를 휘감고 있는 넝쿨들이 하나둘씩 풀어졌다. 팔과 목, 다리와 허리의 넝쿨들이 밧줄처럼 바닥에 흐트러졌다. 모든 넝쿨이 그녀의 몸을 떠나고 알몸의 성녀는 전능의 방을 나서기 위해 몸을 돌렸다.

그때 그녀의 발가락에 넝쿨이 걸려 몸의 중심을 잃고 넘어졌다. 본능적으로 짚은 팔에 고통이 전해지고 순간적으로 머릿속의 명령이 전해지지 않았다.

극히 짧은 시간이었지만 성녀는 뭔가 잘못되었다는 것을 깨달았다. 천하의 누구도 흑림 안에서는 그녀를 어쩌지 못한다는 자만의 틈으로 누군가 들어온 것이다.

머릿속에서 명령은 계속 내려졌지만 그 명령을 거부할 수 있을 정도의 정신력은 돌아왔다. 당장은 도무진과의 싸움보다 감히 그녀의 머리를 침범한 누군가를 잡는 것이 중요했다.

그렇다고 도무진을 자유롭게 놔둘 수는 없다. 그러면 도무진과 화신이 힘을 합쳐 환영을 죽인 후 곧장 마계혈로 갈 수도 있었다.

그래서 생각해낸 것이 유호영이 변한 괴물이었다. 그 괴물은 아직도 땅속에 갇혀 꿈틀거리는 중이었다.

다시 넝쿨에 감긴 성녀는 괴물을 땅 위로 끌어 올려 도무진을 향해 힘껏 던졌다. 오직 본능만이 남은 괴물에게 도무진은 싸우기에 훌륭한 적이 될 것이다.

'감히 내 머릿속에 들어온 자가 누군지 볼까?'

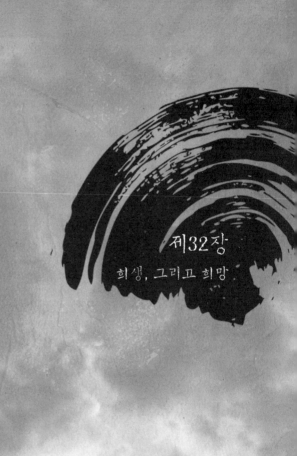

제32장
희생, 그리고 희망

나무들의 공격이 멈췄을 때 도무진은 오희련이 성공했다는 걸 알았다. 하지만 그 기쁨은 오래가지 못했다.

우두둑! 빠지직!

나뭇가지를 부러뜨리는 요란한 소리가 머리 위에서 들리더니 눈앞으로 육중한 뭔가가 떨어졌다. 도무진의 몸이 한 자는 튀어오를 정도로 거친 충돌이었다.

크르르르…….

자욱한 먼지 사이로 짐승이 낼 법한 소리가 들렸다. 습기를 머금은 먼지는 금세 가라앉았고 하늘에서 떨어진 그것이 눈에 들어왔다.

일단 그것은 벌거벗은 사람의 형상이었다. 머리와 몸뚱이 사지가 모두 달렸으니 사람의 모습은 갖췄다. 하지만 분명 사람은 아니었다.

키가 일 장 오 척에 달한다면 이미 사람의 범주는 벗어났다. 온통 검은 눈과 주먹 세 개는 들어갈 것 같은 뻥 뚫린 콧구멍 아래로 뒤집어진 입술이 자리했다.

짐승이나 낼 법한 소리를 뱉을 때마다 드러난 이빨은 톱의 날처럼 뾰족했다.

먹물처럼 검은 눈이 도무진에게 고정되었다. 무슨 감정을 품고 있는지 알 수 없지만 아마 호의는 아닐 것이다. 도무진은 저 괴물이 흑림에 사는 수많은 세해귀 중 하나일 거라고 생각했다.

쿵! 쿵!

괴물이 도무진을 향해 다가왔다. 한 걸음을 옮길 때마다 거대한 성기가 양옆으로 흔들리며 자신의 허벅지를 때렸다.

도무진은 목승탁이 싸우는 곳을 보았다. 화염이 휩싸였다가 사라지는 싸움이 계속되고 있었다. 빨리 이 괴물을 해치우고 목승탁을 도와 환영을 없앤다면, 오희련이 벌어준 시간 안에 마계혈까지 갈 수 있을 것이다.

크어엉!

괴물의 거대한 주먹이 도무진의 머리로 떨어졌다. 도무진은 괴물을 너무 쉽게 생각했다. 괴물은 흑림에 사는 흔한 세해귀가 아니었다.

괴물의 주먹질은 믿을 수 없을 정도로 빨라서 도무진이 피하기도 전에 머리를 덮쳤다.

쾅!

사람만큼이나 큰 괴물의 주먹이 도무진을 때렸다. 도무진은 그대로 땅속으로 파묻혔다. 아무리 단단한 도무진이라도 충격이 있을 수밖에 없는 일격이었다.

괴물은 일격에 도무진을 죽였다고 생각한 듯 다른 싸움 상대를 찾아 두리번거렸다.

"봉천을 얻고도 방심을 하다니. 오만함이란 고쳐지지 않는 본성인가?"

중얼거린 도무진은 땅속에서 몸을 끄집어냈다. 검은 눈으로 도무진을 보며 고개를 갸웃한 괴물이 다시 주먹을 휘둘렀다. 하지만 오만함을 버린 도무진은 어렵잖게 그 주먹을 피해 왼쪽으로 몸을 날렸다.

괴물의 주먹이 땅을 때린 순간 도무진의 검은 괴물의 팔을 벴다. 검기를 품은 검은 무쇠라도 자를 수 있었지만 놀랍게도 괴물의 팔은 그런 검을 퉁겨내 버렸다.

괴물은 여러모로 도무진을 놀라게 만들었다. 저 정도면 금강체에 뒤지지 않을 정도의 단단함이었다.

"이거 참, 죽이기 까다로운 적이로군."

도무진은 괴물의 공격을 피하며 인간의 급소라고 할 수 있는 곳을 모두 공격했다. 하지만 그 어느 곳에도 검이 파고들지 못했다. 유일하게 눈동자에만 검이 들어갔지만 잠깐 피를 흘렸을 뿐 상처는 금세 아물어 여전히 검은색 눈으로 도무진을 쫓았다.

괴물은 성녀가 조종하는 나무만큼이나 상대하기 까다로운 적이었다. 오히려 지금 목승탁이 싸우고 있는 환영이 상대하기 쉬울 것이다.

봉천의 머리를 얻은 도무진은 환영의 움직임을 누구보다 정확하게 파악할 수 있었다. 환영은 기본적으로 빠른 움직임을 가지고 있었고 주변의 사물과 완벽하게 동화될 수 있었다.

몸을 같은 색깔로 바꿀 수 있는 것은 물론 나무 앞에 서 있다면 기운까지 나무처럼 변하는 게 가능했다. 그래서 오감이 극도로 발단한 목승탁조차 기척을 감지해 내기가 어려운 것이다.

빠른 움직임과 은신술만 제한하면 환영의 힘은 다른 성자들에 비해 부족했다. 의술을 뺀 의선의 물리력이 약한 것처럼 말이다.

도무진은 자신이 환영을 상대하고 목승탁에게 괴물을 맡길까도 생각했다. 하지만 곧 더 좋은 생각이 떠올랐다. 언제나 가장 효과적인 방법은 적의 칼로 적을 상대하는 것이다.

성난 괴물의 주먹을 피한 도무진은 목승탁이 싸우고 있는 곳으로 몸을 날렸다. 그는 환영이 들을 수 있도록 큰 소리로 목승탁에게 말했다.

"아무래도 싸움이 오래갈 것 같으니 성녀가 다른 곳에 정신을 팔고 있는 사이에 마계혈로 가는 게 좋겠습니다!"

"하지만 환영이 방해할 텐데……!"

목승탁은 도무진을 쫓아온 괴물을 보고 깜짝 놀랐다. 환영과의 싸움에 집중하느라 이제야 괴물을 본 것이다.

"저건 무슨 세해귀요?"

"평범한 세해귀는 아닌 것 같습니다. 제가 해치우기 곤란할 정도로 강하더군요."

목승탁은 괴물을 공격하기 위해 부적을 손에 쥐었다. 그런 목승탁의 팔을 도무진이 잡았다.

"굳이 화신께서 싸우실 필요는 없습니다."

말이 끝남과 동시에 도무진은 우측으로 몸을 날렸다. 마음만 먹으면 그의 다리 도풍각은 세상 어떤 존재보다 빨리 움직일 수 있었다.

도무진이 노린 곳은 불에 반쯤 탄 아름드리나무였다. 그곳에 숨어 있는 환영의 기척을 똑똑히 느낄 수 있었다. 도무진이 마계혈로 간다는 말에 환영이 반응했고 괴물의 출현에 놀라기까지 해서 정확한 장소를 알아낼 수 있었다.

화들짝 놀란 환영이 도망치려고 몸을 날렸다. 실체를 드러낸 환영은, 그러나 그게 실체인가 의심스러운 모습을 하고 있었다. 이제 막 먹물에서 빠져나온 것처럼 온통 검어서 자신의 그림자가 아닌지 착각할 정도였다.

환영은 시위를 떠난 화살처럼 튕겨 나갔지만 강하고 빠른 도무진의 팔, 뇌비영을 피할 수는 없었다. 도무진은 뛰어오른 환영의 다리를 잡아 괴물을 향해 던졌다.

괴물은 자신에게로 날아오는 환영을 향해 주먹을 휘둘렀다. 괴물의 공격이 상상을 초월할 정도로 빠르기는 했지만 환영 또한 칠 인의 성자 중 한 명.

신이 존재한다면 그 신조차 죽일 수 있다고 자신하는 환영이 그리 호락호락 당할 리 없었다. 허공에서 몸을 빙글 돌려 주먹을 피한 환영은 괴물의 눈을 공격했다.

분명 주먹을 내질렀는데 그 주먹은 괴물의 눈을 찌를 때 뾰족한 무기의 형태로 늘어났다. 환영은 칠 인의 성자가 아니라 세해귀에 더 어울리는 모습이었다.

괴물은 성난 외침을 토하며 환영을 마구 공격했다. 환영은 괴물에게서 떨어져 특유의 은신술을 발휘했지만, 이성이 사라진 존재는 언제나 본능이 극도로 발달하게 마련이다.

괴물은 놀랍도록 정확하게 환영을 쫓아가 주먹을 휘두르고 발길질을 했다. 둘의 싸움을 잠시 지켜본 도무진이 목승탁에게 다가갔다. 목승탁은 조용한 흑림을 둘러보며 말했다.

"오희련이 성녀를 훌륭하게 붙잡고 있는 모양입니다."

"아마 지금이 우리에게 주어진 마지막 기회일 겁니다."

"그러니 서둘러야지요."

둘은 마계혈을 향해 몸을 날렸다. 제발 오희련이 조금만 더 버텨주기를 바라면서……

"악!"

비명과 함께 가부좌를 튼 오희련의 상체가 앞으로 숙여졌다. 그녀의 코에서 피가 흘러 바닥으로 후두둑 떨어졌다.

"희련아!"

오희련을 부르며 다가가려는 남궁벽을 노리가 잡았다.

"건드리면 안 돼! 외부인이 접촉하면 아여의타심동법이 깨진다는 말을 못 들었나?"

"하지만 저 상태라면 이미 틀렸소이다!"

그동안 오희련이 아여의타심동법을 수련하는 걸 시종 곁

에서 지켜본 남궁벽이다. 선우연에게 아여의타심동법을 시전하다 실패할 때면 언제나 저런 모습을 보이고는 했다.

"그녀가 스스로 포기할 때까지 우리가 건드려서는 안 돼."

"그녀가 죽는데도?"

노리는 가마의 창문을 열었다. 오희련이 아여의타심동법을 펼치기 위해서는 사방에 부적이 붙은 방이 필요했기에 만든 거대한 가마였다.

열린 창문 너머로 전장이 보였다. 흑림을 배경으로 펼쳐지는 싸움은 점점 막바지를 향해 치닫고 있었다. 누가 보아도 검은 옷을 입은 만민수호문 문도의 수가 월등히 많다는 걸 알 수 있었다.

"지금 여기서 죽는 이가 저 여인뿐인가? 아니면 세해귀의 죽음은 인간의 죽음만큼 무겁지 않다는 것인가?"

남궁벽의 흔들리는 시선이 오희련에게 향했다. 거친 숨을 몰아쉬며 코피를 흘리던 그녀는 안간힘을 쓰며 상체를 바로 세웠다.

그녀의 굳게 다물어진 입술에서 싸움은 아직 끝나지 않았다는 의지를 읽을 수 있었다.

마음 같아서는 누가 뭐라고 하든 오희련을 말리고 싶었지만 그래서는 안 된다는 것을 잘 안다. 이 혼돈에 발을 담그고 있는 자라면 누구든 목숨을 잃을 각오를 해야 했고 오희련이라고 예외일 수는 없었다.

'제발 힘내. 무슨 일이 있어도 이 가마는 내가 지킬 테니까!'

상대는 거의 무너지고 있었다. 이 상태로 조금만 밀어붙이면 자신에게 못된 술법을 쓴 자의 뇌를 태워 버릴 수 있었다.

불의의 일격을 맞았을 뿐 애초에 상대가 되지 않는 적이었다. 한결 여유가 생긴 성녀는 다시 흑림으로 눈을 돌렸다.

'저건 뭐야?'

가장 먼저 보이는 건 환영과 괴물의 싸움이었다. 도무진과 싸우라고 던져 놓은 괴물이 왜 환영과 싸우고 있는지 이해가 되지 않았다.

잠깐 흑림에서 눈을 돌린 사이 상황은 그녀의 의도와는 전혀 다르게 흘러가 버렸다. 성녀는 급히 도무진과 목승탁을 추적했다. 그들의 기운이 천주 근처에서 느껴졌다.

나무에서 나무로 전달된 성녀의 시야는 금세 도무진과 목승탁을 발견했다. 그들은 막 천주의 벌어진 틈으로 몸을 집어넣는 중이었다.

끔찍한 마기를 뚫고 저들이 천주까지 갔다는 것이 놀라웠다. 저들이 성녀를 충분히 놀라게 했으니 마계혈을 막는 기적까지 행할 수도 있다는 불안함이 엄습했다.

성녀는 자신의 모든 힘을 단숨에 끌어 올렸다.

한 걸음 한 걸음이 힘겨웠다. 목승탁은 주문과 부적의 힘으로 마기를 근근이 밀어냈고 도무진은 봉천의 힘이 있어 그나마 목승탁보다는 수월하게 마기를 견뎌낼 수 있었다.

이 마기에 비하면 흑림을 가로지르며 싸운 세해귀는 귀여운 수준이었다.

하지만 천주 안으로 들어서자 바깥과는 느껴지는 마기의 질이 달랐다.

"크윽!"

목승탁의 입에서 신음이 터져 나왔다. 목승탁이 준비한 부적의 힘보다 마기의 힘이 월등하게 강했다. 목승탁은 끊임없이 마기를 몰아내는 주문을 외웠으나 점차 한계에 가까워지고 있었다.

아직 마계혈에 닿지도 않았는데 이 정도라면 목승탁이 가진 능력으로 봉인의 부적을 붙일 거리까지 가는 것은 불가능에 가까웠다.

도무진으로서는 아껴두었던 힘을 쓸 수밖에 없었다. 그가 회생의 법이 실패했음에도 이곳까지 온 것은 믿는 구석이 있었기 때문이다.

봉천의 힘은 충분히 마기를 견딜 수 있었고 필요하다면

다른 사람에게 그 힘을 나눠 주는 것도 가능했다. 담겨진 힘이 빠져나가니 그만큼 자신이 약해질 테지만, 지금 목승탁의 모습으로 보아 마계혈에 당도하기도 전에 쓰러질 것 같았다.

지하로 내려가는 계단 네 개째를 밟은 도무진은 목승탁의 손을 잡기 위해 팔을 뻗었다. 그들의 손이 막 닿으려고 할 때 굉음이 울리면서 천주가 통째로 부서졌다.

자잘한 파편이 흩날리는 사이로 거대한 나뭇가지가 그들을 공격했다. 나무가 공격을 한다는 건 오희련의 아여의타심동법이 실패했다는 걸 뜻한다.

도무진은 목승탁의 손을 잡고 몸을 날렸다.

쾅!

그들이 있던 자리를 나뭇가지가 때렸다. 계단은 산산조각으로 부서지고 천장이 무너질 것처럼 흔들렸다. 도무진은 계단을 뛰어 내려가며 목승탁에게 봉천의 힘을 전해줬다.

봉천의 힘은 비단 목승탁의 정신력만을 보호하는 게 아니었다. 도무진이 넘겨주는 힘에 따라서 그것은 세상에서 가장 강한 호신강기를 발휘할 수도 있었다.

마계혈에 가까이 가기 위해서 목승탁에게 가장 필요한 것은 마기에 의해 몸이 부서지는 것을 막기 위한 호신강기였다.

마기를 막는 데만 온 힘을 쓰고 있던 목승탁의 안색이 평소의 색깔로 돌아왔다.

"움직일 수 있겠습니까?"

목승탁이 뭐라 대답을 하기도 전에 계단을 감싸고 있는 벽에서 나뭇가지가 튀어나왔다. 급한 마음에 목승탁을 안은 도무진은 나뭇가지 아래로 미끄러져 계단을 내려갔다.

목승탁에게 기운도 전해주고 자신 또한 마기에 대항하느라 평소 힘의 십분의 일을 쓰기도 벅찬 상태였다.

성녀가 조종하는 나무들은 천장과 벽, 바닥 할 것 없이 사방에서 튀어나와 도무진과 목승탁을 공격했다.

도무진은 힘겹게 공격을 피하면서 오직 잡히지 않는 것에만 신경을 집중했다. 때리는 건 맞아도 된다. 고통만 감수하면 그만이다. 하지만 잡히는 건 절대 피해야 한다.

나무에게 사로잡혀 시간을 허비하는 동안 마계혈이 열릴 수도 있었다. 지금 그들이 느끼는 마기를 감안하면 지금 당장 마계혈이 열려도 이상할 게 없었다.

나무의 공격에 충격을 받은 천장 일부가 무너져 도무진의 머리를 때렸다. 그에 아랑곳하지 않고 도무진은 오직 달리고 피하는 것에만 집중했다.

이런 위기의 상황이면 누구나 혼란과 흥분, 조바심, 두려움을 갖게 마련이다. 하지만 봉천은 어떤 상황에서도 냉철함을 유지할 수 있었다.

벽과 천장, 바닥에서 튀어나온 나무들이 어느 각도에서 얼마만큼의 속도로 공격을 해올지 정확하게 파악해서 가장 효율적인 움직임을 만들어냈다.

평소보다 훨씬 약한 상태에서 나무의 공격을 피할 수 있는 것은 봉천의 냉철한 판단력 덕분이었다.

원형의 계단이었기 때문에 바닥에 닿기 전까지는 얼마나 남았는지 알 수 없었다. 목승탁에게 마계혈이 땅속 깊은 곳에 있다는 얘기는 들었지만 정확한 깊이는 알지 못했다.

"마계혈까지는 아직 멀었습니까?"

도무진의 물음에 마기를 몰아내기 위해 안간힘을 쓰는 목승탁이 대답했다.

"정신없이 내려와서 잘 모르겠지만 얼마 남지 않은 것은 분명합니다!"

그때 도무진의 다리를 나무가 때렸다. 봉천의 냉철함이 언제나 완벽할 수는 없었다. 허공을 돌아 떨어진 도무진은 목승탁과 뒤엉켜 계단을 굴러떨어졌다. 그 상황에서도 목승탁의 손을 놓지 않은 것은 절박함 때문이었다.

여기서 목승탁의 손을 놓아 힘의 전달이 중단된다면 목승탁은 순식간에 마기에 의해 허물어질 것이다.

쾅! 쾅!

구르는 도무진을 향해 나무가 채찍처럼 휘둘러졌다. 몸을 이리저리 돌려 피하기는 했지만 완벽할 수는 없었다. 어떤 것은 팔로 막고 일부는 몸으로 견뎌야 했다.

한참을 구른 도무진은 바닥을 손으로 치고 다리로 벽을 찬 후에야 제대로 중심을 잡고 두 발로 섰다. 그리고 비로소 바닥을 눈앞에 둘 수 있었다.

나무를 피해 힘껏 도약한 도무진은 비로소 마계혈 앞에 내려섰다. 상체만 내놓은 채 축 늘어져 있는 해골은 아마 천주 지기일 것이다.

우우우웅!

해골의 뒤편에서 공간을 떨게 만드는 소리와 함께 노란빛이 쏟아지고 있었다. 목승탁이 힘겹게 팔을 올려 노란빛을 가리켰다.

"저곳이… 마계혈입니다."

그때 계단을 따라 내려온 세 개의 나무와 밧줄처럼 여러 갈래로 갈라진 넝쿨들이 그들을 공격했다. 이 좁은 지하실에서 피할 곳이라고는 마계혈뿐이지만 둘은 아직 노란빛을 향해 뛰어들 준비가 되지 않았다.

나무는 맞으면 견딜 수 있지만 넝쿨에 감기는 것만은 막아야 한다. 도무진은 검을 빼면서 소리쳤다.

"어서 부적을 준비하십시오!"

목승탁은 허리춤에서 여섯 장의 부적을 꺼냈다. 그것들을 가슴과 배, 사타구니에 붙인 후 나머지 세 장을 도무진에게 넘겼다. 검을 휘두르며 나무와 넝쿨의 공격을 막던 도무진은 세 장의 부적을 손에 쥐었다.

검을 휘두르며 두 장을 가슴과 배에 붙인 후 마지막 부적을 붙이려 할 때 세 방향에서 동시에 공격이 들어왔다. 그중 가장 치명적인 곳은 바닥을 쓸 듯이 들어오는 넝쿨의 공격이었다.

도무진이 펄쩍 뛰는데 사타구니에 붙이려던 부적이 툭 떨어졌다. 넝쿨이 그 부적을 때려 다섯 조각으로 찢어버렸다.

"안 돼!"

목승탁이 절박한 외침을 토했다.

"저 부적이 없으면 마계혈 안으로 들어갈 수 없습니다!"

도무진은 결단을 내려야 했다. 사실 선택할 수 있는 길은 하나뿐이었다.

"들어갈 수는 있습니다. 마계혈의 마기를 견디느냐 무너지느냐의 문제일 뿐이지요."

"하지만……."

여기서 목승탁과 실랑이를 벌일 시간이 없었다. 도무진은 억지로 목승탁을 마계혈로 밀어 넣었다. 마계혈의 입구를 막고 있던 천주지기의 해골이 목승탁에게 부딪쳐 가루로 부서졌다.

도무진은 마계혈에 들어서자 숨이 턱 막혀왔다. 점성이 강한 액체에 빠진 것처럼 움직임은 느려졌고 노란빛이 가득한 공간은 질 나쁜 면경을 통해 보는 것처럼 일그러져 보였다.

도무진은 목승탁이 부적 없이 마계혈에 들어오는 걸 말린 이유를 알았다. 전신을 압박하는 마기의 힘은 상상을 초월했다. 세상의 모든 무게가 온통 도무진을 향해 밀려드는 것 같은 고통이 느껴졌다.

우두둑! 우두둑!

도무진의 어깨와 골반에서 뼈가 어긋나는 소리가 들렸다. 사우영이 깃든 몸조차 마기의 힘을 이기지 못해 어긋나고 있었다. 그 와중에도 도무진은 봉천의 힘을 목승탁에게 나눠 주며 꾸역꾸역 앞으로 나아갔다.

사실 걸음을 옮기고는 있지만 방향이 정확한지도 알 수 없었다. 한 걸음을 내딛기 위해 온몸의 힘을 쥐어짜고 뼈가 부서지는 고통을 견뎌야 했다.

목승탁 또한 힘겨워하는 표정이 역력했다. 도무진이 나눠 준 봉천의 힘과 부적의 법력으로 근근이 버티고 있을 뿐이었다.

목승탁이 덜덜 떨리는 팔을 올려 다섯 개의 손가락을 폈다. 앞으로 다섯 걸음만 옮기면 된다는 것인지, 오 장이 남았다는 것인지 알 수 없었다. 만약 후자라면 오 장이라는 거리는 영원히 닿을 수 없는 미지의 세계처럼 멀게 느껴졌다.

이 정도면 최선을 다했다고, 그의 죄를 갚기 위한 노력으로 충분하다고 스스로를 다독이는 마음이 고개를 들었다. 이제 그만 포기하고 싶었다. 뒷걸음질을 치는 것도 좋고 그냥 이 자리에 멈춰서 더 큰 고통이 밀려드는 걸 피하고 싶었다.

아마 그때 목승탁이 도무진의 손을 힘껏 쥐지 않았다면 그곳에서 주저앉았을지도 모른다.

마계혈의 마기는 그렇게 강해서 봉천을 뚫고 도무진의 의지에 구멍을 뚫어놓았다.

도무진은 마음을 다잡고 다시 걸음을 내디뎠다. 마계혈까지의 거리가 다섯 걸음이든 오 장이든, 아니, 설사 오백 장이라도 기어코 가서 봉인의 부적을 붙일 것이다.

도무진의 몸에서는 계속해서 뼈가 으스러지는 소리가 났다. 마계혈과의 거리가 가까워질수록 마기의 기세는 더욱 강해져서 사우영조차 버티지 못하고 있었다.

그럼에도 도무진이 나아갈 수 있는 것은 그의 회복력 덕분이었다. 흡혈귀로서의 회복력이 없었다면 아무리 사우영이 강하다고 할지라도 뼈가 산산조각 나서 한 걸음도 떼지 못했을 것이다.

도무진은 자신보다 목승탁에게 사우영의 힘을 더 쏟았다. 그야 버티기만 하면 되지만 목승탁은 봉인의 술법을 완성해야 한다. 그러니 목승탁의 정신과 법력을 유지하는 것이 더 중요했다.

눈을 멀게 할 정도로 강렬한 노란빛을 뚫고 나간 끝에 비로소 마계혈을 시야에 둘 수 있었다. 천을 세로로 찢어놓은 것 같은 공간을 뚫고 마계혈의 노란빛은 그렇게 세상 밖으로 퍼져 나가고 있었다.

도무진이 나눠 주는 봉천의 힘도 목승탁을 완전히 지켜주지는 못했다. 그의 코에서는 피가 흘렀고 머리털은 듬성듬성 빠져서 단숨에 삼십 년은 늙은 것 같았다.

목승탁은 허리춤에서 일곱 장의 부적을 꺼냈다. 심하게 떨리는 손은 금방이라도 부적을 놓칠 것처럼 불안하게 보였다.

도무진은 자신이 견딜 수 있는 최소한의 분량만 남겨둔 채 봉천의 힘을 모두 목승탁에게 넘겨줬다.

꽈드득! 꽈드득! 뼈 어긋나는 소리가 더욱 요란해졌다. 회복하는 것보다 부서지는 속도가 더욱 빨라서 도무진의 몸은 조금씩 줄어들고 있었다.

이 상태로 목승탁이 봉인의 법을 완성할 때까지 버틸 수 있을지 자신할 수 없었다.

목승탁은 달팽이보다 느린 속도로 팔을 움직여 세로로 찢어진 마계혈의 윗부분에 부적을 붙였다. 소리는 나지 않았지만 목승탁은 계속해서 주문을 외우고 있었다.

두 장째의 부적이 붙여질 때 도무진의 키는 목승탁보다 작아져 있었다. 세 장째에는 목승탁의 어깨 아래로 내려갔고 다섯 장째에는 다섯 살 꼬마의 키에 여든 살 늙은이의 주름을 가진 괴상한 모습으로 변했다.

이젠 회복력이 파괴력을 도저히 쫓아갈 수 없는 지경까지 이르렀다. 도무진이 아무리 불사의 흡혈귀라 할지라도 이 이상 쪼그라들면 결국 죽을 수밖에 없었다.

의식이 흐려지면서 자칫하다가는 목승탁에게 나눠 주는 봉천의 힘마저 끊어질 것 같았다.

'제발 빨리!'

그가 죽기 전에 마계혈을 막아야 한다. 물론 마계혈을 막는다고 도무진이 살아 나갈 수는 없었다. 마계혈이 막히는 순간 막대한 흡입력이 작용해서 노란빛 안에 놓인 생물은 모두 마계혈 안으로 빨려 들어가기 때문이다.

여섯 장째의 부적이 붙었는데도 마계혈에서 나오는 노란빛은 옅어지지 않았다. 실패라는 단어가 머릿속에 떠올랐다.

하긴 봉인의 법이 꼭 성공한다는 보장은 없었다. 여기까지 와서 봉인의 법을 펼치기는 하지만 그것이 마계혈을 막을 수 있다는 장담을 듣지는 못했다. 목승탁은 다만 가능성을 얘기했을 뿐이다.

'역시 세상에는 아무리 노력해도 안 되는 게 있는 건가?'

끊어지려는 의식 속으로 그런 생각이 들었다. 도무진은 더이상 견딜 수 없었다. 그의 육체와 정신 모두 한계를 넘어서고 있었다.

그의 키가 고작 두 자가 될 때까지 버틸 수 있었던 것은 오롯이 정신력 덕분이었다. 그러나 이제 그 또한 거대한 마기의힘 앞에서 모래성처럼 무너졌다.

빌어먹게 노력은 했지만 결국 그는 세상을 구하는 데 실패했다. 지금 느끼는 육체의 고통보다 절망의 그물이 그를 더아프게 조여왔다.

[내가 오백 년 동안 짊어졌던 짐을 무인검의 어깨에 올려놓아야겠소. 부디 이 세상을 더 나은 곳으로 이끌어주시오.]

아득히 저 멀리서 전해져 오는 것 같은 목승탁의 음성이 뇌리를 파고들었다. 그러더니 어느 순간 고통은 옅어지고 봉천의 힘이 돌아왔다.

도무진은 감았던 눈을 떴다. 몸은 허공을 날고 있었고 그의주변으로 빠르게 움직이는 노란빛이 보였다.

노란빛은 회오리바람으로 빨려 들어가는 먼지처럼 한곳으로 모여들고 있었다. 그곳은 마계혈이 있던 곳이고 도무진은그곳으로부터 멀어지는 중이었다.

잠시 어떻게 된 일인지 어리둥절했지만 이내 노란빛과 함께 작은 점으로 사라지는 목승탁을 확인한 후 깨달았다.

봉인의 법이 완성된 직후 목승탁은 마계혈 바깥을 향해 도무진을 던진 것이다. 봉천의 힘을 머금고 있던 목승탁은 도무진을 노란빛의 영향권 바깥으로 던질 수가 있었다.

그렇게 서로의 손이 떨어지자 목승탁에게 향했던 봉천의 힘이 온전히 도무진에게로 돌아와 정신을 차린 것이다.

마지막 순간 목승탁은 자신 대신 도무진의 목숨을 구했다. 점처럼 변한 목승탁이 마계혈 안으로 사라지고 노란빛마저 잔상조차 없이 완전히 자취를 감췄다.

지하실 바닥으로 등부터 떨어진 도무진은 한동안 움직이지 못했다. 삶의 기쁨보다 목승탁의 죽음이 더 아프게 다가왔다. 목승탁이 아니라 그가 죽었어야 했다.

"빌어먹을!"

쪼그라들었던 육체는 빠르게 회복했지만 도무진은 움직이고 싶지 않았다. 목승탁의 죽음이 부른 허탈함이 보이지 않는 손이 되어 그를 짓누르고 있었다.

하지만 아직 싸움은 끝나지 않았다. 목승탁의 마지막 당부가 그를 움직이게 하는 힘이 되었다.

세상을 더 나은 곳으로 만들려면 이 싸움에 종지부를 찍어야 한다. 지금도 바깥에서는 죄 없는 인간과 세해귀가 서로를 죽이고 있을 것이다.

도무진은 힘겹게 몸을 일으켰다. 마지막까지 그들을 쫓았던 나무와 넝쿨은 바닥에 힘없이 늘어져 있었다. 마계혈의 기운이 그렇듯 성녀의 능력도 사라진 모양이다.

도무진은 천천히 계단을 오르다가 이내 달리기 시작했다. 빨리 움직여야 하나의 생명이라도 더 구할 수 있었다.

도무진이 가장 먼저 확인해야 할 사람은 성녀였다. 이 모든 음모의 주인공을 없애는 것이 무의미한 싸움을 끝내는 가장 확실한 방법이었다.

성전으로 가는 길에 도무진은 두 구의 시체를 발견했다. 괴물은 바닥에 큰대자로 누워 있었고, 반쯤 잘린 괴물의 목 안에 한 사람이 들어가 있었다.

평범하게 생긴 중년인이었는데 허리 아래로는 완전히 잘려 상체밖에 남지 않은 모습이었다. 저게 환영의 진면목이었다.

그들을 지나 성전으로 가는 동안 나무들은 원래 그래야 하듯 불어오는 바람에 잎사귀를 흔들 뿐 다른 움직임은 보이지 않았다.

나무로 만든 성전은 텅 비어 있었다. 도무진은 일 층을 수색한 후 이 층으로 올라가 방 한쪽에 입을 벌리고 있는 밀실을 찾아냈다.

성녀는 그곳에 있었다. 온몸에 넝쿨을 친친 감은 채 축 늘어진 여인은 도무진이 알던 그 성녀는 아니었다.

머리는 옥수수 수염 같은 칙칙한 백발이었고 주름투성이의 피부는 만지면 먼지로 부서질 것처럼 거칠었다. 더 이상 늙을 수 없을 만큼 늙어버린 성녀는 넝쿨에 묶인 죄인 같았다.

마기가 마계혈 안으로 빨려 들어가며 나무와 넝쿨에 연결된 그녀의 생명력까지 가져가 버린 모양이다. 그 오랜 세월 세상에 군림하며 조롱하고 음모를 꾸미던 악녀는 저처럼 초라한 모습으로 최후를 맞았다.

성전을 나온 도무진은 빠르게 흑림을 벗어났다. 희미한 달빛 아래서 싸움은 여전히 계속되고 있었다. 왈칵 달려든 피 냄새가 그의 미간에 주름을 만들었다.

날카로운 쇳소리와 주문을 외우는 음성은 여전했지만 그 수는 현격하게 줄어 있었다.

일만에 이르던 만민수호문의 문도는 절반도 남지 않았고 세해귀의 숫자 또한 채 이천이 되지 않았다.

여기저기 널려진 시체와 내를 이루며 흐르는 피는 시산혈해(屍山血海)라는 표현 외에 마땅히 나타낼 말이 없었다. 그 끔찍한 모습에 분노가 치밀었다.

도무진은 오른발을 높이 들어 땅을 힘껏 박찼다.

쿠웅!

하늘이 주저앉는 것 같은 거대한 울림이었다. 흑림 주변의 땅이 흔들리고 바위가 부서져 나갈 정도의 충격이 전해졌다.

놀란 세해귀와 인간들의 싸움이 단숨에 멎었다. 놀라서 웅성거리는 그들의 시선은 이내 한곳으로 모아졌다.

"어… 어둠의 성자?"

도무진을 발견한 만민수호문의 문도들은 놀라서 경직되었고 암중성자회 연합은 환호성을 질렀다.

"어둠의 성자님이다! 와아!"

패색이 짙었던 그들의 환호가 온 산을 덮었다. 만민수호문의 성자들은 한 명도 보이지 않는 가운데 도무진이 나타났으니 숫자의 많고 적음은 의미가 없었다.

도무진은 싸움을 멈춘 채 자신을 바라보고 있는 자들을 향해 입을 열었다.

"세해귀와 만민수호문, 더 나아가 서로 다른 존재들의 싸움은 오늘로써 끝났습니다."

"당연하지요! 어둠의 성자님이 계신 이상 승리는 우리 암중성자님의 것입니다!"

한쪽 날개를 잃은 송창두가 소리쳤다.

"아니오. 이것은 시작부터 잘못된 싸움이었소. 몇몇 인간의 헛된 욕망 때문에 수없이 많은 죄 없는 생명이 죽어갔소. 더 이상 무의미한 싸움은 없어야 합니다. 지금부터 인간과 세해귀의 반목은 용납하지 않을 것입니다. 이제 지난 오백 년 동안 서로를 겨눴던 칼을 거두고 잘못된 역사의 길을 바로잡 아야 할 때입니다. 이 세상을 손아귀에 쥐고 마음대로 조종했 던 성자들은 모두 죽었습니다."

그때 저 멀리서 선우연이 손을 들었다.

"다는 아니오!"

그의 왼쪽 팔은 어깨부터 잘려 나가 보이지 않았다. 어쨌든 그가 살아 있다는 건 도선의 죽음을 의미했다. 선우연의 곁에 오희련과 남궁벽, 암중삼현자가 보였다.

전장의 끝자락에서 수혼과 함께 다가오는 조설화도 눈에 들어왔다. 도무진이 아끼는 이들이 모두 무사해서 다행이었 다.

"이 시간부로 만민수호문은 사라지고 암중성자회 또한 해 체될 것입니다. 우린 더 이상 잘못된 역사의 전철을 밟아서는 안 됩니다. 적의와 미움을 버리고 진정한 평화를 얻는 것만이 이 싸움에서 희생된 선한 자들의 죽음을 헛되지 않게 하는 유 일한 길입니다. 이제 무기를 거두고 서로의 상처를 치료해 주 십시오. 아군과 적군은 없습니다. 여러분은 이 시대를 함께 살아가야 하는 소중한 생명들입니다."

도무진의 말은 그대로 선언이었다. 이 자리에서 감히 도무진에게 반박할 사람도 세해귀도 없었다. 물론 도무진의 말 몇 마디로 서로에 대한 적의가 완전히 사라지지는 않을 것이다.

　하지만 인간과 세해귀는 노력을 통해 깨닫게 될 것이다. 높이가 다른 어깨를 감싸는 것이 전쟁보다 훨씬 낫다는 것을.

『어둠의 성자』完

FUSION FANTASTIC STORY

니콜로 장편 소설

아레나
이계사냥기

『경영의 대가』
니콜로 작가의 신작 소설!

서른을 앞둔 만년 고시생 김현호.
어느 날, 꿈에서 본 아기 천사에게 충격적인 이야기를 듣는데……
"모르시겠어요? 당신 죽었어요."

뭐?! 내가 죽었다고?

"그리고…… '율법'에 의해 시험자로 선택받으셨어요."

김현호에게 주어진 시험!
시험을 완수해야만 살 수 있다.

현실과 제2차원계 아레나를 넘나들며,

새 삶의 기회를 얻기 위한
그의 치열한 미션이 시작된다!

Book Publishing CHUNGEORAM

유행이 아닌 자유추구 -
WWW.chungeoram.com

가프 장편 소설

관상왕의
1번룸

FUSION FANTASTIC STORY

거대한 도시의 그늘에서 벌어지는
짜릿하고 통쾌한 이야기!

『관상왕의 1번룸』

텐프로의 진상 처리 담당, 홍 부장.
절망적인 삶의 끝에서 만난 남국의 바다는
그를 새로운 인생으로 인도하는데……

쾌락을 원하는 거부, 성공에 목마른 사업가,
그리고 실패로 절망한 사람들이여.

여기, 관상왕의 1번룸으로 오라!

Book Publishing CHUNGEORAM

유행이 아닌 자유추구 -
WWW.chungeoram.com

우각 新무협 판타지 소설

FANTASTIC ORIENTAL HEROES

2014년의 대미를 장식할,
작가 우각의 신작!

『십전제』, 『환영무인』, 『파멸왕』…
그리고,
『북검전기』

무협, 그 극한의 재미를 돌파했다.

북천문의 마지막 후예, 진무원.
무너진 하늘 아래 홀로 서고, 거친 바람 아래 몸을 숙였다.

살기 위해! 철저히 자신을 숨기고
약하기에! 잃을 수밖에 없었다.

심장이 두근거리는 강렬한 무(武)!
그 걷잡을 수 없는 마력이,
북검의 손 아래 펼쳐진다!

Book Publishing CHUNGEORAM

독고진 장편 소설

FUSION FANTASTIC STORY

100마일
100MILE

160.9344km,
투수라면 누구나 던지고 싶은 공.

『100마일』

"넌 야구가 왜 좋아?"

야구가 왜 좋냐고?
나에게 있어 야구는 그냥 나 자신이었다.

가혹할 정도의 연습도,
빛나는 청춘도 바쳤다.
그리고 소년은 마운드에 섰다.

이건 역사상 최고의 투수를 꿈꾸는
어떤 남자의 이야기이다.

Book Publishing CHUNGEORAM

유행이 아닌 자유추구 -
WWW.chungeoram.com